Lady Chatterley's Lover

D. H. Lawrence

채털리 부인의 연인 2

초판 1쇄 인쇄 2017년 5월 18일
초판 1쇄 발행 2017년 5월 25일

지은이 | 데이비드 허버트 로렌스
옮긴이 | 김정매
발행인 | 신현부

발행처 | 부북스
주소 | 04601 서울시 중구 동호로17길 256 – 15
전화 | 02–2235–6041
팩스 | 02–2253–6042
이메일 | boobooks@naver.com

ISBN 979-11-86998-51-9 04840

이 도서의 국립중앙도서관 출판예정도서목록(CIP)은 서지정보유통지원시스템 홈페이지(http://seoji.nl.go.kr)와 국가자료공동목록시스템(http://www.nl.go.kr/kolisnet)에서 이용하실 수 있습니다.(CIP제어번호: CIP2017011018)

한국출판문화산업진흥원의 출판콘텐츠 창작자금을 지원받아 제작되었습니다.

부클래식

068

———

채털리 부인의 연인 2

데이비드 허버트 로렌스

김정매 옮김

차례

제12장

코니는 점심 후 곧장 숲으로 갔다. 정말 아름다운 봄날이었다. 처음 피어나는 민들레가 해 모양으로 피고, 첫 데이지들은 굉장히 하얗게 피어 있었다. 개암나무 덤불숲은 잎들이 반쯤 벌어져 레이스 무늬 같았고, 회색의 꽃송이가 수직으로 매달려 있었다. 노란 아기똥풀이 무리를 지어 뒤로 젖히며 활짝 피어나니 노란빛이 반짝였다. 그것은 초여름의 생기발랄하고 강렬한 노란색이었다. 그리고 앵초꽃들은 창백하고 자유분방하게 넓게 퍼졌고, 빽빽한 앵초꽃 무리는 수줍음을 더는 타지 않았다. 꽃봉오리가 연푸른 밀처럼 솟아오르고 있어서, 히아신스의 무성하고 진한 녹색은 바다를 이루었다. 한편 승마 도로에는 물망초가 솜처럼 둥실 위로 부풀어 있고, 매발톱꽃이 푸른 잉크색의 장식 주름 끈 모양으로 피어나고 있었다. 그리고 덤불 밑에는 푸른 새알의 껍질이 여기저기 널려 있었다. 사방은 온통 꽃봉오리들과 생명의 도약이었다!

사냥터지기는 오두막에 없었다. 사방은 고요하고 갈색의 새끼 꿩들이 힘차게 뛰어다니고 있었다. 코니는 그를 보고 싶어서 그의 집 쪽으로 걸어갔다.

숲 가에서 좀 떨어진 그 집은 햇빛을 받으며 서 있었다. 작은 뜰에는 겹꽃 수선화가 활짝 열린 문 곁에서 무리를 지어 자라고, 빨간색 겹꽃 데이지는 길과 경계를 이루며 피어 있었다. 개 짖는 소리가 나고 곧 플로시가 문간으로 뛰어나왔다.

활짝 열린 문! 그러니 그이가 집에 있다! 그리고 빨간 벽돌 바닥 위를 내리쬐는 햇볕! 그녀가 길을 따라 올라가니 그가 셔츠 바람으로 테이블에 앉아 식사하는 모습이 창문으로 보였다. 개가 꼬리를 살살 흔들며 낮은 소리로 쿵쿵대었다.

그가 일어나 빨간 손수건으로 입을 닦으며 문 쪽으로 오는데 여전히 음식을 씹고 있었다.

"들어가도 될까요?" 그녀가 물었다.

"들어오세요!"

햇빛이 가구가 없는 방 안을 비추고 있고, 난로 앞 전골냄비에서 요리한 양고기 냄새가 방에서 아직도 났다—전골냄비가 아직 난로망 위에 놓여있고, 그 옆의 흰색 벽난로 위에는 감자 조리용 검은색 냄비가 종이에 받쳐 있었기 때문이다. 난로불은 벌겠으나 불기는 많이 사그라졌다. 빗장이 내려진 채 주전자는 소리를 내며 끓고 있었다.

테이블 위에는 접시가 놓여있는데 감자와 먹다 만 양고기 조각들이 있었다. 또한, 바구니에 든 빵, 소금 그리고 맥주가 든 푸른색 머그잔이 보였다. 식탁보는 하얀 방수천이었다. 그가 응달에 서 있었다.

"점심이 아주 늦었네요." 그녀가 말했다. "계속 드세요!"

그녀가 문가에 햇빛이 드는 나무 의자에 앉았다.

"어스웨이트에 볼 일이 있어 다녀왔어요." 그가 테이블에 앉으며 말했으나, 식사는 하지 않았다.

"어서 드세요!" 그녀가 말했다.

그러나 그는 음식에 손을 대지 않았다.

"무얼 드시겠시유?" 그가 그녀에게 물었다. "차를 한 잔 드실래유? 주전자의 물이 끓고 있어유."그가 의자에서 반쯤 일어났다.

"내가 직접 할게요." 그녀가 일어서며 말했다.

그의 표정이 슬퍼 보였다. 그리고 그녀는 자신이 그를 방해한다고 느꼈다.

"저, 찻주전자는 저기에 잇시유." 그가 작은 황갈색 삼각 찬장을 가리켰다. "그리구 컵하구 차는 마님 머리 위쪽 선반에 있그유."

그녀가 검은색의 찻주전자를 가져오고 벽난로 선반에서 차가 든 깡통을 집어 들었다. 찻주전자에 뜨거운 물을 넣어 한 번 헹군 후에 물을 어디에 버릴지를 몰라 잠시 서 있었다.

"물은 밖에다 버리세유." 그가 얼른 알아차리고 말했다. "물은 깨끗해유."

그녀가 문으로 가서 물을 길에 버렸다. 여긴 얼마나 아름다운가. 너무도 조용하고 진짜 숲 속이다. 떡갈나무에선 황톳빛 노란 이파리가 돋아나고 있었다. 정원에 핀 빨간 데이지는 꼭 빨간 벨벳 단추처럼 보였다. 그녀는 이젠 드나드는 발길이 뜸해진 문지방의 커다랗고 움푹 파인 사암 석판을 흘낏 보았다.

"여긴 정말 아름다워요!" 그녀가 말했다. "사방에는 너무나 아름다운 정적이 흐르고, 모든 것이 살아 움직이며 조용히 있네요."

그가 마지못해 다시 천천히 음식을 먹기 시작했다. 그가 완전히 낙심해 있다는 걸 그녀가 느낄 수 있었다. 그녀는 말없이 차를 타고 찻주전자를 동네 사람들이 그러는 것처럼 요리판 위에 올려놓았다. 그가 접시를 옆으로 밀어놓고 뒤쪽으로 갔다. 빗장소리가 나더니 그가 접시에 치즈와 버터를 가지고 돌아왔다.

그녀가 컵 두 개를 테이블에 올려놓았다. 컵은 두 개뿐이었다.

"차를 한 잔 드시겠어요?" 그녀가 물었다.

"원하시면유. 설탕은 찬장에 있시유. 그리구 작은 크림 병두 있어유. 우유는 저장실의 병 안에 있구유."

"내가 접시를 치울까요?" 그녀가 그에게 물었다. 그가 약간 빈정거리는 미소를 지으며 그녀를 쳐다보았다.

"글쎄유―원하시문유." 그가 빵과 치즈를 천천히 먹으며 대답했다.

그녀가 집 뒤로 나가 펌프가 있는 곁채 설거지대로 갔다. 왼쪽엔 문이 있는데 분명 식품저장실로 통하는 문 같았다. 그녀가 빗장을 올리고 그가 식품저장실이라고 부르는 곳을 보자 웃음이 나올 뻔했다. 그저 폭이 좁고 길게 흰 칠을 한 찬장이 하나 있을 뿐이었다. 그러나 그 안엔 몇 개의 접시와 약간의 식품뿐만 아니라 자그마한 맥주 통까지 들어 있었다. 그녀가 노란 병에서 우유를 약간 따랐다.

"우유는 어떻게 구하세요?" 그녀가 테이블로 돌아왔을 때 물었다.

"플린트 씨 댁에서 구해유. 그분들이 토끼 사육장 끝에다 병을 갖다 놓아유. 마님을 만났던 데유!"

그는 아직도 기분이 저조해 보였다.

그녀가 차를 따르고 크림을 따를까 말까하며 병을 들고 있었다.

"우유는 넣지 않어유." 그가 말했다.

그런 다음 무슨 소릴 들었는지 문 쪽을 예리하게 내다보았다.

"문을 닫는기 좋겟시유." 그가 말했다.

"유감이네요." 그녀가 말했다. "아무도 올 것 같지 않은데. 누가 오나요?"

"만에 하나 올까 말까지유. 그렇지만 몰라유."

"온다 해도 문제 될 건 없지요. 차 한 잔 마시는 데요. 그런데 찻숟갈은 어디 있지요?"

그가 팔을 뻗어 테이블의 서랍을 열었다. 코니는 문간의 해 비치는 쪽 테이블에 앉아 있었다.

"플로시!" 그가 층계 밑의 작은 깔개 위에 누워있는 개를 불렀다. "가서 잘 들어봐. 들어보라고!"

그가 손가락을 쳐들었고, 그의 "잘 들어봐!"는 아주 선명하게 들렸다. 개가 밖을 돌아보기 위해 천천히 밖으로 나갔다.

"오늘 무슨 슬픈 일이 있어요?" 그녀가 물었다.

그가 푸른 눈을 재빨리 돌리더니 그녀를 똑바로 바라보았다.

"슬프다니요! 아니요! 지겨워요! 제가 잡은 두 명의 밀렵꾼에 대한 출석요구서를 받으러 가야 했습니다. 난 그저 세상 사람들이 싫어요."

그가 냉랭하니 표준 영어를 썼다. 그의 목소리엔 분노가 잔뜩 담겨 있었다.

"사냥터지기 노릇이 싫으세요?" 그녀가 물었다.

"사냥터지기 말입니까? 아닙니다―나를 그저 혼자 있게 두는 한은요. 그렇지만 내가 경찰서와 이런저런 곳을 돌아다니며 얼간이들이 내 청을 들어줄 때까지 기다려야 한다면―그때는 참 분통이 터집니다―" 그리곤 그가 약간의 익살 섞인 미소를 지었다.

"완전히 자립해서 살 수는 없나요?" 그녀가 물었다.

"내가요? 내가 연금을 받고 그럭저럭 살 수 있냐는 말씀이라면 그럴 수 있죠. 암, 그럴 수 있어요! 그렇지만 난 일을 해야 해요, 그렇지 않으면 죽을 것 같소. 내가 집중할 수 있는 일거리가 있어야 한다는 말이오. 나 자신을 위한 일만 할 그런 성격은 못됩니다. 누군가를 위해 일을 해야 하죠. 아니면 성미가 고약해서 한 달 내에 그 일을 그만둘 겁니다. 그래서 여기서 지내는 것이 아주 좋습니다―더구나 최근에는―"

그가 놀리는 듯 익살을 떨며 그녀를 보고 다시 웃었다.

"왜 기분이 나쁜 거지요?" 그녀가 물었다. "항상 기분이 나쁘다는 말인가요?"

"뭐 그렇다는 얘기죠." 그가 웃으며 대답했다. "제가 분을 잘 삭이지 못하거든요."

"그렇지만 무슨 분이오?" 그녀가 물었다.

"분통이오!" 그가 대답했다. "그게 무엇인지 잘 모르십니까?"

그녀는 실망해서 아무 말도 않고 있었다. 그가 그녀를 무시하고 있는 것이었다.

"다음 달에 얼마 동안 어딜 가 있으려고요." 그녀가 말했다.

"그러세요! 어디요?"

"베네치아요."

"베네치아라고요! 클리퍼드 경과 같이요? 얼마 동안이나요?"

"약 한 달가량이오." 그녀가 대답했다. "클리퍼드는 가지 않을 거예요."

"그럼, 여기에 머무시나요?" 그가 물었다.

"그래요! 저런 몸으론 여행하길 싫어해요."

"참 안됐소!" 그가 동정하며 말했다.

침묵이 흘렀다.

"내가 가있는 동안 날 잊지는 않겠죠?" 그녀가 물었다.

그가 다시 눈을 들고 그녀를 정면으로 보았다.

"잊는다고요?" 그가 말했다. "누구라도 잊지 않소. 이건 기억의 문제가 아니요."

그녀는 "그렇다면 뭐지요?"라고 묻고 싶었지만 그러질 않았다. 대신 그녀는 아주 낮은 소리로 말했다.

"클리퍼드에게 내가 아길 가질지도 모른다고 말했어요."

이제 그가 강렬한 눈빛으로 속내를 알아보려는 듯 그녀를 똑바로 바라보았다.

"그러셨어요?" 그가 마침내 물었다. "그래 그분이 뭐라 하던가요?"

"아, 개의치 않는데요. 자기 자식처럼 **보인다면** 좋다고 해요." 그녀는 감히 그를 똑바로 바라볼 수가 없었다.

그가 오랫동안 잠자코 있다가 다시 그녀의 얼굴을 똑바로 보았다.

"물론, 내 말은 안 했겠지요?" 그가 물었다.

"안했지요! 당신 이야길 하지 않았어요." 그녀가 대답했다.

"안해야지요! 그는 내가 어린애의 아버지란 사실을 도저히 인정할 수 없을 겁니다.―그러면 어디서 애를 가진 것으로 할 건가요?"

"베네치아에서 연애한 것으로 하지요." 그녀가 대답했다.

"그럴 수도 있겠소." 그가 천천히 대꾸했다. "그래서 베네치아로 가는 겁니까?"

"연애하러 가는 건 아니에요." 그녀가 그를 쳐다보며 호소하듯 말했다.

"겉으로 그런 척하려는군요." 그가 말했다.

침묵이 흘렀다. 그가 쓸쓸하고도 조롱기가 어린 웃음을 짓고 창밖을 내다보며 앉아 있었다. 그녀는 그런 웃음이 싫었다.

"그렇다면 애가 생기지 않게 예방을 하지 않았단 말입니까?"그가 갑자기 그녀에게 물었다. "난 하지 않았으니까요."

"그래요!" 그녀가 들릴락 말락 대답했다. "난 그런 걸 싫어해요."

그가 그녀를 쳐다보다가 다시 그 특유의 미묘한 웃음을 지으며 창밖을 내다보았다. 팽팽한 침묵이 흘렀다.

마침내 그가 그녀에게 고개를 돌리며 비꼬듯 말을 던졌다.

"그래서 나를 원했던 거요? 애를 가지려고요?"

그녀가 고개를 숙였다.

"아니에요! 정말 아니에요." 그녀가 말했다.

"그렇다면 **정말로** 무엇 때문이었소?" 그가 신랄하게 다그쳐 물었다.

그녀가 그를 나무라듯 쳐다보았다.

"모르겠어요." 그녀가 천천히 말했다.

그가 웃음을 터트렸다.

"나도 통 알 수가 없소." 그가 말했다.

긴 침묵이 흘렀다. 냉랭한 침묵이.

"그렇다면," 그가 마침내 입을 열었다. "마님께서 좋으실 대로 하시지요. 마님이 아기를 가진다면 클리퍼드 경께선 대환영일 테니까요. 내가 잃는 건 하나도 없소. 그 반대로 아주 좋은 경험이었습니다. 정말로 아주 좋은 경험이었소!" 그리곤 그가 반쯤 억누른 하품을 하면서 기지개를 켰다. "마님께서 나를 이용하셨다면," 그가 말을 이었다. "내가 이용당한 게 처음은 아니지요. 그런데 이번처럼 즐거운 적은 없었소. 물론 이 일을 그다지 당당한 것이라 느끼진 않습니다만." 그리곤 근육을 이상하게 떨며 다시 기지개를 켰다. 그의 턱은 야릇하게 굳어있었다.

"그렇지만 당신을 이용한 게 아니에요." 그녀가 호소하듯이 말했다.

"마님께 봉사한 거죠." 그가 대꾸했다.

"아니에요!" 그녀가 말했다. "난 당신 몸이 좋았어요."

"그러셨어요?" 그가 대꾸했고 다음엔 웃어댔다. "그렇다면 우린 비겼네요. 나도 마님 몸을 좋아했소."

그가 이상하게 시커멓게 된 눈으로 그녀를 쳐다보았다.

"지금 이 층으로 올라가시렵니까?" 그가 목이 조인 목소리로 그녀에게 물었다.

"아니요. 지금은 안 돼요! 여기선 안 돼요!" 그녀가 느릿느릿 힘들게 말했다. 그렇지만 만약에 그가 억지로 그녀를 끌었다면 그녀는 올라갔을 것이다. 그를 저항할 힘이 없었으니까.

그가 다시 고개를 돌렸고 그녀를 잊은 듯했다.

"당신이 나를 만지는 것처럼 당신을 만지고 싶어요." 그녀가 말했다. "난 당신의 몸을 제대로 만져본 적이 없으니까요."

그가 그녀를 쳐다보더니 다시 히죽 웃었다.

"지금 말이오?" 그가 물었다.

"아니요! 아니에요! 여기선 안 돼요. 오두막에서요! 괜찮으시겠어요?"

"내가 마님을 어떻게 만지는데요?" 그가 물었다.

"내 몸을 살살 더듬으며 만질 때요."

그가 그녀 쪽으로 시선을 돌리다 심각하고도 열의에 찬 그녀의 시선과 마주쳤다.

"제가 마님 몸을 더듬을 때가 좋아요?" 그가 여전히 그녀를 빈정거리듯 웃으며 물었다.

"그래요! 당신은 어때요?" 그녀가 물었다.

"아, 난!" 그리곤 그가 어조를 바꿔 말했다. "좋지요!" 그가 말했다. "묻지 않아도 잘 아시면서." 그건 사실이었다.

그녀가 일어나 모자를 집어 들었다.

"가야겠어요." 그녀가 말했다.

"가시겠습니까?" 그가 공손히 물었다.

그가 자신에게 뭐라 말하면서 자신을 어루만지길 그녀는 바랐지만, 그는 아무 말도 않고 오직 공손히 기다렸다.

"차 잘 마셨어요. 고마워요." 그녀가 말했다.

"저의 차를 마시는 영광을 주셨는데 미처 감사를 표하지 못했소이다." 그가 말했다.

그녀가 길을 걸어 내려갔고, 그는 빙그레 웃음을 지으며 문가에 서 있었다. 플로시가 꼬리를 쳐들고 뛰어왔다. 그리고 코니는 그가 이해 안 되는 웃음을 띠며 그녀를 지켜본다는 걸 의식하며 숲 속으로 묵묵히 걸어갔다.

그녀는 매우 침울하고 불쾌해서 집으로 걸어갔다. 이용당했다는 그의 말이 도통 싫었다. 왜냐하면, 어떤 의미에선 그게 사실이었기 때문이다. 그렇지만 그가 그런 말을 입에 담아선 안 되었다. 그러므로 그녀의 감정은 다시 두 갈래로 갈리었다. 그를 향한 분노, 그리고 그와 화해하고픈 욕망.

그녀는 아주 안절부절못하며 차 마시는 시간을 보내고 얼른 자기 방으로 올라갔다. 그렇지만 자기 방에 들어와도 아무 소용이 없었다. 앉지도 서지도 못했다. 어떻게 해야 했다. 오두막으로 다시 가야 했다. 그가 거기에 없다손 치더라도 괜찮을 것 같았다.

그녀가 옆문으로 살그머니 빠져나갔다. 좀 침울한 채 곧장 오두막으로 걸어갔다. 공터에 이르렀을 때 굉장히 불안했다. 그렇지만 그가 거기에 다시 와 있었다. 그가 셔츠 바람으로 허리를 웅크리고 앉아 닭장에서 어미 닭을 내보내고 있었다. 같이 있던 어린 꿩은 이제 상당히 자라서 좀 볼품이 없어졌지만, 어미 닭보다는 훨씬 보기 좋았다.

그녀가 그에게로 곧장 다가갔다.

"내가 왔어요!" 그녀가 말했다.

"그래요. 오셨군요!" 그가 허리를 펴고 좀 재미있다는 표정으로 그녀를 쳐다보며 말했다.

"이제 어미 닭들을 우리에서 내보내나요?" 그녀가 물었다.

"그래요—어미 닭들이 뼈와 가죽만 남도록 알을 품고 있어요." 그가 말했다. "그리고 이제 나와서 모이 먹을 생각을 전혀 하지 않아요. 알을 품는 닭은 제 몸 생각을 하지 않아요. 알이나 새끼들에게만 온통 정신이 쏠려있어요."

불쌍한 어미 닭! 저렇게 맹목적으로 헌신하다니! 제가 낳은 알도 아닌데! 코니는 연민에 사로잡혀 어미 닭들을 쳐다보았다.

어찌할 수 없는 침묵이 그 남자와 여자 사이에 흘렀다.

"오두막으루 들어갈까유?" 그가 물었다.

"나를 원하세요?" 그녀가 못 믿겠다는 듯 물었다.

"그래요. 들어가시길 원한다면유."

그녀는 말이 없었다.

"그럼 들어가유!" 그가 말했다.

그리고 그녀가 그와 함께 오두막으로 갔다. 그가 문을 닫으니 안은 상당히 어두웠다. 그래서 그가 전처럼 램프에 조그맣게 불을 붙였다.

"속옷은 벗고 오셨소?" 그가 물었다.

"그래요!"

"그렇다면—나도 옷을 벗겠소."

그가 담요를 펼쳐서, 한 개는 몸 위에 덮게 옆에 놓았다. 그녀가 모자를 벗고 머리를 풀었다. 그가 앉아서 구두와 각반을 벗고 코르덴 바지를 벗었다.

"그럼 누우시죠!" 그가 셔츠만 걸치고 서서 말했다. 그녀는 묵묵히 그대로 했고 그가 그녀 옆에 누운 후 그들 위로 담요를 당겼다.

"자!" 그가 말했다.

그리고 그가 그녀의 옷을 젖가슴까지 위로 올렸다. 그리고 그가 젖가슴에 키스했고 젖꼭지를 입에 물고는 살살 애무를 했다.

"에, 당신 몸이 좋아유, 아 좋아유!" 그가 갑자기 그녀의 따스한 배를 끌어안고 얼굴을 갖다 대고 비벼대며 말했다.

그리고 그녀는 손을 그의 셔츠 안으로 넣어 그를 끌어안았다. 그러나 그의 가늘고 매끄러운 알몸이, 근육이 너무나 강력해 보여 매우 무서웠다. 그녀가 몸을 움츠렸다.

　　그가 낮게 한숨을 쉬며 "아, 당신 몸이 좋아유!"라고 말했을 때 그녀 안의 무엇인가가 파르르 떨었고 그녀 정신 속의 무엇인가가 저항을 하며 굳어졌다. 그건 끔찍하게 가까워진 육체적인 접촉과 그가 이상하게 서두르며 그녀를 소유하려는 것에 저항하며 굳어진 것이었다. 이번에는 그녀의 열정에서 비롯되는 강렬한 황홀경이 그녀를 사로잡지 못했다. 그녀는 용을 쓰며 허둥대는 그의 몸에 맥없이 손을 대고 누워 있었다. 그녀가 아무리 어떻게 하려 해도 그녀의 정신은 머리 꼭대기에서 냉랭히 내려다보고 있는 듯했다. 그가 엉덩이를 밀어대는 것이 우스꽝스럽게 보였고 그의 남근이 사정할 시점에 이르려고 안달하는 것도 우습게 보였다. 그래, 이것이 사랑이라는 것이구나. 우스꽝스럽게 엉덩이를 앞뒤로 흔드는 것이, 남근이 형편없이 가늘고 촉촉하게 줄어든 꼴이. 이것이 그 성스런 사랑이라니! 결국, 현대인들이 이러한 연기행위를 멸시하는 건 옳아. 그건 연기에 지나지 않으니까. 어느 시인이 말했듯이 하나님이 인간을 창조할 때 분명히 악의적인 익살을 부린 것이 상당히 사실인 것 같아. 인간을 이성적인 존재로 창조해놓고 이렇게 우스꽝스러운 자세를 취하게 하고, 맹목적으로 달려들어 이런 굴욕적인 연기를 펼치게 한 것을 보면 말이야. 모파상조차 이것을 치욕스런 김빠진 결말이라고 했지. 인간은 이런 행위를 멸시하면서도 계속 그런 행위를 하고 있다니.

그녀의 여성적인 마음은 차갑고 비웃는 듯 멀리 떨어져 있었다. 그리고 비록 그녀가 미동도 않고 누워있긴 해도 그녀의 속마음은 허리를 들어 올려 그 남자를 밀쳐내고 그의 흉측한 포옹과 우스꽝스럽게 흔드는 엉덩이에서 벗어나고 싶었다. 그의 몸뚱이는 어리석고 주제넘고 불완전한 것으로 깨끗하게 마무리를 못 하는 것도 혐오스러웠다. 확실히 진화과정이 완전했다면 이런 행위와 이런 '기능'은 끼어들지 못했을 것이다.

그런데도 그가 일을 끝내자, 그 일은 곧 지나갔고, 그는 너무나 조용히 누워서 침묵 속으로 그리고 그녀의 의식의 지평선보다 더 멀리 떨어진 움직임 없는 이상한 거리감 속으로 빠져들었을 때, 그녀는 마음속으로 울기 시작했다. 그가 차츰차츰 썰물처럼 저 멀리 빠져나가고 있었다. 그녀를 바닷가의 한 돌멩이처럼 홀로 남겨두고. 그는 저 멀리 물러나고 있었다. 그의 정신도 그녀를 떠나고 있었다. 그는 이를 의식하고 있었다.

그녀는 자신의 이런 이중 의식과 반응으로 괴로워하며, 정말 슬퍼서 울기 시작했다. 그는 눈치채지도, 혹은 알지도 못했다. 흐느낌이 폭풍우같이 더 커지며 그녀를 뒤흔들었다. 그리고 그를 뒤흔들었다.

"그래요!" 그가 말했다. "이번엔 잘 안되었소. 당신이 오르가슴에 이르질 못했소."

그래 그가 알고 있었구나! 그녀가 더욱 심하게 흐느껴 울었다.

"그렇지만 뭔가 잘못된 거요!" 그가 말했다. "가끔 그럴 수도 있는 거요.”

“난—난 당신을 사랑할 수가 없어요.” 그녀가 갑자기 자신의 심장이 터질 것 같아, 흐느껴 울며 말했다.

“사랑할 수 없다구요! 저, 속 태우지 마셔유! 꼭 그러라는 법은 업시유. 그런대루 그냥 받아들여유.”

그는 여전히 손을 그녀의 젖가슴에 얹고 누워 있었다. 그러나 그녀는 두 손을 그에게서 치웠다.

그의 말은 별로 위로가 되지 못했다. 그녀는 큰 소리를 내며 흐느꼈다.

“그러지 마세유! 말어유!” 그가 말했다. “잘 될 때나 안 될 때나 그냥 받아들이셔유. 이번엔 어쩌다 잘 안 됐구먼유.”

그녀는 비통하게 흐느껴 울었다. “당신을 사랑하고 싶은데—그럴 수가 없어요. 단지 무섭기만 해요.”

그가 반은 쓸쓸해하고 반은 기뻐하며 웃음을 살짝 지었다.

“무서운 게 아니어유.” 그가 말했다. “그렇다고 생각하지만유. 그렇게 무서워할 게 아니지라우. 날 사랑하려구 조바심내지 마셔유. 억지로 되는 기 아니지유. 바구니 가득 열매를 담다 보면 나쁜 열매도 끼기 마련이지유. 살다 보면 잘되건 안되건 그대루 받아들여야지유.”

그가 그녀의 젖가슴에서 손을 떼고 그녀를 어루만지지 않고 있었다. 이제 그의 손길이 없었다. 그녀는 비뚤어진 만족감을 느꼈다. 그가 사투리를 쓰는 게 싫었다. 유(you)라는 말 대신에 그가 디(thee), 다(tha), 다이젠(thysen) 같은 하층민의 사투리를 쓰는 게 싫었다. 그는 마음만 먹으면 벌떡 일어나 그녀 바로 앞에서 그 우스꽝스러운 코르덴 바지의 단추를 채울 남자였다. 어쨌든 마이클리스는 돌아서는 예절은 갖추고 있었다. 이 남자는 너무나 자신만만해서 다른 사람들이 그를 촌뜨기나 버릇없는 사람으로 본다는 사실을 전혀 의식하지 못했다.

그런데도 그가 조용히 일어나 그녀 곁을 떠나려 하자 그녀가 겁을 먹고 그에게 매달렸다.

"안 돼요! 가지 말아요! 제발 떠나지 말아요! 나한테 화내지 마세요! 안아줘요! 꼭 껴안아 줘요!" 그녀는 자기가 무슨 말을 하는지도 모르면서 무서운 힘으로 그에게 매달려 미친 듯이 속삭였다. 그녀는 자신에게서, 내적인 분노와 저항심에서 탈출하고 싶었다. 그렇지만 그녀를 사로잡고 있는 그 내적인 저항심은 얼마나 강력한가!

그가 다시 그녀를 껴안고 자기에게로 당겼다. 그러자 그녀는 그의 팔 안에서 갑자기 작아졌고 바싹 달라붙었다. 그것이 사라졌다. 그 저항심이 사라졌다. 그리고 그녀는 놀라운 평온함 속에 녹아들기 시작했다. 그녀가 그의 팔 안에서 작아지고 신기하게 사랑스러워지자 그에게 무한한 욕정을 불러일으켰다. 그의 모든 핏줄이 그녀에 대한 강렬하고도 부드러운 욕정으로 불타오르는 듯했다. 그의 팔 안에 든 그녀의 부드러움과 짜릿한 아름다움이 그의 피에 스며들었다. 그리고 그가 순수하고 부드러운 욕정의 손으로 그녀가 자지러들게 경이로운 애무를 시작했다. 그녀의 비단결 같은 허리의 곡선을 쓰다듬으며 밑으로, 밑으로 내려가 그녀의 부드럽고 따스한 궁둥이 사이로 내려갔고 그녀의 급소로 점점 더 가까이 다가갔다. 그녀는 그를 욕정의 불꽃으로 느끼지만, 부드러워서 자신이 그 불꽃 속으로 녹아 들어감을 느꼈다. 그녀는 자제력을 풀어버렸다. 그의 남근이 말없이 놀라운 힘과 자신감으로 불끈 솟아오르는 걸 느꼈고 자신을 그에게 풀어놓았다. 그녀는 죽음과 같은 전율을 느끼며 자신을 내어주었다. 그녀는 자신을 모두 그에게 열어놓았다. 아, 그리고 만약에 그가 그녀를 부드럽게 대하지 않는다면 그건 너무나도 잔인할 것이었다. 그녀가 그에게 모든 것을 열어젖히고 꼼짝 달싹 못 하는 상태였으니까!

그녀는 그가 너무나 이상하고 무시무시하게 그녀 안으로 인정사정없이 강력하게 들어오는 것에 다시금 몸을 떨었다. 그것은 그녀의 부드럽게 열어놓은 몸 안으로 칼이 들어오는 것처럼 들어올 수 있고 그러면 그건 죽음과 같을 것이었다. 그녀가 갑자기 공포의 고통으로 그에게 매달렸다. 그러나 그것은 이상하게 천천히 평온하게 들어왔다. 평온이 어둡게 들어왔다. 태초에 세상을 창조하듯 묵직하고 원초적인 부드러움으로 들어왔다. 그러자 그녀의 공포는 가슴 속에서 잦아들고 그녀는 평온 속에서 가슴을 과감히 풀어놓았다. 그녀는 아무것도 잡지 않았다. 그녀는 모든 것을 놓아버렸다. 그녀 자신을 몽땅. 그리고는 물결 속에 둥둥 떠내려갔다.

그녀가 바다가 된 듯했다. 검은 파도만이 넘실대며 부풀어 오르고, 커다랗게 부풀어 올라 넘실거렸다. 그러자 그녀의 어두운 몸 전체가 흔들리고 다음엔 그녀 자신이 대양이 되어 무언의 시커먼 파도 덩이를 일으켰다. 아, 그녀 안 저 깊은 곳에서 대양이 갈라지고 멀리까지 밀려가는 물결이 길게 파도치며 사방으로 퍼져나갔다. 그리고 그녀의 급소에선, 그의 몸이 부드럽게 들어온 중심부에서부터 대양이 갈라지고, 물결이 사방으로 퍼져나갔다. 그가 점점 더 깊이 들어오며 저 밑까지 닿자, 그녀는 점점 더 깊고도 깊이 자신을 드러내었다. 그녀의 소용돌이가 그녀 자신을 드러내며 더 무겁게 파도치며 저 멀리 해안가로 밀려가면 갈수록, 그 팔딱거리는 미지의 것은 점점 더 가까이 밀고 들어왔다. 그녀 자신의 파도가 그녀를 남겨놓고 그녀로부터 저 멀리 파도쳐서 갔고 급기야는 갑작스레 그녀의 원형질의 급소에 그것이 닿자 부드럽게 경련을 일으켰다. 그녀는 자신의 급소에 그것이 와 닿았고 자신이 성의 최절정에 이른 것을 알았다. 그리고 그녀는 사라졌다. 그녀는 사라졌다, 존재하지 않았다, 그리고 그녀가 태어났다. 한 여성으로.

아, 그건 너무나도, 너무나도 아름다웠다! 기운이 자지러들면서 그녀는 그 모든 아름다움을 절감했다. 이제 그녀의 온 몸뚱이는 부드러운 사랑으로 그 미지의 남자에게, 그 줄어드는 남근에 막무가내로 매달렸다. 그건 사납고도 강력하게 그녀 안으로 들어온 후 아주 부드럽고 연약하게 알지도 못하게 뒤로 물러나고 있었다. 그 비밀스러운 민감한 것이 그녀 몸 안에서 빠져나가자, 그녀가 완전한 상실감에 무의식중에 소리를 지르며 그것을 자기 안으로 끌어들이려 했다. 그건 너무나도 완벽했었는데! 그리고 그녀는 그걸 너무나 사랑했는데!

이제야 그녀가 그 작은 꽃봉오리 같은 무언의 부드러운 남근을 의식하게 되고 경이로워 저절로 작은 외침이 그녀 입에서 날카롭게 새어 나왔다. 그렇게 강력했던 것이 그토록 부드럽고 약한 것이 되자, 여자가 가슴으로부터 울부짖었다.

"그건 너무나 좋았어요!" 그녀가 신음했다. "너무나 좋았어요!" 그러나 그는 아무런 말도 않고 그녀 위에 조용히 엎드려 부드럽게 키스만 했다. 그리고 그녀는 하나의 제물로써, 갓 태어난 생명체로 무상의 기쁨에 젖어 신음했다.

그리고 이제 그녀의 가슴 속에서 그에 대한 야릇한 경이감이 눈을 뜨기 시작했다. 사내로구나! 그녀 위에 엎드린 사내의 기이하고 강력한 힘! 그녀가 여전히 조금은 두려워하며 손으로 그 남자의 몸을 더듬었다. 그녀에게 생소하고 적대적이며 약간은 역겨웠던 존재를, 한 남자를 두려워했다. 그런데 지금 그녀가 그의 몸을 만지니 그것은 신의 아들들과 인간의 딸들의 만남이었다. 그는 얼마나 아름답게 느끼는지! 살결은 얼마나 순수한지! 얼마나 멋지고 사랑스럽고 강력한지! 그러면서 얼마나 순수하고 섬세한지! 민감한 육체의 그 평온함! 강력하고 섬세한 살결의 그토록 완벽한 평온함이라니! 얼마나 아름다운지! 얼마나 멋진지! 그녀의 손은 수줍어하며 그의 등을 타고 내려가 그의 부드럽고 조그맣고 동그란 궁둥이에 이르렀다. 아름다움이야! 얼마나 아름다운가! 새로운 인식의 작은 불꽃이 갑자기 그녀의 온몸을 쓸고 나갔다. 조금 전까지 역겹기만 했던 곳이 이렇게

아름답게 느껴지다니 이게 어찌 가능하지? 따스하고 생동하는
궁둥이의 감촉에서 오는 이 말할 수 없는 아름다운 느낌이라니!
생명 속의 생명이며 순수한 온기의 힘찬 아름다움. 그리고 그의
양다리 사이의 고환의 기이한 중량감! 이 얼마나 신비로운가!
손안에 부드럽고 묵직하게 들어오는 신비의 기이한 묵직한 중
량감이라니! 뿌리였다. 아름다운 모든 것의 뿌리였다. 모든 충
만한 아름다움의 태곳적 뿌리였다.

그녀는 거의 경외와 공포감에 가까운 경이감에 헛 소리를 내
며 그에게 바싹 달라붙었다. 그가 그녀를 꼭 껴안았지만, 말은
하지 않았다. 그는 전혀 말을 하지 않으려 했다. 그의 관능적인
경이로움에 더 가까이 있으려고 그에게 더 파고들었다. 그러자
이해할 수 없는, 완전히 고요하던 그의 몸에서 남근이 다시 서
서히 심상치 않게 물결쳐 솟아오르는 것을 그녀가 느꼈다. 그건
타자의 힘이었다. 그녀의 심장은 경외감에 녹아내리는 느낌이
었다.

이번에는 그녀 안에 들어간 그의 몸은 아주 부드럽고 무지
갯빛이었다. 순수하게 부드럽고 무지갯빛이어서 그 어떤 의식
으로도 파악할 수 없었다. 그녀의 자아 전체는 원형질처럼 의식
없이 생동하며 전율했다. 그것이 무엇인지 통 알 수 없었다. 그
것이 어찌 이루어진 것인지 통 기억할 수 없었다. 단지 그 전의
그 어떤 것보다 더 멋졌다는 것만 기억했다. 그것뿐이었다. 그
리고 그 후에 그녀는 완전히 고요 속에 잠겨 아무것도 의식하지
못한 채 얼마 동안인지 모르게 누워있었다. 그도 그녀와 함께

깊이를 알 수 없는 고요 속에 잠겨 곁에 누워있었다. 이것에 대해 그들은 절대로 입을 열지 않을 것이었다.

바깥세상에 대한 의식이 서서히 다가오자 그녀는 그의 가슴에 파고들며 "내 사랑! 내 사랑!" 하며 중얼거렸다. 그가 묵묵히 그녀를 껴안았다. 그리고 그녀가 그의 가슴팍에 몸을 웅크렸다. 그건 완전했다.

그러나 그의 침묵은 깊이를 알 수 없었다. 그는 너무나 고요하고 기이한 꽃처럼 그녀를 껴안았다. "어디 있어요?" 그녀가 그에게 속삭였다. "어디 있어요? 말해 줘요! 나에게 뭐라고 말해 줘요!"

그가 부드럽게 그녀에게 키스하며 속삭였다. "그래요. 내 아씨!"

그러나 그녀는 그의 말이 무슨 뜻인지, 도대체 그가 어디에 있는지 알 수가 없었다. 고요 속에 잠긴 그는 통 행방을 알 수가 없었다.

"날 사랑하지요?" 그녀가 속삭였다.

"그럼요. 당신은 알잖아요!" 그가 말했다.

"그렇지만 그렇다고 얘기해 줘요!" 그녀가 호소하듯 말했다.

"그래요! 그러지요! 그걸 못 느끼겠슈?" 그가 낮은 소리로 그러나 부드럽고 확실하게 말했다. 그녀는 그에게 더욱더 바싹 달라붙었다. 사랑할 때 그는 그녀보다 훨씬 더 평온했다. 그리고 그녀가 그에게서 확신을 얻고 싶었다.

"나를 정말 사랑하지요!" 그녀가 단정적인 어조로 속삭였다.

그러자 그가 욕정의 떨림은 없었지만, 섬세하고도 다정한 손길로 마치 꽃을 어루만지듯 그녀의 몸을 쓰다듬었다. 그런데도 그녀는 사랑을 꽉 움켜쥐고 싶은 불안한 욕망에 쫓기었다.

"언제나 날 사랑할 것이라 말해 줘요!" 그녀가 애원했다.

"그럼요!" 그가 멍하니 대답했다. 그리고 그녀는 자기의 애원하는 말이 그를 그녀에게서 멀리 밀쳐낸다는 것을 느꼈다.

"일어나야지요?" 그가 마침내 말했다.

"싫어요!" 그녀가 대꾸했다.

그렇지만 그녀는 그의 의식이 바깥세상의 소리에 귀를 기울이며 멀리 가는 것을 느낄 수 있었다.

"곧 어두워질 거요." 그가 말했다. 그리고 그의 목소리에서 상황의 압박감을 느낄 수 있었다. 그녀는 시간에 쫓겨 마지못해 일어나는 여자의 슬픈 마음으로 그에게 키스했다.

그가 일어나서 램프의 심지를 돋우고 옷을 입기 시작했다. 그의 몸은 순식간에 옷 속으로 자취를 감추었다. 그리고 그가 그녀 위쪽에 서서 바지를 여미고 검은색의 큰 눈으로 그녀를 내려다보았다. 그의 얼굴은 약간 홍조를 띠고 머리칼은 엉클어졌는데 희미한 램프 불에 비친 그 모습은 이상하게 따스하고 고요하며 아름다웠다. 너무나 아름다워 그녀는 절대로 그런 말을 그에게 들려주지 않기로 마음먹었다. 그런 모습을 보니 그에게 꼭 매달리고 싶었다. 그를 움켜잡고 싶었다. 왜냐하면, 그의 아름다운 모습에는 따스하고 잠에 취한 듯한 초연함이 있어 그녀가 소리치며 그를 꼭 부여잡고 소유하고픈 마음을 일으켰기 때문이다. 그를 절대로 소유할 수는 없으리라. 그래서 그녀가 담요 위에 알몸의 엉덩이를 부드럽게 웅크리고 누워있고 그는 그녀가 무슨 생각을 하고 있는지를 알 수 없었다. 그렇지만 그의 눈에도 그녀는 아름다웠고 모든 것을 초월하여 그가 언제건 들어갈 수 있는 부드럽고 경이로운 존재였다.

"내가 사랑하니까 당신한테 들어갈 수 있는 거요." 그가 말했다.

"날 좋아해요?" 그녀가 가슴을 두근거리며 물었다.

"사랑은 그 모든 것을 치유하오. 그래서 당신한테 들어갈 수 있는 거요. 내가 당신을 사랑하니 당신이 나에게 몸을 활짝 열어놓는 거요. 내가 당신을 사랑하니 그처럼 당신한테 들어갈 수 있는 거요."

그가 몸을 굽혀 그녀의 부드러운 옆구리에 키스하고 뺨으로 비빈 다음에 담요로 덮어 주었다.

"절대로 날 떠나지 않을 거죠?" 그녀가 물었다.

"그런 질문일랑 마셔유." 그가 말했다.

"그렇지만 내가 사랑한다는 걸 정말 믿지요?" 그녀가 물었다.

"당신은 방금 그 어느 때보다 더 많이 나를 사랑했어유. 그렇지만 일단 생각할라치믄 앞으로 무슨 일이 생길지 누가 알겠시유!"

"아니, 그런 말일랑 마세요!―그리고 정말로 내가 당신을 이용했다고 생각지는 않지요?"

"어떻게 말이유?"

"애를 가지려고—?"

"애는 이 세상에서 누구든 가질 수 있는 것 아니유?" 그가 앉아서 각반을 채우며 말했다.

"아니, 그런 말이 아니지요!" 그녀가 소리쳤다. "그런 뜻으로 말하는 건 아니겠지요?"

"아, 글쎄요!" 그가 눈을 내리뜨고 그녀를 쳐다보며 말했다. "이번이 최고였어유."

그녀는 조용히 누워있었다. 그가 문을 살며시 열었다. 하늘은 짙푸르고 가장자리는 투명한 청록색이었다. 그가 밖으로 나가 암탉들을 우리에 가두고 개에게 다정스레 무어라 했다. 그러는 동안 그녀는 누워서 생명과 존재의 경이로움에 놀라워했다.

그가 돌아왔을 때 그녀는 집시 같은 감정에 휩싸여 여전히 누워 있었다. 그가 그녀 옆에 등 없는 의자에 앉았다.

"여행 떠나기 전에유 밤에 한 번 집에 오셔야 해유. 그럴 테지유?" 두 손은 무릎 사이로 축 늘어뜨리고, 그가 눈썹을 치켜들고 그녀를 쳐다보며 말했다.

"그럴 테지유?" 그녀가 놀려대며 그의 말을 흉내 냈다.

그가 싱긋이 웃었다.

"그래유. 그러실 테지유?" 그가 다시 물었다.

"그래유!" 그녀가 그의 사투리를 흉내 내며 말했다.

"그래야 돼유!" 그가 말했다.

"그래야 돼유!" 그녀가 흉내 냈다.

"그리구 나하구 같이 자유." 그가 말했다. "그래야 돼유. 언제 오실 건데유?"

"언제 올까유?" 그녀가 사투리로 물었다.

"안 돼유." 그가 말했다. "그런 식으로 말하문 안 돼유. 그러면 언제 오실 건가유?"

"아마두 일요일에유." 그녀가 대답했다.

"아마두 일요일에유라! 좋아유!"

그가 그녀를 보며 잠깐 웃었다.

"아니, 그러문 안 돼유." 그가 항의했다.

"왜 안 돼유?" 그녀가 물었다.

그가 소리를 내며 웃었다. 그녀가 사투리로 말하는 것이 왠지 너무나 우스웠다.

"그러문 가요. 가셔야 해유!" 그가 말했다.

"가야 히유?" 그녀가 사투리로 물었다.

"가야 해유!" 그가 그녀의 말을 바로 잡아 주었다.

"왜 당신이 히유라고 말하는데 왜 난 해유라고 말해야 하는 거지요?" 그녀가 항의했다. "당신은 공정치가 않아요."

"공정치가 않다구요!" 그가 몸을 앞으로 내밀어 그녀의 얼굴을 쓰다듬으며 말했다.

"당신은 씹이 좋아유. 그렇지 않아유? 세상에서 최고의 씹이에유. 당신 기분이 짱일 때 말이유! 또 마음이 열렸을 때 말이유!"

"씹이 뭐예요?" 그녀가 물었다.

"그걸 모르세유? 씹! 바로 당신 저 밑에 있는 거유. 내가 당신 속에 들어갈 때 얻는 거구유, 내가 당신 속에 있을 때 당신이 얻는 거유. 그걸 다 말하는 거유."

"그걸 다 말하는 거유." 그녀가 그를 놀려댔다. "씹! 그건 성교와 같은 거군요."

"아니, 아니지유! 성교는 행동만을 말하는 거지유. 동물들도 교미를 하지유. 그렇지만 씹은 그 이상의 것이유. 그건 바로 당신이지유. 그리구 당신은 동물과는 아주 다르지유. 안 그래유? 성교를 한다 할지라두유. 씹! 그건 당신의 아름다움이지유. 아씨!"

그녀가 일어나 그의 눈 사이에 키스를 해주었다. 그가 아주 어둡고 부드러우며 말할 수 없이 따스한 눈길로 그녀를 쳐다보았다. 그것은 참을 수 없을 정도로 아름다웠다.

"그래요!" 그녀가 말했다. "그리고 나를 애틋이 사랑하나요?"

그가 대답은 하지 않고 그녀에게 키스했다.

"가서야 해유 ─ 먼지를 털어 드릴께유." 그가 말했다.

그가 그녀의 몸의 곡선을 따라, 정성껏 쓸어내렸다. 욕정은 없고 부드럽고 친밀한 이해의 손길로.

그녀가 황혼빛 속에서 집으로 달려갈 때 세상은 꿈처럼 보였다. 정원의 나무들은 조류에 닻을 내린 채 점점 부풀어 오르고 갑자기 밀려드는 것처럼 보였고, 집으로 이어지는 경사진 언덕은 생명으로 약동했다.

제13장

일요일에 클리퍼드는 숲으로 산책하러 나가길 원했다. 아름다운 아침이었다. 배꽃과 자두꽃이 여기저기에서 경이로운 흰색을 입고 갑자기 세상에 모습을 드러냈다.

세상이 이렇게 활짝 꽃을 피우는데 클리퍼드가 남의 도움을 받아가며 휠체어에서 야외용 전동의자로 옮겨 타는 것은 참 비참해 보였다. 그러나 그는 이러한 처지를 잊은 듯했고 심지어 자신이 불구임에도 자신감마저 내보이는 것 같았다. 코니는 그의 마비된 두 다리를 들어 옮길 때마다 여전히 괴로웠다. 이제는 볼턴 부인이나 아니면 필드가 이 일을 해주었다.

그녀는 너도밤나무가 죽 줄지어 서 있는 숲 가장자리의 찻길 끝에서 그를 기다렸다. 그의 전동의자는 힘이 들어 칙칙 소리를 내면서 천천히 거드름을 피우며 언덕을 올라왔다. 아내와 합류하자 그가 말했다.

"거품을 내뿜는 준마를 탄 클리퍼드 경이오!"

"적어도 콧김은 내뿜네요!" 그녀가 웃으며 말했다.

그가 의자를 세우고, 길고 낮고 오래된 갈색 저택의 전면을 둘러보았다.

"라그비 저택이 눈 하나 깜빡하지 않는군!" 그가 말했다. "그렇지만 그건 당연한 거지! 내가 준마보다 훨씬 나은 인간 지성의 성취물인 기계를 타고 올라왔으니까."

"그런 것 같아요. 말 두 필이 끄는 전차를 타고 하늘로 올라갔다는 플라톤 작품[1] 속의 영혼들은 요즈음 같으면 포드 자동차를 타고 올라가길 원했을 거예요." 그녀가 말했다.

"아니면 롤스 로이스를 타겠지. 플라톤은 귀족이었으니까!"

"맞아요! 다시는 검은 준마를 채찍질하며 학대할 필요가 없어요. 플라톤은 우리가 그의 검은 준마와 흰 준마보다 더 멋진 것을 탈 줄은 생각조차 못 했을 거예요. 준마는 필요 없고 엔진만 필요하다는 사실을!"

"엔진과 휘발유만 있으면 되지!" 클리퍼드가 말했다.

"난 내년에 이 오래된 저택을 좀 손볼까 해. 이 일을 위해서 천 파운드가량을 떼어놓으려는 생각이야. 근데 이 일에는 비용이 너무 많이 들어가!" 그가 덧붙여 말했다.

"아, 좋아요!" 코니가 대답했다. "단지 파업만 더 없으면 해요!"

"그자들이 파업을 다시 한다 해도 무슨 소용이 있겠소! 그 결과는 산업체만 손상을 입히는 거지. 확실히 광부들이 이 사실을 깨닫기 시작한 것 같소!"

---

1 플라톤의《파이드로스》246a3~248c2.—역주

"그 사람들은 산업체가 망가져도 개의치 않는 것 같아요." 코니가 말했다.

"아, 제발 나약한 소릴랑 말아요! 산업체가 그들의 주머니를 가득 채워주진 못해도 배는 불려주니까." 그가 야릇하게 볼턴 부인의 콧소리 같은 어투를 쓰며 말했다.

"그렇지만 지난번에 당신은 보수주의적 무정부주의자라고 말하지 않았나요?" 그녀가 순진하게 말했다.

"내 말뜻을 이해나 한 거요?" 그가 반박했다. "내가 의미한 바는, 사람들이 삶의 **형식**, 조직체를 그대로 보장하는 한에서, 엄격히 개인적으로 자기네가 좋아하는 대로 되고, 자기네가 좋아하는 대로 느낄 수 있고, 자기네가 좋아하는 대로 행동할 수 있다는 말이오."

코니가 묵묵히 몇 발자국 걸어갔다. 그리고는 좀 완강하게 말했다.

"그 말은 달걀이 겉껍질을 온전히 보존하는 한, 속은 썩어도 된다는 말 같아요. 그렇지만 속이 썩으면 껍데기는 저절로 깨지는 법이에요."

"사람은 달걀과 다르다고 생각해." 그가 말했다. "천사가 낳은 알이라 해도 말이야, 이 사랑스러운 복음 전도자여."

이 화창한 아침에 그의 기분은 한껏 고조되어 있었다. 종달새가 우짖으며 정원의 나무 위로 날아다니고 멀리 분지에 있는 탄갱에서는 조용히 증기를 뿜어내고 있었다. 전쟁 전 그 옛날의 기분과 거의 같았다. 코니는 논쟁할 마음이 전혀 없었다. 그렇다고 클리퍼드와 함께 숲으로 가고 싶지도 않았다. 그래서 좀 고집스러운 마음으로 그의 전동의자 옆에서 걷고 있었다.

"아니야." 그가 입을 떼었다. "일이 잘 조절만 되면 더 이상의 파업은 없을 거야."

"어째서 없을 거라는 거죠?"

"파업은 도저히 일어날 수 없도록 만들 테니까."

"그러나 광부들이 그렇게 하도록 놔둘까요?" 그녀가 물었다.

"우린 묻지 않고 할 거니까. 그들이 보지 못할 때 해치울 테니까. 그들에게도 이익이 되고 산업도 살리는 거지."

"또 당신의 이익을 위한 것도 되겠지요." 그녀가 말했다.

"물론이지! 모든 사람의 이익을 위한 거지. 그렇지만 나보다는 그들의 이익을 위한 거요. 난 탄광이 안 돌아가도 살 수 있어요. 그런데 저들은 그럴 수가 없지. 탄광이 문을 닫으면 저들은 굶어 죽을 거야. 내겐 다른 생계 수단이 있어요."

그들은 탄광이 있는 얕은 골짜기와 그 너머 언덕 위로 검은 지붕의 집들이 뱀처럼 꼬불꼬불 올라가 들어찬 테버셜 마을을 내려다보았다. 오래된 갈색 교회에서 종소리가 울리고 있었다. 그래, 일요일이구나! 일요일. 일요일이야!

"그렇지만 광부들이 당신 마음대로 조건을 내걸게 할까요?"

"이봐요. 그럴 수밖에 없을 거요. 부드럽게 일을 처리하면 말이오."

"그렇지만 상호 이해가 있어야 하지 않을까요?"

"전적으로 그래야 하지. 그들이 산업이 개인에 앞선다는 걸 깨달으면 말이오."

"그렇지만 당신이 꼭 이 산업체의 주인이어야 하나요?" 그녀가 물었다.

"그렇진 않지. 그렇지만 내가 소유하고 있는 정도까지는 아주 분명히 그렇소. 재산의 소유권이 이제는 종교적인 문제가 되었소. 예수와 성 프란시스 이후에 언제나 그래 온 것처럼 말이오. 문제는 '그대가 가지고 있는 모든 것을 가져다 가난한 자에게 주어라'가 아니라 '그대가 가진 모든 것을 활용하여 산업을 육성시키고 가난한 자에게 일거리를 주어라'라는 것이오. 그게 모든 이에게 먹을 것을 주고 입을 옷을 제공하는 유일한 방법이오. 우리가 소유한 것을 죄다 가난한 자에게 주는 것은 우리에게뿐만 아니라 가난한 자에게도 기근을 불러오는 거요. 그리고 전 우주적인 기근은 우리가 최고로 삼는 목표가 아니오. 모두의 가난은 아름다운 일이 아니오. 가난은 추악한 것이오."

"그렇다면 불균형은요?"

"그건 운명이지. 왜 목성이 해왕성보다 더 크지? 이미 고정된 것은 우리가 바꿀 수 없는 거요!"

"그렇지만 시기와 질투와 불만이 한꺼번에 터지기 시작한다면ー." 그녀가 말을 시작했다.

"최선을 다해 그걸 멈춰야지. 누군가는 이 일의 우두머리가 되어야만 해요."

"그렇지만 누가 이 일의 우두머리가 되나요?"

"산업체를 소유하고 운영하는 사람들이지."

오랫동안 침묵이 흘렀다.

"내 생각에 그들은 몹시 나쁜 우두머리인 것 같아요." 그녀가 말했다.

"그러면 그들이 어떻게 하면 좋을지 한 번 제안해 보구려."

"그들은 자신들의 지배권을 그리 진지하게 생각하지 않아요." 그녀가 말했다.

"그들은 당신이 귀부인 자격을 받아들이는 것보다 지배권을 훨씬 더 진지하게 받아들이고 있어요." 그가 말했다.

"귀부인 자격은 그냥 나한테 들씌워진 거지요. 난 정말 그걸 원치 않아요." 그녀가 부지중에 그 말을 했다. 그가 전동의자를 세우고 그녀를 빤히 쳐다보았다.

"누가 지금 자기의 책임을 회피한 담!" 그가 말했다. "당신이 말하는 대로 누가 자기네 지배권의 책임을 **지금** 외면하고 있단 말이오?"

"전 지배권 같은 건 원치 않아요." 그녀가 항의했다.

"아! 그건 겁쟁이나 하는 말이오. 당신은 이미 지배권을 소유하고 있어요. 그건 운명이오. 그러니 그것에 따라 살아야 하는 거요. 누가 광부들에게 그들이 갖고 싶어 하는 값진 것을 죄다 주었소? 정치적인 자유며 현재와 같은 교육이며 위생시설이며 보건 시설, 책과 음악 따위를 말이오. 누가 이걸 죄다 그들에게 주었지? 광부들이 스스로 광부들에게 주었나? 아니지! 영국에 있는 모든 라그비 가와 시플리 가 사람들이 그들의 몫을 나누어 준 것이고 앞으로도 계속 주겠지. 그것이 당신의 책임이오."

코니는 귀를 기울였고 얼굴이 아주 빨갛게 달아올랐다.

"저는 무언가를 나눠주고 싶어요." 그녀가 말했다. "그렇지만 허용이 되지 않아요. 오늘날엔 모든 것이 팔려서 그 대가를 받게 되어 있어요. 당신이 지금 언급한 모든 것을 라그비 가와 시플리 가가 큰 이익을 내면서 광부들에게 **팔았다고요**. 모든 것은 파는 것이지요. 진정한 공감은 눈곱만치도 내어주지 않지요. 게다가 누가 광부들에게서 자연스러운 삶과 인간다움을 빼앗고 이 산업상의 공포를 내주었지요? 누가 그런 짓을 했지요?"

"그럼 나더러 어쩌라는 거요?" 그가 파랗게 질려서 물었다. "그들보고 나한테 와서 약탈해 가라고 할까?"

"왜 테버셜 마을이 이토록 추악하고 흉측스럽게 되었지요? 왜 광부들의 삶이 이토록 절망적으로 되었지요?"

"광부들이 자신들의 테버셜 마을을 세운 거요—그건 그들의 자유를 겉으로 드러낸 것이오. 그들이 이 잘난 테버셜 마을을 형성해 나간 거요. 그들 나름대로 잘난 삶을 살아가는 거요. 내가 그들 대신 그들의 삶을 살아줄 수는 없는 거지. 풍뎅이도 자기 나름대로 삶을 살아가야 하는 거요."

"그렇지만 그들이 당신을 위해 일하도록 강요하고 있어요. 광부들은 당신의 탄광에서 생활하고 있어요."

"천만에. 풍뎅이도 나름대로 먹거리를 구하는 거요. 단 한 사람도 나를 위해 일을 하라고 강요받은 적은 없어."

"그들의 삶은 산업화되어 희망이 없어요. 우리의 삶도 그렇고요." 그녀가 큰 소리로 말했다.

"난 그렇다고 생각하지 않아. 그건 낭만적인 표현에 지나지 않아. 점점 약해지고 죽어가는 낭만주의의 부스러기요. 코니, 거기 서 있는 당신은 전혀 희망이 없는 인물로 보이지 않는데."

그건 맞는 말이었다. 그녀의 짙푸른 눈이 번뜩이고 그녀의 뺨이 잔뜩 달아올랐기 때문에, 그녀는 희망이 없는 낙담과는 거리가 먼 반항적인 열정으로 가득 차 보였다. 그녀는 다른 곳보다 풀이 무성하고 높게 자란 곳에서 솜털이 있는 어린 노란 구륜앵초들이 부드러운 털로 덮혀 여전히 희미하게 서 있는 것을 알아보았다. 그리고 자신이 클리퍼드가 그토록 **틀렸다**는 것을 알면서도, 왜 그에게 그렇다고 말할 수 없고, 그가 어떤 면에서 틀렸는지를 정확히 말할 수 없는 것에 의아했다.

"광부들이 당신을 미워하는 건 아주 자연스러운 거네요." 그녀가 말했다.

"미워하지 않아!" 그가 대꾸했다. "상황을 엉뚱하게 보지 말아요. 당신의 어법에 따르면 그들은 인간이 **아니요**. 그들은 당신이 이해를 못 하고 절대로 이해할 수 없는 동물이오. 다른 사람들에게 당신의 환상을 씌우지 말아요. 대중은 언제나 똑같았고 앞으로도 똑같을 거요. 네로황제의 노예들이라고 우리의 광부나 포드 자동차 공장의 노동자나 별반 차이가 없어요. 네로의 광산에서 일하던 노예와 밭일을 하던 노예를 말하는 것이오. 그것이 바로 대중이고 대중은 변할 수가 없는 거요. 어쩌다가 개성 있는 개인이 대중에서 나올 수도 있겠지. 그러나 그 한 사람이 나온다고 대중을 바꿀 수는 없소. 대중은 도저히 변할 수가 없는 거요. 그게 사회과학의 가장 핵심적인 사실 중의 하나요. '빵과 오락거리를 마련해 주어라!2 (Panem et circenses!)' 그저 오늘날 교육은 서커스를 대신하는 나쁜 대치물 중의 하나요. 오늘날 잘못된 점은, 우리가 이 프로그램의 서커스 놀이 부분을 지대하게 엉망으로 만들고, 우리의 대중을 하찮게 교육해서 망쳤다는 거요."

클리퍼드가 하층민들에 대해 이처럼 감정을 격하게 발산하면, 코니는 덜컥 겁이 났다. 그가 한 말 중에는 치 떨릴 정도로 진실한 면이 있었다. 그러나 그건 생명을 죽이는 진실이었다. 코니가 하얗게 질려 말이 없는 걸 보고, 클리퍼드는 전동의자를 다시 말없이 움직이다가 정원 출입문 앞에 이르러 의자를 멈추자, 코니가 문을 열어주었다.

"이제 우리가 손에 쥐어야 할 것은," 그가 말을 시작했다. "칼이 아니라 채찍이오. 일반 대중은 태초부터 지배를 받아왔고 세상 끝날까지 지배를 받아야 할 거요. 대중이 자신을 다스릴 수 있다는 말은 순전히 위선이고 웃음거리요."

"그렇지만 당신이 그들을 다스릴 수 있어요?" 그녀가 물었다.

"나 말이오? 아, 물론이지. 내 정신이나 의지는 불구가 아니에요. 그리고 다리로 다스리는 건 아니니까. 내 몫의 것은 다스릴 수 있어요. 확실히 내 몫은 해낼 거야. 그리고 나한테 아들만

---

2   유베날리스(Decimus Junius Juvenalis)의 〈열 번째 풍자시〉 중에서 나오는 라틴어 표현.—역주

생기면 그가 나의 대를 이어서 자기의 몫을 다스릴 수 있을 거요."

"그렇지만 그 애는 당신의 친아들이 아닐 수도, 당신과 같은 지배계층의 출신이 아닐 수도 있어요—음, 어쩌면 아닐 수도—" 코니가 말을 더듬었다.

"그 애가 건강하고 정상적인 지능을 가진 애라면 난 그 애의 아버지가 누구건 상관치 않겠소. 나한테 신체 건강하고 보통 지능을 가진 사람의 애만 낳아준다면 내가 그 애를 완전히 유능한 채털리 가의 인물로 키울 거요. 중요한 것은 누가 그 애의 아버지인가가 아니고 운명이 어떤 곳에서 자라게 하느냐요. 어떤 어린애든 지배계층에서 자라면 그 애는 자기 역량에 따라 지배자로 성장할 거요. 왕이나 공작의 자식이라도 대중 가운데서 자라면 그 애는 대중이 만들어낸 형편없는 소시민이 될 거요. 이건 환경의 저항할 수 없는 압력 때문이지."

"그렇다면 평민이 따로 있는 것이 아니고 귀족이란 혈통이 따로 있는 것도 아니네요." 그녀가 말했다.

"아니지, 여보! 그런 건 죄다 낭만적인 환상이야. 귀족은 운명적으로 맡겨진 역할의 하나요. 그리고 대중은 운명이 맡겨준 다른 역할이고. 여기서 개인은 거의 문제가 되지 않소. 어떤 기능에 맞고 적응하게 키워졌느냐가 중요하지. 귀족주의를 만드는 건 개인들이 아니요. 귀족이란 귀족 계급 전체의 기능이오. 그리고 현재의 평민을 만든 것도 대중 전체의 기능인 거요."

"그렇다면 우리에겐 공통적인 인간성이 없군요!"

"좋을 대로 생각해요. 우리는 누구나 자기 배를 채워야 해요. 그렇지만 자기표현이나 지배의 기능이란 문제에 이르면 지배계층과 피지배계층 사이엔 장벽이, 절대적인 장벽이 있다고 믿어. 이 두 기능은 서로 대립하지. 그 기능이 개인의 운명을 좌우하는 거요."

코니는 멍한 눈으로 그를 쳐다보았다.

"더 가시지 않겠어요?" 그녀가 물었다.

그가 전동의자의 시동을 걸었다. 그는 이제 할 말을 다 했다. 여하튼 일단 숲 속에 들어와서는 논쟁을 벌이지 않기로 그녀는 결심했다.

그들 앞에는 벽처럼 늘어선 개암나무와 싱싱한 잿빛 나무 사이에 승마길이 두 갈래로 환히 뻗어있었다. 전동의자는 씩씩거리며 느리게 움직이다가 개암나무 그늘 너머에 우유 거품처럼 피어난 물망초 한가운데로 물결치듯 흔들리며 굴러갔다. 클리퍼드는 사람들이 오가면서 들꽃 사이에 자국을 낸 가운데 길로 들어섰다. 그러나 코니는 전동의자 뒤를 따라 걸으면서 의자의 바퀴가 선갈퀴와 꿀풀 위를 흔들리며 지나가면서 땅 위로 뻗어나가는 좀가시풀의 작은 노란 꽃받침을 짓이기는 걸 보았다. 이제 그들은 물망초 위로 지나간 흔적을 남겨놓았다.

온갖 꽃들이 거기에 피어 있었다. 푸른색 웅덩이들에는 갓 피어난 불루벨들이 고인 물처럼 피어 있었다.

"이곳이 아름답다는 당신 말이 맞는구려." 클리퍼드가 말했다. "정말 놀랍군. 영국의 봄만큼이나 정말 아름다운 곳이 또 어디에 있을까!"

코니의 귀엔 봄은 의회의 법률에 의해 꽃을 피운다는 듯이
들렸다. 영국의 봄이라! 왜 아일랜드나 유대의 봄은 안 되나?

전동의자가 천천히 앞으로 나가며 밀처럼 촘촘히 서 있는 억
센 블루벨 꽃밭을 지나 잿빛의 우엉 잎사귀를 짓이기며 갔다.
얼마 후 나무들이 잘리어나간 공터에 이르렀을 때 햇볕은 오히
려 삭막하게 내리쪼였다. 그리고 블루벨은 여기저기에 밝은 푸
른색으로 피어 있다가 라일락색과 보라색으로 퍼져나갔다. 그
리고 그 틈바구니에는 고사리가 곱슬곱슬한 갈색의 머리를 쳐
들고 있어 마치 어린 뱀이 이브에게 새로운 비밀을 속삭이려고
한데 모인 것 같았다.

클리퍼드는 전동의자를 계속 몰아서 언덕의 벼랑 끝까지 올
라갔다. 코니는 뒤에서 천천히 따라갔다. 떡갈나무의 어린잎이
부드러운 갈색으로 피어나고 있었다. 모든 것이 오래된 딱딱한
등걸에서 부드럽게 돋아나고 있었다. 옹이투성이의 울퉁불퉁한
떡갈나무조차 여리고 여린 새잎을 돋게 해서 어린 박쥐 날개처
럼 얇은 갈색의 작은 잎새를 빛 속에서 펼치고 있었다. 왜 인간
들은 새로운 것을 절대로 품지 못하나. 밖으로 드러낼 신선함이
없는가! 썩어빠진 인간들!

클리퍼드가 언덕 꼭대기에서 의자를 멈춰 세웠다. 그리고 아
래를 내려다보았다. 블루벨이 넓은 승마로에 푸른 물결처럼 좍
퍼져 있고 언덕 내리막길엔 따스한 푸른색으로 환히 빛났다.

"저 자체로는 아주 멋진 색깔이야." 클리퍼드가 말했다. "그

렇지만 그림을 그리는 데는 별 소용이 없어."

"그래요!" 코니가 완전히 건성으로 맞장구를 쳤다.

"저 샘물 있는 데까지 한번 가볼까?" 클리퍼드가 제안했다.

"이 전동의자가 거기까지 갈 수 있을까요?" 그녀가 대답했다.

"한 번 해보는 거지. 모험이 없으면 얻는 것도 없어요!"

그리고 전동의자는 천천히 앞으로 나아가기 시작했다. 그리고 푸른 히아신스가 잠식하여 덮어버린 아름답기 그지없는 넓은 승마로를 덜커덕거리며 내려갔다. 오, 히아신스의 여울을 헤치며 나가는 마지막 배여! 마지막 거친 바다 위에서, 문명의 마지막 항해를 하는 작은 배여! 오, 희한하게 바퀴가 달린 배여, 어디 메로 느리게 나아가는가—!![3]

클리퍼드는 모험의 바퀴 위에 만족스러워하며 조용히 앉아 있었다. 낡은 검은 모자에 트위드 재킷을 입은 그는 꼼짝 않고 조심스레 앉아 있었다. 오, 선장이여, 나의 선장이여, 우리의 이 멋진 여행은 끝이 났어요! 그렇지만 아직은 아니에요! 잿빛 드레스의 콘스턴스가 덜커덕거리며 밑으로 내려가는 전동의자를 지켜보면서 지나간 자국을 따라 언덕 밑으로 내려갔다.

그들은 오두막으로 가는 좁은 샛길을 지나쳤다. 천만다행으로 그 길은 전동의자가 다닐 정도로 넓지가 않았다. 한 사람이 겨우 다닐 정도였다. 전동의자가 언덕 밑에 이르자 모퉁이를 돌

3 로버트 브리지스(1840~1930, 영국의 계관시인)의 〈통행자 A Passer-By〉 참조.—역주

더니 시야에서 사라졌다. 그리고 코니는 등 뒤에서 낮은 휘파람 소리를 들었다. 그녀가 고개를 획 돌렸다. 사냥터지기가 그녀를 향해 성큼성큼 걸어오고 있었다. 그의 개는 뒤에 따라오고 있었다.

"클리퍼드 경께서 지금 내 집으로 가시는 중입니까?" 그가 그녀의 눈을 들여다보며 물었다.

"아니요. 샘터로 가고 있어요."

"아! 잘 됐군요! 그렇다면 내가 그분의 눈에 뜨이지 않을 수 있겠군요. 그렇지만 당신을 오늘 밤에 만날 거예요. 정원 출입 문에서 기다릴게요—10시쯤에"

그가 다시 그녀의 눈 속을 빤히 들여다보았다.

"그래요." 그녀가 좀 주춤거리며 대답했다.

그들은 코니를 부르고 빵! 빵! 울리는 클리퍼드의 경적 소릴 들었다. 그녀가 "어이!"라고 대답했다. 사냥터지기가 얼굴을 조금 찡그리더니 코니의 젖가슴을 밑에서부터 위로 부드럽게 쓸어 올렸다. 그녀가 놀라서 그를 쳐다보다가, 클리퍼드에게 다시 "어이"라고 소리쳐 대답하며 언덕을 뛰어 내려가기 시작했다. 언덕 위의 사내는 그녀를 쳐다보다 히죽 웃으며 몸을 돌려 오솔 길로 다시 들어섰다.

클리퍼드가 천천히 샘물 쪽으로 올라가는 것이 보였다. 시커 먼 낙엽송이 우거진 경사면 위쪽에 샘물이 있었다. 그녀가 그를 따라잡을 때쯤 그는 이미 거기에 있었다.

"일을 잘해냈어." 그가 전동의자를 두고 하는 말이었다.

코니는 낙엽송 숲 가장자리에서 유령 같은 모습으로 자라고 있는 우엉의 커다란 회색 잎사귀를 보았다. 사람들은 그것을 로빈 후드의 대황(Rhubarb)이라 부른다. 샘물가의 그 모습이 얼마나 조용하고 우울해 보이는지! 그렇지만 샘물은 아주 밝고 멋지게 방울져 올라왔다! 그리고 몇 포기의 좁쌀풀과 짙푸른 금남초가 여기저기 주변에서 자라고 있었다. 바로 거기 둑 밑에서 누런 흙덩이가 움직이고 있었다. 두더지였다! 그놈은 분홍빛 발로 흙을 헤치고, 작은 분홍색 코끝을 위로 올리더니 나사송곳 같은 얼굴을 내저으며 모습을 드러냈다.

"두더진 코끝으로 보는가 봐요." 코니가 말했다.

"눈으로 보는 것보다 더 낫지!" 그가 말했다. "물을 좀 마시겠소?"

"그러시겠어요?"

그녀가 나뭇가지에 걸려있는 에나멜 컵을 가져다 허리를 굽히고 물을 떴다. 그가 몇 모금 물을 마셨다. 그다음엔 그녀가 다시 몸을 구부려 자신도 물을 조금 마셨다.

"얼음처럼 아주 차요!" 그녀가 헐떡거리며 짧게 말했다.

"아주 좋은데! 그래 당신은 뭐라고 소원을 빌었소?"

"당신도 소원을 빌었어요?"

"그럼, 그랬지. 하지만 말 안 하겠어."

그녀는 딱따구리가 나무를 쪼아대는 소리를 들었다. 다음에는 낙엽송 사이로 나부끼는 부드럽고, 소름이 돋는 바람 소리를 들었다. 고개를 들어 위를 쳐다보았다. 흰 구름이 푸른 하늘을 가로질러 흘러가고 있었다.

"구름 좀 보세요!" 그녀가 말했다.

"하얀 양떼 모양이군." 그가 대꾸했다.

구름의 그림자가 그 작은 공터를 스쳐 지나갔다. 두더지가 부드럽고 누런 흙더미 위로 헤엄치듯 기어 나왔다.

"기분 나쁜 작은 짐승은 죽여야 해." 그가 말했다.

"저것 봐요! 설교단에 서 있는 목사 같아요." 그녀가 말했다.

그녀는 선갈퀴 몇 가지를 꺾어 그에게로 가져갔다.

"새로 벤 건초 냄새군!" 그가 말했다. "딱 빈틈없이 단장한 19세기의 낭만적 귀부인의 몸에서 풍기는 내음이야!"

그녀는 흰 구름을 쳐다보고 있었다.

"비가 올 것 같은데요." 그녀가 말했다.

"비라니! 아니! 비가 오길 바라오?"

그들은 왔던 길을 다시 돌아가기 시작했다. 클리퍼드는 조심스레 의자의 덜커덕 소릴 내며 언덕 밑으로 내려갔다. 그들은 움푹 파인 곳의 어두운 바닥까지 내려왔을 때 오른쪽으로 방향을 틀었다. 한 백 야드쯤 더 간 다음엔 블루벨이 햇빛을 받으며 서 있는 긴 비탈길의 기슭에 당도했다.

"자, 잘 해봐!" 클리퍼드가 말하며 전동의자를 그곳에 갖다 대었다.

그곳은 가파르고 울퉁불퉁한 언덕길이었다. 전동의자는 내키지 않는 듯 안간힘을 다해 천천히 기어 올라갔다. 의자는 여전히 덜커덩거리며 위로 기어서 마침내 사방이 히아신스로 뒤

덮인 곳까지 올라갔다. 그런데 갑자기 주춤하더니 헐떡거리다가 꽃밭에서 좀 벗어나 앞뒤로 흔들리더니 완전히 멈춰 섰다.

"경적을 울려서 사냥터지기를 부르는 게 낫겠어요." 코니가 말했다. "사냥터지기가 의자를 좀 밀 수 있겠지요. 그런 거라면 저도 좀 밀겠어요. 도움이 되겠지요."

"잠시 쉬게 놔두지." 클리퍼드가 말했다. "바퀴 밑에 무얼 좀 괴어 주겠소?"

코니가 돌을 발견해 괴이고 기다렸다. 잠시 후에 클리퍼드가 엔진에 시동을 다시 걸어 의자를 움직이게 했다. 의자는 몸부림을 치다가 아픈 사람처럼 이상한 소리를 내며 비틀거렸다.

"내가 밀게요!" 코니가 의자 뒤로 가면서 외쳤다.

"아니, 밀지 말아요!" 그가 화가 나서 말했다. "밀어서야 간다면 이놈의 의자가 무슨 소용이 있나! 밑에다 돌이나 괴요!"

그래 또다시 쉬었다. 그러다 다시 발동을 걸었다. 그렇지만 전보다 효과가 더 없었다.

"내가 밀도록 놔둬야 해요." 코니가 말했다. "아니면 사냥터지기가 오도록 경적을 울리던가."

"기다려 봐!"

그녀가 기다렸다. 그리곤 그가 또다시 시동을 걸었으나 전보다 더 나빠졌다.

"내가 미는 게 싫다면 경적이라도 울려요." 그녀가 말했다.

"젠장! 당신 입 좀 다물고 있어!"

그녀는 잠시 조용히 있었다. 그는 그 작은 모터를 가지고 갖은 애를 다 썼다.

"당신 그러다가 의자를 망가트리고 말겠어요. 클리퍼드." 그녀가 충고조로 말했다. "공연히 신경만 낭비할 뿐이에요."

"내가 의자에서 내려서 이놈의 물건을 살펴보면 좋겠는데!" 그가 화가 치밀어 말했다. 그리고 경적을 요란스레 울려댔다. "아마 멜러즈는 뭐가 잘못되었는지 알 거야."

그들은 짓이겨진 꽃들 사이에 서서, 구름이 부드럽게 몰리는 하늘 아래서 기다렸다. 고요한 가운데 산 비둘기가 구-구 구! 구-구 구! 울기 시작했다. 클리퍼드가 경적을 마구 울려대 비둘기의 울음을 그치게 했다.

사냥터지기가 곧 나타났다. 그는 무슨 일인가 의아한 표정으로 모퉁이를 돌아 성큼성큼 걸어왔다. 그가 허리를 굽혀 인사를 했다.

"자네 모터에 대해 뭐 좀 아나?" 클리퍼드가 날카롭게 물었다.

"잘 모르는데요. 전동의자가 고장 났습니까?"

"그래 보여!" 클리퍼드가 잘라 말했다.

그 남자는 걱정스러운 듯 바퀴 옆에 웅크리고 앉아서 작은 엔진을 들여다보았다.

"이런 기계에 대해서는 제가 아는 것이 없는데요. 클리퍼드 나리." 그가 침착하게 말했다. "기계에 기름이 넉넉하다면—"

"어디 부서진 곳이 없는지 자세히 보기나 해." 클리퍼드가 퉁명스레 말했다.

그 사내는 나무에 엽총을 기대놓고 코트를 벗어서 그 옆에 던졌다. 누렁이는 경계하며 앉았다. 그리고 그가 쭈그리고 앉아 의자 밑을 들여다보며 손가락으로 기름투성이의 작은 엔진을 쑤셔댔고 그의 깨끗한 일요일용 셔츠에 기름때가 묻어서 기분이 언짢았다.

"부러진 건 없는 것 같습니다." 그가 말했다. 그러고는 일어서서 모자를 뒤로 젖히고, 이마를 비비면서 생각에 몰두한 것 같았다.

"그 밑에 달린 연접봉들을 살펴보았나?" 클리퍼드가 물었다. "연접봉들이 성한지 잘 봐!"

그 남자는 흙바닥에 배를 대고 납작 엎드린 다음 목을 뒤로 젖히고 엔진 밑으로 기어들어가 손가락으로 연접봉을 찔러 보았다. 커다란 대지 위에 배를 대고 엎드려 있을 때 코니는 나약하고 왜소하게 보이는 남자가 얼마나 불쌍한가 생각했다.

"제가 본 바로는 괜찮은 것 같습니다." 그의 중얼거리는 목소리가 들려왔다.

"자네가 고칠 것 같지 않아." 클리퍼드가 말했다.

"제가 고칠 수 있는 건 없는 것 같은데요!" 그가 기어 나와 광부들이 하듯 쭈그리고 앉았다. "분명히 부러진 건 없습니다."

클리퍼드가 엔진에 시동을 걸고 기어를 넣었다. 그런데 전동의자는 꼼짝도 하지 않으려 했다.

"좀 더 세게 돌려 보시지요." 사냥터지기가 자기 생각을 말했다.

클리퍼드는 이런 참견을 아주 싫어했다. 그러나 엔진을 돌려

청파리처럼 윙윙 소리를 내게 했다. 그랬더니 전동의자가 콜록거리고 으르렁거리더니 더 나아진 것 같았다.

"소리가 나아진 것 같은데요." 멜러즈가 말했다.

그러나 클리퍼드는 이미 기어를 넣어서 의자가 마구 흔들렸다. 의자는 아픈 사람처럼 비틀거리더니 슬슬 앞으로 약하게 나아갔다.

"제가 밀면 제대로 갈 것 같은데요." 사냥터지기가 의자 뒤쪽으로 가면서 말했다.

"손 떼!" 클리퍼드가 잘라 말했다. "의자는 혼자 힘으로 잘 갈 거야."

"그렇지만 클리퍼드!" 둑 위에 있던 코니가 끼어들었다. "이 기계로는 무리예요. 왜 그렇게 고집을 피우세요?"

클리퍼드는 화가 나서 파랗게 질려 있었다. 그가 레버를 이리저리 힘껏 당겼다. 전동의자는 질주하듯 달려가다가 몇 야드 앞에서 비틀거리더니 블루벨이 유별나게 아름답게 핀 꽃밭 한 가운데서 우뚝 멈춰 섰다.

"틀렸습니다!" 사냥터지기가 말했다. "출력이 충분치 않아요."

"이 전동의자로 여기에 올라온 적이 있어." 클리퍼드가 차갑게 말했다.

"이번에는 제대로 못 갈 겁니다." 사냥터지기가 말했다.

클리퍼드는 대꾸도 하지 않았다. 그는 엔진을 여러 가지로 시험하기 시작했다. 엔진에서 나는 소리로 상태를 진단하려는 듯 빨리 돌리다가 느리게 돌리기도 했다. 숲은 이 괴이한 엔진 소리로 메아리쳤다. 그러더니 브레이크를 획 당겨 꺼놓고 기어를 넣었다.

"그러다간 기계를 망가트릴 겁니다." 사냥터지기가 낮게 웅얼거렸다.

전동의자가 아픈 사람처럼 옆으로 기울더니 도랑에 처박혔다.

"클리퍼드!" 코니가 앞으로 달려 나오며 소리쳤다.

그러나 사냥터지기가 그 의자의 가로대를 날쌔게 잡았다. 클리퍼드는 그래도 온 힘을 다 쏟아, 가까스로 간신히 의자를 큰길로 들어서게 했다. 의자는 이상한 소릴 내면서 언덕을 겨우겨우 올라가고 있었다. 멜러즈가 뒤에서 꾸준히 밀고 의자는 기능을 회복한 듯 위로 올라갔다.

"이봐, 제대로 가고 있잖아!" 클리퍼드가 어깨너머 뒤를 보면서 의기양양하게 말했다. 그때 사냥터지기의 얼굴과 마주쳤다.

"의자를 밀고 있나?"

"밀지 않으면 못 갈 겁니다."

"그냥 두라니까. 밀지 말라고 했잖아."

"가지 못할 겁니다."

"혼자 가게 놔둬!" 클리퍼드가 목청을 다해 으르렁거렸다.

사냥터지기가 뒤로 물러났다. 그러고는 자기의 총과 웃옷을 가지러 몸을 돌렸다. 전동의자는 그 즉시 목이 조인 듯 가쁜 숨을 내쉬었다. 그러다 그만 서버렸다. 클리퍼드는 죄수처럼 의자에 앉아 있고 얼굴은 화가 나서 하얗게 질려버렸다. 그는 발을 못 쓰기 때문에 손으로 레버를 획 당겼다. 그랬더니 의자가 괴상한 소리를 질러댔다. 그는 조바심이 나 아주 거칠게 작은 손잡이들을 마구 움직였고 의자는 더 거친 소리를 냈다. 그렇지만 의자는 꿈쩍하지 않았다. 아니, 움직일 기미가 전혀 없었다. 그가 엔진을 끄고 몸은 화가 치밀어 경직되어 앉아 있었다.

콘스턴스가 둑에 앉아서 비참하게 뭉개진 블루벨들을 바라보았다. "영국의 봄처럼 아름다운 것은 없어." "내 몫의 지배는 할 수 있어." "우리가 지금 집어야 할 것은 칼이 아니라 채찍이야." "지배계급!"

사냥터지기는 자기의 웃옷과 총을 들고 성큼성큼 걸어 올라갔다. 플로시는 그의 뒤를 조심스레 따라갔다. 클리퍼드가 그 남자에게 엔진을 이런저런 식으로 점검해 보라고 했다. 모터의 전문적인 기술을 전혀 이해 못 하고, 이렇게 고장 난 상황을 여러 번 겪어본 코니는 무용지물의 인간처럼 둑 위에서 꾹 참고 앉아 있었다. 사냥터지기가 다시 배를 땅에 대고 엎드렸다. 지배계급과 피지배계급!

그가 일어서서 꾹 참으며 말했다.

"그러면 다시 한 번 시동을 걸어보시지요."

그가 아이에게 말을 하듯 아주 조용히 말했다.

클리퍼드가 다시 한 번 전동의자의 시동을 걸자마자 멜러즈는 재빨리 뒤로 가서 의자를 밀기 시작했다. 의자가 움직이기 시작했는데 그건 엔진이 절반 정도 일을 했고 나머진 사람의 힘이었다.

클리퍼드가 분노로 얼굴이 샛노랗게 되어 뒤를 흘낏 돌아보았다.

"거기서 손 떼!"

사냥터지기가 즉시 손을 뗐고 클리퍼드가 덧붙여 말했다. "밀고 있으면 의자의 성능을 내가 어떻게 알겠나!"

그 남자는 총을 내려놓고 웃옷을 입기 시작했다. 그가 할 일은 끝난 것이다.

전동의자가 천천히 뒷걸음질 치기 시작했다.

"클리퍼드, 브레이크를 밟아요!" 코니가 외쳤다.

그녀와 멜러즈와 클리퍼드가 동시에 움직였다. 코니와 사냥터지기의 몸이 가볍게 부딪쳤다. 의자가 멈춰 섰다. 쥐죽은 듯한 침묵이 잠시 흘렀다.

"확실히 남의 도움을 받아야겠어!" 클리퍼드가 말했다. 그는 화가 치밀어 얼굴색이 노랗게 변했다.

아무도 대꾸하지 않았다. 멜러즈는 어깨에 총을 메고 있었는데 그의 얼굴은 무덤덤한 인내의 표정 외엔 야릇하게 아무 표정이 없었다. 플로시는 주인의 양다리 사이에 경계태세로 서 있다가 대단한 의구심과 혐오감을 드러내며 전동의자를 쳐다보고 세 사람 사이에서 어쩔 줄 몰라 하며 불안하게 움직였다. 이 살아있는 그림(**tableau vivant**)은 짓이겨진 블루벨 사이에 정지된 채 있고 아무도 입을 떼려 하지 않았다.

"아무래도 전동의자를 밀어야겠는걸." 클리퍼드가 마침내 **냉정함을 되찾은 척**하며 입을 열었다.

아무런 대꾸가 없었다. 멜러즈의 멍한 얼굴은 아무 말도 듣지 못한 것처럼 보였다. 코니가 걱정스러워서 그를 힐끗 보았다. 클리퍼드도 뒤를 힐끗 돌아보았다.

"멜러즈, 집까지 이 전동의자를 밀어주게!" 그가 냉정하고 건방진 어조로 말했다. "자네한테 기분 나쁜 말은 안 했겠지." 그가 혐오감이 밴 말투로 덧붙여 말했다.

"전혀 아닙니다. 클리퍼드 나리! 제가 저 의자를 밀라는 말씀이십니까?"

"그렇게 해주게."

그 남자는 전동 의자로 다가갔다. 그러나 이번에는 밀어도 꼼짝하지 않았다. 브레이크에 무언가가 끼어 있었다. 그들은 전동의자를 밀었다 당겼다 했다. 그러다가 사냥터지기가 어깨에서 총을 내리고 웃옷도 다시 벗었다. 그리고 이제는 클리퍼드가 단 한 마디도 뻥긋하지 않았다. 마침내 사냥터지기가 의자의 등을 땅에서 들어 올리고 그 순간 그의 발로 바퀴를 밀어 올려 바퀴가 돌아가게 하려 했다. 그는 실패했고 의자는 다시 주저앉았다. 클리퍼드는 의자의 양 옆구리를 꽉 잡고 있었다. 사냥터지기는 무거운 것을 들어 올렸기에 숨이 가빠했다.

"그렇게 하지 말아요!" 코니가 그에게 소리쳤다.

"그쪽으로 바퀴를 당겨주세요!" 그가 코니에게 방법을 보여주며 말했다.

"안 돼요! 그 무거운 걸 들면 안 돼요. 그건 무리예요." 그녀가 화가 나서 얼굴이 달아오르며 말했다.

그렇지만 그녀의 눈을 들여다보며 고개를 끄덕였다. 그래서 그녀가 다가가 바퀴를 잡을 준비를 해야 했다. 그가 전동의자를 들어 올리고 그녀가 바퀴를 당기자 의자가 굴러갔다.

"아이고, 맙소사!" 클리퍼드가 겁이 나 소리 질렀다.

그러나 모든 것은 잘 되었다. 그리고 브레이크가 풀렸다. 사냥터지기가 바퀴 밑에 돌을 괴놓고 둑으로 가서 앉았다. 그가 무리했기 때문에 심장은 무섭게 뛰고 얼굴은 창백해지면서 어지러웠다. 코니가 그를 쳐다보고 분통이 터져 거의 울 지경이 되었다. 잠시 잠잠하더니 쥐죽은 듯한 침묵이 흘렀다. 넓적다리에 놓인 그의 손이 바르르 떨리는 것이 보였다.

"어디 다쳤어요?" 그녀가 그에게로 가서 물었다.

"아니요. 아닙니다!" 그가 화가 난 듯 몸을 돌렸다.

죽음 같은 침묵이 흘렀다. 클리퍼드의 금발의 뒤통수는 꼼짝도 하지 않았다. 개까지도 꼼짝 않고 서 있었다. 하늘엔 구름이 잔뜩 끼어 있었다.

마침내 그가 크게 숨을 쉬며 빨간 손수건에 코를 풀었다.

"폐렴을 앓고 난 후에 원기가 많이 빠졌어요." 그가 말했다.

아무도 이에 대꾸하지 않았다. 코니는 그 전동의자와 덩치 큰 클리퍼드를 들어 올리려면 얼마나 기력이 필요할까를 나름대로 계산해 보았다. 너무나 힘든 일이었어. 너무나도 무리가 되는 일이었어! 무리가 되어 저이가 죽지는 않을까!

그가 일어나서 다시 웃옷을 집어 들어 전동의자의 손잡이에 걸었다.

"클리퍼드 나리, 이제 준비되셨습니까?"

"자네만 되면!"

그가 몸을 구부려 바퀴에 괴인 돌을 빼내고 자기의 체중을 실어 의자를 밀었다. 그의 얼굴은 코니가 그때까지 본적이 없을 정도로 매우 창백하고 표정은 멍했다. 클리퍼드는 무게가 나가는 사람이었다. 언덕길은 가팔랐다. 코니가 사냥터지기 옆에서 걸어갔다.

"나도 밀겠어요!" 그녀가 말했다.

그리고 그녀가 화가 난 여자의 난폭한 힘으로 의자를 밀기 시작했다. 전동의자는 더 빨리 굴러갔다. 클리퍼드가 뒤를 돌아다보았다.

"그럴 필요가 있소?" 그가 말했다.

"물론이지요! 당신 이 사람을 죽일 생각이에요? 당신이 모터의 시동을 걸어주면—"

그녀는 말을 끝마칠 수가 없었다. 이미 헐떡이고 있었다. 그녀는 약간 힘을 줄였다. 그건 너무나 힘든 일이었다.

"그래요! 좀 천천히 갑시다!" 옆의 사냥터지기가 눈에 약간 미소를 머금고 말했다.

"정말 어디 다치지 않았어요?" 그녀가 따지듯 물었다.

그가 고개를 저었다. 햇볕에 그을린 손, 마디가 짧고 작으며 생동감이 넘치는 손을 그녀는 쳐다보았다. 그건 바로 그녀를 애무했던 손이었다. 전엔 그 손을 자세히 본 적이 없었다. 그 손은 그를 닮아 아주 조용하고 기이한 내면적인 고요를 지니고 있는

데. 마치 그녀가 그 손에 닿지 않는 곳에 있는 것처럼, 그 손을 움켜쥐고 싶은 마음이 그녀에게 일어났다. 그녀의 온 영혼이 갑자기 그에게로 쏠리었다. 그는 아주 고요하고 그녀가 미치지 못하는 곳에 있는 것 같았다! 그리고 그는 자신의 사지에 힘이 되살아남을 느꼈다. 그는 왼손으로 전동의자를 밀면서 바른 손은 그녀의 동그랗고 하얀 팔목 위에 얹고 부드럽게 팔목을 감싸며 애무했다. 그러자 힘의 불길이 그의 등과 허리춤으로 내려가 그의 활기를 되살아나게 했다. 그녀가 숨을 할딱이며 밀다가 갑자기 몸을 굽히고 그의 손에 키스했다. 그러는 동안 클리퍼드의 뒤통수는 윤기를 내며 꼼짝 않은 채 그들 앞에 있었다.

언덕 꼭대기에 이르자 그들은 쉬었다. 코니는 전동의자에서 손을 떼게 되니 기뻤다. 그녀는 이 두 남자 사이에 어떤 우정이 생길 거란 환상을 한때 품은 적이 있었다. 한쪽은 그녀의 남편이고 다른 쪽은 그녀가 가진 애의 아버지인데. 이제 그녀는 그 환상이 얼마나 얼토당토않은가를 깨달았다. 두 남자는 불과 물처럼 서로 상극이었다. 그들은 상대방을 뿌리부터 없애려 했다. 그리고 그녀는 증오라는 게 얼마나 야릇하고 미묘한 감정인가를 처음으로 깨달았다. 그녀가 그때까지 살면서 처음으로 클리퍼드를 의식적으로 분명하게 증오했다. 그가 지구에서 마땅히 쓸려 없어져야 할 존재라는 생각이 들면서 전에 없이 생생한 증오심이 일어났다. 그리고 참 이상하게도 그를 증오한다는 사실을 자신에게 분명히 인정하고 나니 무엇에서 풀려난 양 해방감을 느끼고 생동감이 충만했다. '이제 내가 저이를 미워하게 되었으니 앞으로 절대로 같이 살 수 없을 거야'라는 생각이 마음에 밀려왔다.

평지에서는 사냥터지기가 혼자서 전동의자를 밀 수 있었다. 클리퍼드는 자신이 완전히 평정을 찾았다는 것을 보이기 위해 코니와 대화를 좀 나누었다. 디에프에 계시는 에바 숙모와, 코니에게 편지를 보내 베네치아까지 자기의 작은 자동차로 같이 갈 건지 아니면 힐더와 함께 기차로 갈 것인가를 편지로 물은 맬컴 경에 관해서 이야기를 나누었다.

"난 기차로 가고 싶어요." 코니가 말했다. "자동차를 오래 타는 건 질색이에요. 특히 먼지가 일 때는. 그렇지만 힐더 언니가 어느 쪽을 좋아할지 봐야 해요."

"언니는 자기 차로 당신과 같이 가는 걸 원할 거야." 그가 말했다.

"그럴지도 모르죠! 여긴 지대가 높으니까 같이 밀어야겠어요. 이 의자가 얼마나 무거운지 당신은 모를 거예요."

그녀가 전동의자의 뒤로 가서 사냥터지기와 나란히 의자를 밀며 분홍색 오솔길을 걸어갔다. 누가 보든 개의치 않았다.

"왜 나를 여기에서 기다리게 두고, 가서 필드를 데려오지 않지? 그는 튼튼하니까 이런 일을 잘할 텐데." 클리퍼드가 말했다.

"다 왔는데요, 뭐." 그녀가 숨이 차 헐떡이며 말했다.

하지만 그들이 언덕 꼭대기에 도달했을 때 그녀와 멜러즈 두 사람은 얼굴에서 땀을 닦아냈다. 참 신기한 것은 두 사람이 이 정도의 일을 같이했다고 전보다 훨씬 더 친밀감을 느낀 것이었다.

"멜러즈. 매우 고마웠어." 그들이 저택 문에 이르자 클리퍼드가 말했다. "다른 종류의 모터를 마련해야겠어. 그게 문제였어. 부엌으로 가서 식사하지 않겠나? 식사 때가 거의 되었는데."

"감사합니다. 클리퍼드 경. 오늘은 일요일이라 어머니 집에서 식사하러 가던 중이었습니다."

"그럼 좋을 대로 하게."

멜러즈가 웃옷을 걸치고 코니를 쳐다보며 인사를 하고는 사라졌다. 코니는 화가 나서 이 층으로 올라갔다.

점심 식사 때 그녀는 감정을 억누를 수가 없었다.

"클리퍼드, 왜 당신은 그렇게 역겹게 상대방에 대한 배려가 없어요?" 그녀가 그에게 말했다.

"누구에게 말이야?"

"사냥터지기에게요! 만약에 그런 태도가 지배계층의 태도라야 한다면 당신에게 유감이네요."

"아니, 무슨 말이야?"

"중병을 앓은 허약한 사람이에요! 정말이지 내가 하인계층이었다면 당신이 더 기다리다 다른 사람의 시중을 받게 했을 거예요. 다른 하인을 부르게 놔두었을 거예요."

"그러겠지."

"만약에 그가 다리가 마비되어 전동의자를 타고 앉아서 당신처럼 처신했다면 당신은 그에게 어떻게 했을 것 같아요?"

"이 사랑하는 복음 전도자여, 인간과 인품의 혼동은 좋지 못한 취미예요."

"그리고 평범한 공감조차 결여한 형편없고 메마른 심성은 상상할 수 있는 최악의 취미군요. 높은 신분에는 도의상의 의무가 따른다고요! (**Noblesse oblige!**) 당신과 당신네의 지배계층 사람들 말이에요!"

"그렇다면 내가 어떻게 처신해야 한단 말이오? 사냥터지기에게 갖가지 불필요한 감정을 가지라는 거요? 난 거절하겠소. 그런 건 죄다 나의 복음 전도자에게 일임하겠어."

"마치 그가 당신과 같은 인간이 아닌 것처럼 말씀하시는군요. 기가 막혀서!"

"나의 사냥터지기인 데다 내가 일주일에 이 파운드씩 주고 집까지 주는데."

"돈을 준다고! 일주일에 이 파운드와 집을 주는 것이 무엇에 대한 보수라 생각해요?"

"그의 봉사에 대한 것이지."

"아유! 나 같으면 당신에게 일주일에 이 파운드와 집을 주는 것을 그만두라고 할 거예요."

"그도 그런 마음이 들지 모르지. 그렇지만 그렇게 호사를 누릴 처지가 아니지!"

"당신이, 다스린다고요!" 그녀가 말했다. "당신은 다스리는 게 아니에요. 우쭐대지 마세요. 당신은 당신 몫보다 더 많은 돈을 차지하고는 사람들이 일주일에 이 파운드를 받고 당신을 위해 일하도록 강요하는 것이지요. 아니면 굶어 죽게 된다고 위협이나 하고. 다스린다고요! 다스린다며 도대체 당신은 무얼 해주세요? 아니, 당신은 너무도 감정이 메말랐어요! 당신은 유대인이나 사기꾼처럼 돈으로 협박할 뿐이에요!"

"말씀이 아주 고상하군요. 채털리 부인!"

"확실히 말하는데 당신은 숲에서 아주 고상하게 처신하셨어요. 당신 때문에 나는 너무나 부끄러웠어요. 우리 아버진 당신보다 열 배는 더 인간적이에요. 그래놓고 당신이 신사라고!"

그가 손을 뻗어 볼턴 부인을 부르려고 초인종을 눌렀다. 그러나 그는 머리끝까지 화가 나 있었다.

그녀는 격분해서 혼자 중얼거리며 자기 방으로 올라갔다. "그자와 돈으로 사는 자들! 흥, 그가 나를 사지는 못해. 그러니까 그와 함께 여기에 머무를 필요가 없어. 셀룰로이드 영혼을 지닌 죽은 물고기 신사 양반! 저런 자들이 얼마나 예의범절과 거짓 열망과 점잖은 태도로 사람을 기만하는가. 기껏 셀룰로이드 정도의 감정이나 갖고서."

그녀는 그날 밤을 보낼 계획을 세우고 클리퍼드의 생각은 깡그리 없애기로 했다. 그녀는 그를 미워하고 싶지 않았다. 그 어떤 감정으로도 그와 친밀하게 엮이는 게 싫었다. 그가 그녀에 대해서 아무것도 알지 못하기를 바랐다. 특별히 사냥터지기에 대한 그녀의 감정을 알지 못하기를 바랐다. 하인들을 대하는 그녀의 태도를 둘러싼 사소한 싸움은 이번이 처음이 아니었다. 그는 그녀가 너무 허물없이 대한다고 보지만, 그녀는 그가 다른 사람들에 대해서 바보스럽게 무정하고 거칠고 고무처럼 질기게 군다고 보았다.

저녁 식사 때가 되자 그녀는 예전과 같이 새침한 태도로 조용히 아래층으로 내려갔다. 그는 아직도 귀밑까지 샛노래 있었다. 그건 그가 정말로 언짢으면 일어나는, 간장 발작 중 하나였다. 그는 프랑스어 책을 읽고 있었다.

"프루스트의 작품을 읽어본 적이 있소?" 그가 그녀에게 물었다.

"읽으려고 애를 썼지만, 너무나 지루하던데요."

"그는 정말 대단히 빼어난 작가예요."

"그럴 수 있겠죠! 그렇지만 나에겐 지루했어요. 그 모든 궤변이란! 그에겐 감정이 없고 감정에 대해 말만 늘어놓는 거예요. 잰체하는 지성은 딱 질색이에요."

"그럼 잰체하는 동물성이 더 좋단 말이오?"

"그럴지도 모르죠! 그렇지만 사람은 잰체하지 않는 다른 면을 지니고 있어야죠."

"글쎄, 난 프루스트의 섬세함과 품위 있는 무질서가 좋은데."

"그런 것이 바로 당신을 죽게 만들어요"

"또 복음 전도사 같은 귀여운 아내의 말씀이군."

그들은 또다시 싸움이 붙었다. 다시 싸움이 붙었다! 그렇지만 그와 싸우지 않을 수가 없었다. 그는 해골처럼 떡하니 거기에 앉아서 그녀에 대항하며 해골의 차갑고 소름 끼치는 의지를 내보내는 것 같았다. 거의 해골이 그녀를 끌어다 자기의 갈비뼈 쪽에 대고 그녀를 내리누른다는 느낌이 들었다. 그도 또한 싸울

태세를 갖추고 있었다. 그럴 때면 그녀는 좀 겁을 먹었다.

그녀는 가능한 한 빨리 이 층으로 올라가 일찍 잠을 청했다. 그러나 그녀는 아홉 시 반에 일어나 밖으로 나가 귀를 기울였다. 아무런 소리도 들리지 않았다. 그녀는 화장 가운을 걸치고 아래층으로 내려갔다. 클리퍼드와 볼턴 부인이 내기를 걸고 카드놀이를 하고 있었다. 그들은 어쩌면 한밤중까지 계속할 것이었다.

코니는 자기 방으로 돌아와 잠옷을 헝클어진 침대 위에 던지고는 얇은 밤 옷으로 갈아입고, 그 위에다 모직의 평상복을 입었다. 그리고 고무 재질의 테니스화를 신고 다음엔 얇은 외투를 걸쳤다. 이제 준비가 다 되었다. 만약에 누구를 만나면 그녀가 몇 분 동안 산책을 하러 나온 것으로 알 것이다. 그리고 아침이 되어 그녀가 다시 돌아올 땐 그녀가 조반 전에 아주 자주 했던 것처럼 이슬을 밟으며 가벼운 산책을 하러 나갔다 오는 것으로 생각할 것이다. 그 외에 유일하게 마음에 걸리는 것은 누군가가 밤중에 그녀 방에 들어오는 것이었다. 그러나 그런 일은 거의 일어나지 않을 것이었다. 백분지 일도 안 되는 확률이었다.

베츠는 아직 문을 잠그지 않았다. 그는 밤 열 시에 집의 문을 잠갔다가 아침 일곱 시에 다시 열어놓았다. 그녀는 눈에 뜨이지 않게 살그머니 집을 빠져나갔다. 반달이 빛을 내어 세상을 살짝 밝힐 정도여서, 검은 회색 외투를 입은 그녀가 눈에 뜨일 정도는 아니었다. 그녀는 발걸음을 재촉하며 정원을 가로질러 갔다.

밀회의 장소로 간다는 흥분이 아니라 어떤 분노와 반항심이 그녀 가슴속에서 불타고 있었다. 그건 분명 사랑의 밀회장소로 가는 사람이 품을 감정은 아니었다. '일단 싸움이 붙으면 제대로 싸우겠다'(a la guerre comme a la guerre!)는 마음가짐이었다.

제14장

그녀가 정원의 출입문 가까이에 갔을 때 걸쇠가 찰깍하며 열리는 소리를 들었다. 그렇다면 그가 캄캄한 숲 속에서 기다리다가 그녀가 오는 것을 보았다는 말 아닌가!

"일찍 오시네요." 그가 어둠 속에서 말했다. "안 좋은 일은 없었지요?"

"아주 수월했어요."

그녀가 들어간 후 그가 살며시 출입문을 닫고 캄캄한 땅 위를 불로 비추어 주었다. 그러자 새하얀 꽃들이 밤에도 피어있는 것이 보였다. 그들은 말없이 서로 떨어져 걸었다.

"오늘 아침에 전동의자를 들다가 어디 다친 데는 없어요?" 그녀가 물었다.

"아니요. 없어요!"

"폐렴을 앓은 후 어떤 후유증이 생겼나요?"

"아, 없어요! 심장이 좀 약해지고 폐의 기능이 좀 떨어졌어요. 그렇지만 그 정도의 후유증은 늘 있게 마련이지요."

"그러니 몸을 아주 심하게 써서는 안 되겠네요?"

"자주 써서는 안 되겠지요."

그녀는 화가 나서 잠자코 걸어갔다.

"클리퍼드가 미웠지요?" 그녀가 마침내 물었다.

"미워한다고요? 아니요! 그와 같은 사람들을 하도 많이 봐서 화를 내며 미워하지는 않습니다. 미리부터 그런 종류의 사람들에겐 신경을 끄고 내버려 둡니다."

"그런 종류의 사람이라뇨?"

"아니, 그건 당신이 더 잘 아실 텐데. 철이 덜 들어서 좀 여자 같은 신사지요. 게다가 불알도 없고."

"불알이 뭐지요?"

"불알이오! 남자의 불알!"

그녀는 이것에 대해 잠시 생각에 잠겼다.

"그렇지만 그것과 무슨 상관이 있지요?" 그녀가 좀 불쾌해서 물었다.

"남자가 바보면 머리가 없다 하고 인색하게 굴면 심장이 없다 하고 겁쟁이면 배짱이 없다고들 말하지요. 남자가 사내답게 야성적이지 못하면 불알이 없다고 하지요. 일종의 길든 사람이죠."

그녀는 또 생각에 잠겼다.

"클리퍼드가 길들었다고요?" 그녀가 물었다.

"길든 데다 고약하지요. 그들과 직면하면 대부분이 그래요."

"그래 당신은 길들지 않았다고 생각해요?"

"아주 그렇지는 않죠—아주!"

가다 보니 멀리서 노란 불빛이 보였다.

그녀가 발을 멈추었다.

"불빛이 보이네요!" 그녀가 말했다.

"난 언제나 집에 불을 켜둬요." 그가 대답했다.

그녀가 다시 그의 옆에서 걸어갔다. 그러나 그의 몸엔 닿지 않게 신경 쓰며 도대체 왜 자기가 그와 함께 걷고 있나 반문했다.

그가 자물쇠를 열고 그들이 안으로 들어갔다. 그런 후 그가 빗장을 걸었다. 이건 감옥 같은데! 라고 그녀가 생각했다. 주전자가 시뻘겋게 달아오른 난로 위에서 소리를 내며 끓고 있고 테이블 위엔 컵들이 놓여 있었다.

그녀가 난롯가에 있는 나무 안락의자에 앉았다. 바깥은 싸늘했는데 안은 따스했다.

"신발을 벗겠어요. 젖어서요." 그녀가 말했다.

그녀는 반짝거리는 철망 위에 자기의 스타킹 신은 발을 올려놓았다. 그가 찬장으로 가서 음식을 가져왔다. 빵과 버터와 삶아서 누른 소의 혀를 가져왔다. 그녀는 몸이 더워 와서 외투를 벗고 그가 그것을 문 위에 걸었다.

"코코아, 차, 커피 중 무엇을 마시겠어요?" 그가 물었다.

"별로 마시고 싶지 않은데요." 그녀가 테이블을 보며 대답했다. "그렇지만 당신은 드셔야죠."

"아니요. 별로 생각이 없어요. 개밥이나 주겠어요."

그가 벽돌 바닥 위를 조용조용히 걸어가서 개밥을 갈색 그릇에 담았다. 스패니얼 종의 개는 걱정이 되는지 그를 쳐다보았다.

"그래. 이게 네 저녁밥이야—먹지 않겠다고 시큰둥한 표정일랑 짓지 마라!"

그가 개밥 그릇을 층계 밑 깔개 위에 놓았다. 그리고 각반과 구두를 벗으려고 벽 옆의 의자에 앉았다. 개는 밥을 먹지 않고 다시 그에게로 와서 걱정되는 듯 그를 올려다보았다. 그가 천천히 각반을 풀었다. 개가 좀 더 가까이 그에게로 다가왔다.

"너 왜 그러느냐? 낯선 사람이 있어서 기분이 상했어? 하긴 너도 여자구나! 가서 저녁을 먹어라."

그가 개의 머리 위에 손을 얹자 암캐는 그에게 머리를 비스듬히 기대었다. 그가 개의 매끄러운 긴 귀를 천천히 부드럽게 잡아당겼다.

"됐지!" 그가 말했다. "이젠 됐어! 가서 저녁 먹어! 가라니까!"

그가 턱을 깔개 위에 있는 개밥 쪽으로 기울였다. 그러자 개는 순순히 돌아가서 밥을 먹기 시작했다.

"개를 좋아하세요?" 코니가 그에게 물었다.

"아니요. 별로요. 너무나 길이 잘 들여져 사람을 졸졸 따라다니네요."

그가 각반을 벗고 묵직한 구두의 끈을 풀기 시작했다. 코니는 난로에서 다른 곳으로 눈길을 돌렸다. 어쩌면 이 작은 방엔 이처럼 아무것도 없지! 그런데 그의 머리 위의 벽에 밉살스런 젊은 부부의 확대 사진이 걸려있었다. 그것은 그와 틀림없이 그의 아내인 듯한 좀 뻔뻔스러운 얼굴의 젊은 여자였다.

"저게 당신이에요?" 코니가 그에게 물었다.

그가 목을 틀어 머리 위의 확대 사진을 보았다.

"그래요! 결혼 직전에 찍은 사진이에요. 내가 스물한 살 때였지요." 그가 무덤덤하게 사진을 쳐다보았다.

"사진이 마음에 들어요?" 코니가 그에게 물었다.

"마음에 드냐고요? 아니요! 저 물건을 좋아한 적이 없어요. 그렇지만 저 여자가 제멋대로 갖다가 걸어 놓았는데, 마치—" 그가 말했다.

그는 다시 구두를 벗기 시작했다.

"마음에 안 들면 왜 저걸 계속 걸어 놓지요? 아마도 당신 부인이 저걸 가지고 싶어 할 걸요." 그녀가 말했다.

그가 갑자기 싱긋이 웃으면서 그녀를 쳐다보았다.

"그 여잔 이 집에서 가져갈 만한 것은 죄다 가져 갔시유." 그가 말했다. "그렇지만 저건 놓고 갓네유!

"그런데 왜 계속 걸어 두지요? 감상적인 이유로?"

"아니유. 난 치다본 적이 없시유. 거기 있는 줄도 몰랐시유. 우리가 이 집으로 들어온 이래루 주욱 저기에 걸려 있었지우—"

"왜 태워버리지 않죠?" 그녀가 말했다.

그가 다시 고개를 돌려 그 확대 사진을 보았다. 그것은 갈색 도금한 틀에 넣은 사진으로 밉살스레 보였다. 그 사진엔 좀 높이 올라오는 옷깃에 말쑥하게 면도를 한 기민하고 아주 젊어 보이는 남자와 머리는 꼬불거리게 잔뜩 부풀리고 좀 통통하고 당돌해 보이는 젊은 여자가 검은 공단 블라우스를 입고 있었다.

"그것도 괜찮은 생각 같은데, 그럴까요?" 그가 말했다.

그가 구두를 벗고 슬리퍼를 신었다. 의자 위에 올라서더니 그 사진을 떼었다. 사진이 걸려있던 허연 큰 자국이 푸르스름한 벽지에 남았다.

"지금 먼지 털 필요도 없구먼." 그가 그 물건을 벽에 기대놓으며 말했다.

그가 부엌으로 가서 망치와 못뽑이를 들고 돌아왔다. 좀 전에 앉았던 의자에 다시 앉아 큰 사진틀에서 배지를 뜯어내고 나무 뒤판을 고정한 못들을 빼기 시작했다. 이렇게 조용히 곧 집중해서 일하는 것이 그의 특징이었다.

그는 금방 못을 빼고 다음엔 뒤판을 당겨서 빼고 단단하고 하얀 대지(臺紙)에서 확대 사진 자체를 떼어내었다. 그가 재미있다는 표정으로 사진을 들여다보았다.

"젊은 부목사 같은 예전의 내 모습과 그녀의 예전 모습이네요. 좀 왈패 같지요." 그가 말했다. "새침둥이와 왈패라!"

"좀 봐요!" 코니가 말했다.

그는 정말 매우 깔끔하게 면도를 해서 전체적으로 아주 깔끔해 보이는 이십 년 전의 청년으로 보였다. 사진에서도 그의 눈은 빈틈없고 겁이 없어 보였다. 그리고 여자는 턱이 좀 쳐졌지만, 전반적으로 왈패로 보이진 않았다. 오히려 어딘가 끌리는 데가 있었다.

"이런 건 절대로 갖고 있어선 안 돼요." 코니가 말했다.

"절대로 그래선 안 되지요! 이런 걸 만들어서도 안 되고요!"

그가 판지에 붙은 사진을 무릎 위에 놓고 찢고, 아주 잘게 찢어서 난롯불에 던졌다.

"이런 걸 넣으면 불이 잘 안 타긴 해요." 그가 말했다.

유리와 뒤판을 들고 그가 조심스레 이 층으로 올라갔다. 사진틀은 그가 몇 번 망치로 내려치니 석고 부스러기가 여기저기로 튕겨 나갔다. 그리고 그 석고 조각들을 부엌으로 내갔다.

"이건 내일 태울 거요." 그가 말했다. "석고가 너무 많이 붙어 있어요."

그가 바닥을 깨끗이 치우고 나서 자리에 앉았다.

"아내를 사랑했어요?" 그녀가 물었다.

"사랑했느냐고요?" 그가 되물었다. "당신은 클리퍼드 경을 사랑했어요?"

그가 그렇게 말머리를 바꾸려 했으나 그녀는 화제에서 물러나지 않으려 했다.

"그렇지만 그 여자를 좋아했지요?" 그녀가 다그쳐 물었다.

"좋아했냐고요?" 그가 싱긋이 웃었다.

"어쩌면 지금도 좋아하겠지요." 그녀가 말했다.

"내가요!" 그가 눈을 둥그렇게 떴다. "아, 아니요. 난 생각조차 할 수 없어요." 그가 조용히 말했다.

"왜요?"

그가 대답을 않고 고개만 저었다.

"그러면 왜 이혼을 안 해요? 그 여잔 언젠가 당신에게 돌아올 거예요." 코니가 말했다.

그가 날카롭게 그녀를 쳐다보았다.

"그 여잔 내 근처에도 오지 않으려 해요. 내가 그 여자를 미워하는 것보다 그 여자가 날 훨씬 더 미워해요."

"언젠가는 그 여자가 당신에게 돌아올 거예요."

"절대로 그러지 않을 겁니다. 그 일은 완전히 끝났어요! 난 그 여잘 보기만 해도 메스꺼울 거예요."

"언젠가는 상면할 거예요. 당신은 법적으로 별거 상태에 있는 것도 아니잖아요?"

"그래요."

"아, 그렇다면―그 여잔 돌아올 거고, 당신은 그 여잘 받아들일 수밖에 없어요."

그가 코니를 오랫동안 뚫어지게 쳐다보았다. 그리곤 야릇하게 머리를 내 저었다.

"당신 말이 옳을 수도 있어요. 내가 여길 다시 찾아오다니 바보지요. 그렇지만 정처 없이 떠다니는 처량한 신세여서 어디엔가 정착을 해야 했어요. 가랑잎처럼 바람에 여기저기 날리는 건달 신세였거든요. 그렇지만 당신 말이 옳아요. 내가 이혼을 해서 신변을 깨끗이 정리해야겠어요. 난 관공서니 법정이니 판사들이니 하는 것들을 죽자 하니 싫어해요. 그렇지만 그 절차를 꾹 참고 밟아서 이혼해야겠어요."

그러고 나서 그가 턱을 악물고 있는 것을 보았다. 그녀는 내심 아주 좋았다.

"차를 좀 연하게 해서 마시고 싶네요." 그녀가 말했다.

그가 차를 준비하려고 일어섰다. 그러나 그의 얼굴은 굳어 있었다.

그들이 다시 테이블에 앉았을 때 그녀가 물었다.

"왜 그 여자와 결혼했어요? 그 여잔 당신보다 하층민인데. 볼턴 부인이 그 여자에 관해 이야기를 해주었어요. 당신이 왜 그 여자와 결혼을 했는지 통 이해를 못 하겠다고 하더군요."

그가 그녀를 뚫어지게 쳐다보았다.

"모든 걸 다 말하지요." 그가 말했다. "내가 처음으로 여자를 알게 된 것은 열여섯 살 때였소, 그 여자는 올러튼에 있는 교장의 딸인데 사랑스럽고 정말로 예뻤어요. 그때 난 셰필드 고전 문법학교를 졸업한 아주 똑똑한 젊은이로 알려졌소. 아주 이상이 높고 프랑스어와 독일어를 좀 했으니까요. 그 소녀는 통속적인 것을 싫어하는 낭만적인 여자였소. 그녀는 내가 시를 읽고 독서를 하도록 부추겼소. 어떤 면에선 나를 남자답게 만든 거요. 난 그 여자를 위해서 열렬하게 독서를 하고 사색을 했소. 그때 난 버털리 관청의 직원이었는데 내가 읽은 모든 것을 몸으로 풍기고 다니는 몸은 깡마르고 얼굴은 창백한 청년이었소. 세상 모든 것에 대해 그 소녀에게 열변을 토했소. **모든 것을** 말이오. 우리는 페르세폴리스[4]와 팀버크투[5]에 대해서까지 이야길 나누었

---

4   Persepolis: 고대 페르시아 제국의 수도로 기원전 330년에 알렉산드로스 대왕에 의해 파괴되었음. ―역주

5   Timbuctoo: 사하라 사막 인근에 있던 고대 아프리카 도시.―역주

소. 우리는 인근의 열 개 군 가운데서 가장 문학적 교양을 갖춘 한 쌍으로 통했소. 나는 황홀해서, 정말로 열광적으로 그녀에게 떠벌이곤 했소. 난 정말 연기처럼 달아올라 있었소. 그런 나를 그 소녀도 열렬히 사랑했어요. 그런데 풀숲의 뱀처럼 도사리고 있던 것이 성이란 문제였소. 왠지 그녀에겐 성적인 면이 전혀 없었소. 적어도 있을 법한 곳에서조차 전혀 보이지 않았소. 그러자 나는 점점 더 야위어가고 미칠 것 같았소. 그래 우리는 연인이 되어야 한다고 말했지요. 그래 겨우 그녀를 설득해 그러기로 했소. 그녀가 허락하게 되었소. 나는 마구 흥분이 되었는데 그녀는 죽자고 그걸 원하지 않았어요. 그녀는 그냥 그걸 원하질 않았소. 그녀는 나를 열렬히 흠모했고 내가 그녀에게 얘기하고 키스하는 걸 좋아했소. 그런 식으로 그녀는 나에게 열정을 품었던 것이오. 그렇지만 그 다른 것은 절대로 원치 않았소. 그런 여자가 많더라고요. 그런데 내가 **진짜로** 원한 것은 그 다른 것이었소. 그래서 우린 헤어지고 말았소. 내가 잔인하게 그녀를 차버렸지요. 그다음엔 학교 교사인 다른 여자와 사귀게 되었소. 그 여자는 기혼남자와 관계를 맺어 남자의 정신을 나가게 했다는 소문이 돌았소. 그 여자는 피부가 하얗고 부드러운 유형의 여자였는데 나보다 연상이고 바이올린을 켰어요. 그런데 그녀도 야릇한 여자였소. 사랑에 대한 모든 것을 좋아하면서도 섹스만은 예외였소. 갖가지로 나에게 매달리고 애무를 해대고 살살 감겼지요. 그렇지만 내가 섹스를 하자고 대들면 그녀는 이를 갈며 증오심을 내보였소. 한번은 내가 억지로 그걸 하게 하자 그녀는 어찌나 날 증오하는지 난 온통 마비된 듯했소. 그래 나는 다시 기회를 잃고 말았지요. 난 그런 모든 것이 혐오스러웠소. 나를 진정으로 원하면서 그것도 원하는 여자를 원했소.

그때 버사 쿠츠란 여자가 나타났소. 그 가족은 내가 어릴 때 바로 옆집에 살았기 때문에 그 집안을 잘 알았지요. 그 집안은 볼품없는 천한 집이었어요. 그러다 버사가 버밍엄의 어느 곳에 일자리를 얻어 집을 떠났소. 그 여자 말로는 한 귀부인의 말동무로 갔다고 했지만 다른 사람들 말은 호텔의 하녀인가 뭐 그런 일로 갔다고 하였소. 어쨌든 내가 그런 여자들에 죽도록 신물이 나 있는 스물한 살이 되었을 때 버사가 돌아왔소. 우아한 자태로 멋진 옷을 입고 나타났는데 한창 피어나는 때였소. 말하자면, 왜 있잖소, 거리의 여자처럼 눈에 띄게 관능적으로 한창 피어나는 그런 모습이었소. 그때 난 살인이라도 저지를 것 같은 상태였소. 버틀리의 직장도 때려치웠어요. 왠지 거기서 서기 노릇을 하는 것이 형편없는 잡초 같다는 생각이 들었소. 다음엔 테버셜에서 대장장이 우두머리로 일했소. 대부분이 말에게 편자를 박는 일이었소. 그게 아버지의 직업이었는데 난 어릴 때 늘 아버질 따라다녔소. 그게 내가 좋아하는 일이 된 거요. 말을 다루는 일이었는데 그게 자연스레 내게 맞았소. 그때부터 나는 소위 말하는 '훌륭한' 표준 영어 대신에 예전처럼 다시 사투리를 쓰기 시작했소. 그렇지만 집에서 책은 계속 읽었소. 대장장이 일을 하면서 내 소유의 이륜마차도 갖고 있어서 젠체했소. 아버지가 돌아가시면서 나에게 삼백 파운드를 남겨주셨소. 그래서 난 버사와 사귀기 시작했고 그녀가 평범해서 좋았소. 난 그녀가 평범하길 바랐고 나 자신도 평범하게 살기를 바랐어요. 그래서 그녀와 결혼을 했는데 괜찮았어요. 다른 소위 '순결하다는' 여자들이 나에게서 원기를 죄다 빼앗다시피 했는데 그녀는 그런 점에서 괜찮았소. 그녀는 나를 원했고 서슴지 않고 다가왔소. 나는 완전히 만족했소. 그게 바로 내가 원했던 것이었으니까요. 나와 그걸 하고픈 여자였으니까요. 난 그녀를 좋은 여자라 생각하며 그것을 즐겼소. 그런데 그녀가 나를 좀 멸시한다고 생각했소. 왜냐하면 내가 그것을 아주 즐기면서 가끔은 조반을 침대로 날라다 주니까 말이오. 처음에는 모든 것을 관대하게 봐 주더니 내가 직장에서 돌아오면 저녁밥을 제대로 차려주지 않아 내가 뭐라고 하니 나에게 소리치며 달려들었소. 나도 달려들어 맹렬히 덤벼들었지요. 나한테 찻잔을 던지면 난 그 여자의 목덜미를 잡고 숨이 막히게 목을 조였소. 그런 식으로 아옹다옹했소! 그렇지만 그 여자가 나한테 아주 무례하게 굴더라고요. 내가 그녀를 원할 땐 절대로 나에게 응하지 않았소. 절대로. 아주 잔인하게 나를 계속 밀어냈소. 그리고 나를 계속 밀쳐내어 내가 그녀를 원치 않을 때 그녀가 갖은 애교를 다 떨면서 다가와서는 나를 차지했소. 그럴 때 나는 늘 응했지요. 그러나 우리가 그걸 하게 되면 함께 절정에 이른 적이 한 번도 없었소. 결코, 그러질 못했어요! 그녀는 마냥 기다렸소. 내가 반 시간을 끌면 그녀는 더 길게 끌었소. 내가 절정에 달하고 정말로 끝을 내려고 할 때야 그녀가 자신을 위해 몸을 움직이기 시작했소. 그러면 난 그녀가 일을 끝낼 때까지 그녀 안에 멈춰 있어야 했소. 그녀는 내 아랫부분을 움켜쥐고 또 움켜쥐고는 몸부림을 치고 고래고래 소릴 지르다 절정에 달해 황홀경에 빠지더군요. 그런 다음엔 "아, 그건 너무 멋졌어!"라고 하였소. 나는 점점 역겨워졌소. 그녀는 점점 더 고약해졌고요. 그녀는 절정에 이르기를 힘들어했소. 그래서 새가 부리로 쪼아대듯 내 밑의 그곳을 마구 쪼아대는 것 같았소. 세상에! 사람들은 여자들의 그곳이 무화과처럼 부드럽다고 생각하지요. 그런데 옛날 탕녀들은 다리 사이에 새의 부리 같은 것을 갖고 있어서 상대 남자들의 그것을 아플 때까지 쪼아댔데요. 자기! 자기! 자기! 온통 자기뿐! 쪼아대며 소릴 지르다니! 남자들이 이기적이라고 말들 하지만 여자가 일단 그런 식으로 나가면 여자들의 막무가내로 쪼아대는 것과는 비교도 안 되지요. 꼭 늙은 매춘부 같았어요! 그런데 그녀는 도저히 어쩔 수가 없었소. 그래 내가 탁 터놓고 말을 했소. 내겐 너무나도 지긋지긋하다고. 그러자 그녀가 노력도 해보았지요. 그녀가 조용히 누워있고 나 혼자 그 일을 하게 했소. 그녀도 애를 쓰기는 했소. 그렇지만 소용이 없었소. 그녀는 내가 혼자 움직이는 데서 아무런 느낌을 얻지 못했소. 그녀는 자신이 마실 커피를 스스로 빻듯 자신이 직접 움직여야 일이 제대로 되었소. 그것이 그녀에겐 미칠 것 같은 필연성으로 되어버려 다시 예전처럼 돌아갔소. 그녀는 자기 부리의 맨 꼭대기에만 감각이 있는지 자신의 긴장을 풀어놓고 계속 쪼아댔어요. 바깥으로 튀어나온 부리 끝으로 비벼대고 쪼아댔어요. 그게 바로 늙은 창녀들이 하는 짓이라고 남자들이 말하곤 했소. 그건 그녀 속에 든 천박한 자아 의지의 표현이었소. 술 취한 여자에서 볼 수 있는 것처럼 마구 떠드는 자아 의지의 표출이었소. 결국은 내가 더 이상 참을 수가 없었소. 우린 각기 따로 잠을 자기로 했소. 그녀가 먼저 시작했지요. 내가 그녀를 좌지우지한다면서, 그녀는 내게서 떨어져 있겠다고 발작을 하면서 그랬소. 자기만의 방을 쓰기 시작하였소. 얼마 안 있어 나도 그녀가 내 방에 들어오지 못하게 했소. 절대로 내 방에 들이지 않으려 했소. 난 그게 너무나 싫었소. 그녀도 나를 미워했소. 아기가 태어나기 전까지 날 얼마나 증오하던지! 순전히 증오심에서 애를 배었다는 생각이 가끔 들었소. 하여간에 애는 태어났고 난 그녀를 혼자 두고 떠났소. 곧바로 전쟁이 터지더군요. 난 입대를 했소. 그 여자가 스택스 게이트의 한 남자와 같이 산다는 걸 알고 나서야 이곳으로 돌아왔소."

그가 말을 중단했는데 얼굴이 창백했다.

"그래, 스택스 게이트의 남자는 어떤 사람이에요?" 코니가 물었다.

"상소릴 일삼는 덩치만 큰 어린애 같은 사내라 해요. 그 여자는 그 사람도 못살게 군다고 하더군. 둘 다 술에 절어 산다고 했소."

"세상에! 돌아오면 어쩌지요!"

"정말로 큰 일이오! 난 그만 이곳을 떠나 어디론가 다시 꺼질 거요."

침묵이 흘렀다. 난로에 넣은 마분지가 회색의 재로 바뀌었다.

"그래, 당신을 원하는 여자를 얻긴 했지만" 코니가 말했다. "너무 심한 여자를 만났던 거군요."

"예! 그런 것 같소! 그렇긴 해도 내가 젊었을 때 사귀던 '절대로 안 돼요', '안 돼요.' 하던 여자와 독기를 풍기던 백합 같던 여자나 나머지 다른 여자들보다는 차라리 그 여자를 택하겠소."

"나머지 다른 여자들은 어땠어요?" 코니가 물었다.

"나머지요? 다른 여자들은 없었소. 다만 내 경험으로 미루어 보면, 대다수 여자는 이런 것 같소. 대부분 여자는 남자를 원하되 섹스는 원하지 않소. 다만 결혼을 계약 일부분으로 받아들이고 그걸 참고 견디는 거요. 구식의 여자들은 그냥 누워서 남자가 그 짓을 하게 두는 거요. 그다음엔 그런 것을 개의치 않으며 남자를 좋아하죠. 하지만 실제 그 행위 자체는 그들에게 아무런 의미가 없고 좀 불쾌한 것뿐이오. 대부분 남자가 그런 식으로 지내는 걸 좋아하오. 그런데 난 그게 아주 싫어요. 그렇지만 교활한 여자들은 그렇지 않은 척하오. 자기네도 열정이 넘쳐나고 쾌감을 느끼는 척하죠. 그러나 그건 죄다 거짓이오. 그러는 체하는 거지요. 다음엔 자연스러운 것을 빼고 모든 것, 모든 종류의 느낌과 애무와 절정에 달하는 걸 좋아하는 여자들이 있어요. 그들은 남자의 그것이 마땅히 있어야 할 곳에 있지 **않을** 때 남자를 절정에 이르게 만드는 거요. 그리고 심한 종류의 여자들도 있소. 이들은 아주 난리를 쳐야 겨우 절정을 맛보지요. 내 아내처럼 이들은 자기가 발광을 해서 절정에 이르는 여자들이오. 이들은 능동적인 편에 서길 원하죠. 그리고 그 안쪽이 완전히 마비된 여자들도 있어요. 죽은 거나 마찬가진데 이들은 그걸 알고 있소. 그리고 남자가 진짜로 '도달하기' 직전에 남자의 그것을 밖으로 빼게 하고 남자의 허벅지에 자기의 음부를 비벼대고 온몸을 비꼬다가 절정에 이르는 여자들이 있소. 그러나 이들은 대개가 동성애적 여자들이오. 의식하건 못하건 간에 동성애적인 여자들이 많다는 것이 놀랍소. 내 생각에 여자들 대부분이 동성애적인 것 같소."

"그게 마음에 걸려요?" 코니가 물었다.

"죽이고 싶은 생각이 들어요. 진짜로 동성애적인 여자를 만나면 내 속에선 그 여자를 죽이라고 아우성이오."

"그럴 때는 어떻게 해요?"

"될 수 있는 한 빨리 그곳을 떠나요."

"동성애적 여자가 동성애적 남자보다 더 나쁘다고 생각해요?"

"난 그래요! 왜냐하면, 내가 그런 여자들한테서 굉장히 당했기 때문이오. 추상적으론 아무런 반감이 없소. 그녀가 그걸 알건 모르건 간에 동성애적인 여자를 만나면 피가 끓어올라요. 그래요, 그래! 그러나 난 어떤 여자하고든 더는 관계를 갖지 않으려 했소. 혼자 있기를 원했소. 사생활과 품위를 지키면서 ―"

그는 해쓱해 보였고 양미간에 음울함이 고여 있었다.

"내가 나타났을 때 유감이었어요?" 그녀가 물었다.

"유감이면서도 한편으론 기뻤소."

"지금은 어때요?"

"바깥세상의 일을 생각하면 참 유감이오. 복잡한 모든 인간 관계, 추문, 맞고소가 조만간에 분명 생길 거요. 그런 생각이 들 땐 내 원기가 싹 가라앉고 아주 우울해져요. 그렇지만 내 원기가 솟을 때는 기뻐요. 승리감까지 느낀다오. 난 참으로 비통한 기분에 젖어 있었소. 진짜 섹스는 더 이상 남아있지 않고 나와 자연스레 절정을 맛볼 여자는 더 이상 없다고 생각했소. 흑인 여자들은 제쳐 놓고요—왜 그런지—글쎄. 우리가 백인 남자라서 그런지 흑인 여자는 진흙처럼 좀 그렇다고 생각하오."

"지금은 내가 있어 기뻐요?" 그녀가 물었다.

"그래요! 내가 밖의 일을 죄다 잊을 때는 그렇소. 하지만 그런 일을 잊어버리지 못할 때는 탁자 밑으로 들어가 죽고 싶소."

"왜 하필이면 탁자 밑이지요?"

"왜냐구요?" 그가 웃으며 대답했다. "숨는 거죠. 아이처럼!"

"당신은 정말로 여자와의 관계에서 끔찍한 경험을 많이 한 것 같아요." 그녀가 말했다.

"아시겠지만 난 나 자신을 속이지 못하오. 그런데 대부분 남자는 우물쭈물 넘어가거든요. 그들은 대충 한 가지 태도를 보이곤 거짓을 그냥 받아들여요. 난 자신을 절대로 속일 수가 없소. 난 여자와의 관계에서 무얼 원하는가를 알기에 그걸 얻지 못했을 때 얻었다고 거짓말은 절대 할 수 없소."

"지금은 그걸 얻었나요?"

"얻은 것 같소."

"그런데 왜 그리 창백하고 우울해 보이지요?"

"뱃속 가득 과거가 기억나기 때문이오. 어쩌면 나 자신이 무섭기도 하오."

그녀는 조용히 앉아 있었다. 밤이 점점 더 깊어가고 있었다.

"남자와 여자와의 관계가 중요하다고 생각해요?" 그녀가 물었다.

"내겐 그렇소. 내겐 그게 인생의 핵심이오. 한 여자와 올바른 관계를 갖는지가 말이오."

"만약에 그런 올바른 관계를 갖지 못하면요?

"그러면 그것 없이 지내야 하겠죠."

그녀가 다시 생각에 잠겼다가 물었다.

"여태까지 여자와의 관계에서 항상 옳았다고 생각하세요?"

"세상에, 아니요! 내 아내가 그런 지경에 이르도록 놔둔 것은 내 잘못이 컸소. 아내의 버릇을 잘못 들인 거요. 그리고 난 의심이 많은 사람이오. 당신이 그걸 예상해야 할 거요. 누구든 마음속으로 신뢰하기까진 오래 걸려요. 그러니 나 자신도 사기성이 좀 있는 것 같소. 난 의심이 많소. 그리고 사랑을 잘못 주어서는 안 되는 거요."

그녀가 그를 쳐다보았다.

"피가 용솟음칠 때 몸이 느끼는 바를 불신하지는 않겠지요." 그녀가 말했다. "그때는 믿지 않을 수가 없겠지요. 안 그래요?"

"못 믿어요. 슬프게도! 그래서 내가 온갖 곤경에 빠졌던 거요. 그래서 내 마음이 철저하게 남을 믿지 못하게 된 것이오."

"마음이 안 믿는 것이야 무슨 문제가 되겠어요!"

개는 깔개 위에서 불안해서 한숨을 쉬었다. 재 속에 파묻힌 불은 아주 약해졌다.

"우린 둘 다 전쟁터에서 패배한 전사들이에요." 코니가 말했다.

"당신도 패잔병이오?" 그가 웃으며 물었다. "그런데 여기로 싸움을 다시 벌이러 돌아왔군요!"

"그래요! 난 정말 겁이 나요."

"그렇소!"

그가 일어나 그녀의 구두를 말리고 자기의 구두는 겉을 대강 닦아서 난롯가에 놓았다. 아침에 기름을 먹일 판이었다. 그가 마분지의 재를 가능한 대로 불에서 털어냈다. "타고 나서도 혐오스럽군." 그가 말했다. 그리고 나서 그가 아침에 땔 나뭇가지를 들여와 난로가 대 위에 올려놓았다. 그리고 개를 데리고 잠시 밖으로 나갔다.

그가 돌아왔을 때 코니가 말했다.

"나도 잠깐 밖에 나가 볼게요."

그녀가 홀로 캄캄한 밖으로 나갔다. 머리 위엔 별들이 총총히 반짝였다. 밤공기에 꽃들의 향기가 감도는 걸 느꼈다. 그리고 자신의 신발이 점점 더 젖어가는 걸 느꼈다. 그런데 갑자기 홀로 멀리 떠나고 싶은 충동을 느꼈다. 그와 모든 사람으로부터 아주 멀리.

날씨가 쌀쌀했다. 그녀가 몸을 떨며 집 안으로 돌아와 보니 그가 불길이 잦아든 난로 앞에 앉아 있었다.

"아이! 추워!" 그녀가 몸을 떨었다.

그가 나뭇가지를 난롯불 위에 던져 넣고는 좀 더 가져왔다. 드디어 장작은 딱딱 소릴 내며 타올라 굴뚝 가득 불길이 올라갔다. 물결치며 활활 타오르는 불길은 그들의 얼굴과 영혼을 따스하게 감싸며 행복감에 젖게 했다.

"걱정하지 말아요." 그녀가 조용히 뚱하니 앉아 있는 그의 손을 잡으며 말했다. "최선을 다하는 거지요."

"그렇소!" 그가 이지러진 미소를 지으며 한숨을 쉬었다.

그녀는 난로 앞에 앉아 있는 그에게로 다가가 그의 팔 안에 안기었다.

"잊어버려요!" 그녀가 속삭였다. "잊는 거예요!"

그는 난로의 불길이 따뜻하게 다가오는 데서 그녀를 바싹 껴안았다. 불길 자체가 망각처럼 느껴졌다. 코니의 부드럽고 따스하고 무르익은 몸의 중량감! 피가 천천히 그의 몸을 돌더니 다시 힘과 무모한 용기를 솟아오르게 했다.

"어쩌면 그 여자들은 **진정으로** 당신 곁에 있으면서 당신을 제대로 사랑하고 싶었는데 단지 그렇게 할 수 없었던 거예요. 그러니 그들만의 잘못은 아닌 것 같아요." 그녀가 말했다.

"난 그걸 알고 있소. 나 자신도 발에 짓밟혀 등뼈가 부러진 뱀의 신세란 걸 내가 모르고 있다고 생각하시는군요!."

그녀가 갑자기 그에게 매달렸다. 그녀는 이런 말을 다시 하고 싶지 않았다. 그렇지만 어딘가 비뚤어진 성미가 그녀의 입을 열게 했다.

"그렇지만 지금은 그런 신세가 아니에요." 그녀가 말했다.

"지금은 그렇지가 않아요. 짓밟혀서 등뼈가 부러진 뱀의 신세가 아니라고요."

"내가 어떤 사람인지 나도 모르겠소. 다만 앞날에 먹구름이 잔뜩 끼어 있소."

"아녜요!" 그녀가 그에게 매달리며 항의했다. "왜? 왜 그렇다고 생각하죠?"

"우리 둘 그리고 모든 사람에게 먹구름이 잔뜩 낀 암담한 날이 다가오고 있소." 그가 예언자처럼 우울하게 거듭 말했다.

"아녜요! 그런 말 말아요!"

그는 잠잠히 있었다. 그러나 그녀는 그의 마음속에 절망의 검은 공허감이 짙게 깔려있음을 느낄 수 있었다. 그것은 모든 욕망의 죽음이고 모든 사랑의 사멸과 같았다. 용기를 깡그리 상실케 하는 시커먼 동굴이 인간 속에 도사리고 있는 것 같은 절망감이었다.

"당신은 섹스에 대해 너무 냉담하게 얘길 해요." 그녀가 말했다. "마치 당신만의 쾌락과 만족이 전부인 것처럼 들려요."

그녀가 그의 말에 강하게 항의하고 있었다.

"아닙니다!" 그가 대답했다. "나는 여자에게서 나의 쾌락과 만족을 얻으려 했지만, 결코 얻지를 못했어요. 왜냐하면, 여자가 나에게서 기쁨과 만족을 동시에 얻지 못하면 나도 그녀에게서 기쁨과 만족을 얻지 못하기 때문이오. 그런데 한 번도 그런 적이 없었소. 두 사람이 함께 만족해야 일이 되오."

"그렇지만 당신은 여자들을 믿어본 적이 없지요. 당신은 나조차 진정으로 믿질 않아요." 그녀가 말했다.

"여자를 믿는다는 것이 무슨 말인지 모르겠소."

"바로 그거예요. 보다시피!"

그녀는 여전히 그의 무릎 위에 웅크리고 앉아 있었다. 그러나 그의 정신은 잿빛으로 멀리 가 있어 그녀가 들어갈 틈이 없었다. 그녀가 말을 할수록 그를 더 멀리 내몰았다.

"당신은 **진짜로** 무얼 믿지요?" 그녀가 끈질기게 늘어지며 물었다.

"모르겠소."

"내가 지금껏 알아온 남자들처럼 아무것도 믿지 않지요." 그녀가 말했다.

두 사람은 침묵했다. 그러다 그가 일어서며 말했다.

"그래요. 내가 무언가를 믿지요. 난 마음이 따스해짐을 믿어요. 특히 사랑해서 마음이 따스해짐을 믿소. 따뜻한 마음으로 관계를 맺는 걸 믿소. 만약에 남자가 따뜻한 마음으로 여자와 사랑을 하고 여자가 그것을 따뜻한 마음으로 받아들인다면 모든 게 잘 풀릴 겁니다. 냉랭한 마음으로 관계를 맺는 것은 죽음과 백치의 상태로 몰아가는 거요."

"그렇지만 당신은 냉랭한 마음으로 나와 관계를 갖지는 않아요." 그녀가 항의했다.

"난 당신과 관계를 맺을 마음이 전혀 없소. 내 마음은 지금 차가운 감자처럼 싸늘하니까요."

"어마나!" 그녀가 그에게 놀리듯 키스를 하며 말했다. "그러면 그걸 **살짝 튀깁시다.**" 그가 웃으며 자세를 곧게 앉았다.

"그건 사실이오!" 그가 말했다. "조금만 마음이 따스해도 무엇이든 풀려요. 그렇지만 여자들은 그걸 싫어하죠. 당신조차도 정말 좋아하지 않아요. 당신은 좋고 예리하고 꿰뚫는 냉랭한 관계를 좋아하고, 그 관계 후엔 그것이 달콤한 척하지요. 나에 대한 당신의 부드러움이 어디 있지요? 당신은 고양이가 개를 불신하듯 나를 불신해요. 정말 말하는데 부드럽고 마음이 따스하려면 양쪽이 다 그래야 합니다. 당신은 관계는 제대로 좋아해요. 그렇지만 당신은 그것이 당신의 자존감을 추켜세우도록 웅대하고 신비로운 것이 되길 원해요. 당신에게 자존감이 어떤 남자나 남자와 갖는 관계보다 아마 수십 배는 더 중요할 겁니다."

"그러나 바로 그 말을 내가 당신에게 하려던 건데요. 당신에겐 자존감이 그 무엇보다 중요하지요."

"그래요! 그렇다면 아주 좋소!" 그가 말하며 일어서려는 듯 몸을 움직였다. "그러면 떨어져 있어요. 난 마음이 냉랭한 상태로 관계를 갖느니 차라리 죽는 편이 낫소."

그녀가 그에게서 몸을 빼내자 그가 일어섰다.

"그래, 내 편에서 그걸 원한다고 생각하세요?" 그녀가 물었다.

"그러지 않기를 바라죠." 그가 대답했다. "하여간에 당신은 침대로 가고, 난 이곳 아래층에서 자겠소."

그녀가 그를 쳐다보았다. 그는 안색이 창백하고 양미간은 샐쭉한 표정이고 몸은 북극에 가있는 듯 멀리 움츠리고 있었다. 남자들이란 다 이렇다.

"난 아침까지는 집에 갈 수가 없어요." 그녀가 말했다.

"아, 그렇군요. 그러니 주무시죠. 벌써 새벽 한 시 십오 분 전이오."

"난 자지 않겠어요." 그녀가 말했다.

그가 방을 저벅저벅 가로질러 가더니 구두를 집어 들었다.

"그렇다면 내가 나가지요!" 그가 말했다.

그가 구두를 신기 시작했고 그녀가 그를 뚫어지게 쳐다보았다.

"기다려요!" 그녀가 더듬거리며 말했다. "잠깐만! 지금 우리 사이에 무슨 일이 생긴 거지요?"

그는 구두끈을 매느라고 몸을 굽히고 있으면서 대답하지 않았다. 몇 분이 지났다. 그녀의 의식이 몽롱해지며 쓰러질 것 같았다. 그녀의 의식이 모두 사라지고 눈을 크게 뜨고 아무것도 의식 못 하고 멍하니 그를 쳐다보았다.

이상하게 잠잠해서 그가 얼굴을 쳐드니 눈을 크게 뜬 채 넋을 잃은 그녀의 모습이 들어왔다. 그는 갑자기 바람에 밀친 듯 구두 한 짝만 신은 채 절름거리며 그녀에게 다가가 양팔로 그녀를 확 당겨 끌어안았다. 이에 그녀의 기분이 좀 상한 것을 그가 느꼈다. 그가 그녀를 끌어안고 있었고 그녀는 가만히 있었다.

마침내 그의 손이 맹목적으로 그녀의 몸 아래쪽으로 내려가 더듬다가 옷 속의 매끄럽고 따뜻한 살에 닿았다.

"내 아가씨!" 그가 나직이 말했다. "내 작은 아가씨! 싸우질랑 맙시다유! 절대루 싸우지 맙시다유! 난 당신을 사랑하구유, 당신 만지는 것 좋아해유. 나하구 실랑일랑 벌이지 마세유! 그러지 마세유! 절대루유! 마세유! 같이 살아유."

그녀가 얼굴을 들고 그를 쳐다보았다.

"당황하지 마세요." 그녀가 차분히 말했다. "당황하면 좋지
않아요. 정말로 나하고 같이 살고 싶으세요?

그녀가 눈을 크게 뜨고 차분히 그의 얼굴을 들여다보았다.
그가 손길을 멈추고 갑자기 가만히 있더니 얼굴을 옆으로 돌렸
다. 그의 몸 전체가 완전히 정지했지만 움츠러들지는 않았다.

그러더니 그가 고개를 들고 약간 놀리는 듯이 야릇한 웃음을
짓고는 그녀의 눈을 들여다보며 말했다. "그래유! 맹세코 같이
살아유."

"정말이에요?" 그녀가 눈물을 글썽이며 물었다.

"아, 참말이지유! 심장과 배와 남근을 걸고—"

그는 여전히 약간 미소를 지으며 그녀를 내려다보았는데 빈
정거림과 비통한 빛이 눈에 어려 있었다.

그녀는 소리 없이 울고 있고 그는 그녀와 함께 누웠다. 그가
벽난로 앞 깔개 위에서 그녀의 몸 안으로 들어갔다. 그래서 그
들은 어느 정도 평온함을 되찾았다. 방 안이 점점 으스스 추워
지자 그들은 얼른 침대로 갔다. 그들은 둘 다 지쳐있었다. 그녀
가 그의 품에 들어가니, 자기 몸이 작고 둘러싸인 듯이 느꼈다.
두 사람은 곧 잠에 곯아떨어져 깊이 잤다. 그들은 그런 식으로
자면서 한 번도 깨지 않았다. 마침내 해가 숲 위로 떠올라 날이
밝기 시작했다.

그러다 그가 잠에서 깨어나 날이 밝은 걸 알았다. 커튼이 쳐

있었다. 숲 속에서 검은 새와 지빠귀가 요란하게 지저귀는 소리가 들렸다. 아주 날이 맑을 것 같았다. 다섯 시 반. 그가 일어날 시간이었다. 그는 너무나 달게 잠을 잤다! 아주 새로운 날이 밝았다! 여자는 여전히 몸을 동그랗고 부드럽게 오므리고 자고 있었다. 그가 손으로 그녀를 만지자 그녀가 푸른 눈을 둥그렇게 뜨고 그의 얼굴을 보며 배시시 웃었다.

"깼어요?" 그녀가 그에게 말했다.

그가 그녀의 눈을 들여다보았다. 그가 웃으며 그녀에게 키스했다. 그런데 그녀가 갑자기 일어나 앉았다.

"어머나! 내가 여기에 있다니!" 그녀가 말했다.

그녀가 흰 칠을 한 작은 침실을 둘러보았다. 비스듬히 경사진 천정과 흰 커튼이 드리워진 박공창이 눈에 들어왔다. 방엔 노란 칠을 한 작은 서랍장과 의자 한 개와 그녀가 그와 함께 누워있는 자그마한 흰 침대 외엔 아무런 장식물이 없었다.

"우리가 여기 있다니!" 그녀가 그를 내려다보며 말했다. 그는 그녀를 쳐다보며 누운 채 그녀의 얇은 잠옷 밑으로 손을 넣어 그녀의 젖가슴을 어루만지고 있었다. 그의 몸이 따스해지고 차분해지자 그는 퍽 젊고 잘 생겨 보였다. 그의 눈길도 아주 다정해 보였다. 그녀는 한 송이 꽃처럼 싱싱하고 젊게 보였다.

"이걸 벗고 싶어요!" 그녀가 말하며 얇은 무명 잠옷을 한데 모아 쥐고 머리 위로 당겼다. 그녀는 어깨와 엷은 황금빛 갸름한 젖가슴을 그대로 드러낸 채 앉아 있었다. 그는 사랑스러운 듯 그녀의 젖을 종처럼 살살 흔들었다.

"당신도 잠옷을 벗어야지요." 그녀가 말했다.

"어, 아닌데!"

"벗어요! 벗어야 해요!" 그녀가 명령하듯 말했다.

그래서 그가 낡은 무명 잠옷 저고리를 벗고 바지를 밑으로 내렸다. 그의 손과 손목과 얼굴과 목을 빼고는 온몸이 우윳빛처럼 하얬고 근육 살은 멋지고 날씬했다. 코니에게 그가 갑자기 가슴이 처리도록 아름답게 보였다. 어느 날 오후 그가 몸 씻는 것을 보았던 때처럼.

황금빛 햇살이 드리워진 흰 커튼을 비추었다. 그녀는 햇살이 방 안으로 들어오고 싶어 한다고 느꼈다.

"아, 커튼을 좀 열어요! 어쩌면 새들이 저렇게 짹짹거리지! 해가 들어오도록 해요." 그녀가 말했다.

그가 등을 그녀 쪽으로 향하고 침대에서 빠져나왔다. 그가 하얗고 마른 알몸으로 창가로 가서 등을 굽히고 커튼을 열고 잠깐 밖을 내다보았다. 등은 하얗고 멋졌고 작은 엉덩이는 섬세하고 우아한 남자다움으로 아름다웠고 뒷목은 불그스레하고 섬세하면서 아주 강하게 보였다.

그 섬세하고 멋진 몸엔 외적인 것이 아닌 내적인 힘이 있어 보였다.

"당신 몸 너무나도 아름다워요!" 그녀가 말했다. "너무나도 순수하고 멋져요! 이리 오세요!" 그녀가 양팔을 앞으로 뻗었다.

그는 자신의 흥분된 알몸 때문에 부끄러워 몸을 돌릴 수가 없었다.

그가 바닥에서 셔츠를 집어 들어 앞을 가리면서 그녀에게로 갔다.

"안 돼요!" 그녀는 아름답고 가는 팔을 젖가슴에서 앞으로 계속 내밀고 있으면서 말했다. "당신의 몸을 보게 해요!"

그가 셔츠를 바닥에 떨구고 그녀 쪽을 보며 가만히 서 있었다. 나지막한 창문으로 들어온 한 줄기 햇살이 그의 허벅지와 날씬한 배와 작은 구름 같은 선명한 붉은 색의 터럭 사이에서 시커멓고 뜨겁게 달아오른 듯 위로 곧추선 그의 남근을 비췄다. 그녀는 깜짝 놀라고 겁이 났다.

"너무나 신기하네요!" 그녀가 천천히 말했다. "너무나 신기하게 꼿꼿이 서 있네요! 너무나 커요! 그리고 너무나 시커멓고 자신만만해요! 늘 저런가요?"

남자는 자기의 마른 하얀 몸의 앞부분을 내려다보며 웃었다. 그의 마른 가슴팍 사이의 터럭은 시커멓고 거의 검은 색이었다. 그러나 남근이 굵게 일어선 배 밑의 터럭은 작은 구름을 이루며 선명하게 붉은색이 도는 황금빛이었다.

"너무나 자랑스러워요!" 그녀가 불안해서 중얼거렸다. "그리고 너무나 위엄이 있어요! 남자들이 왜 그리 난체하는지 이제야 알겠어요! 정말로 아름다워요! 하나의 다른 존재 같아요! 좀 무섭기도 해요! 그렇지만 정말로 사랑스러워요! 그리고 나에게 오다니! —" 그녀는 겁도 나고 흥분해서 아랫입술을 꼭 깨물었다.

남자는 잠자코 흥분한 남근을 내려다보았다. 그건 조금도 변하지 않고 빳빳이 서 있었다. "아!" 그가 마침내 작은 소리로 말했다. "야, 이 녀석아! 인제 그만 됐구면. 이제 그 고갤랑 좀 들어봐! 네 힘으로 선다고, 응? 그래 누구든 상관 않는다고! 네가 나를 무시하네. 존 토마스, 니가 내 주인이냐? 넌 나보다 더 으스대고 말은 적게 하네. 존 토마스! 저 여잘 원하냐? 나의 귀부인 제인을 원하느냐고? 네가 다시 나한테 장난치네. 어, 살살 웃으며 또 올라오고 있구면. 그러면 저 귀부인에게 여쭤봐! 귀부인 제인에게 여쭤보라고! '문들아 머리 들어유. 영광의 왕이 들어가유'[6]라고 말해. 근데 넌 너무 건방 떠는데! 쎕, 바로 그걸 네가 찾는 거야. 귀부인 제인에게 네가 쎕을 원한다고 말씀드려. 존 토마스 그리고 귀부인 제인의 쎕이라! —"

"아, 너무 놀리지 말아요." 코니가 침대에서 그를 향해 양 무릎으로 기어가며 말했다. 그리곤 양팔로 그의 하얗고 호리호리한 허리춤을 감싸 안고 그녀에게로 당겼다. 그러자 그녀의 늘어진 유방이 흔들리며 곧추선 남근 끝에 닿아서 물방울 같은 것이 묻게 되었다. 그녀는 남자를 꼭 끌어안았다.

"누워요!" 그가 말했다. "어서요! 내가 들어가게!"

그가 아주 급해져 있었다.

그리고 얼마 후 그들이 조용히 누워 있을 때 여자가 남자의 이불을 걷고 신비로운 남근을 다시 보았다.

"이젠 아주 작아졌네요. 생명의 작은 봉오리처럼 부드러워요!" 그녀가 작고 보드라운 성기를 손안에 잡으며 말했다. "왠

---

6 성경 구절을 빗대서 한 말.—역주

지 참 사랑스러워요! 아주 독립적이고 아주 신비로워요! 그리고 너무나 순진해요! 그리고 내 몸속으로 그렇게 깊이 들어오다니! 이것을 절대로 모욕해서는 안 돼요. 내 것이기도 하니까요. 이건 당신 것만이 아니에요. 내 것이에요! 너무나도 사랑스럽고 순수해요!"그녀가 남근을 부드럽게 손에 쥐고 있었다.

그가 웃어댔다.

"우리의 마음을 혈족의 사랑으로 묶어주는 이 매듭에 축복이 있을지어다."그가 말했다.

"물론 그래야지요!"그녀가 말했다. "이것이 보드랍고 작아졌을 때도 내 마음이 이것에 묶여있다고 느껴요. 여기에 있는 당신 터럭이 참 아름답네요! 위의 것과 아주 다르네요!"

"그건 존 토마스의 터럭이지, 내 것이 아니요!"그가 말했다.

"존 토마스! 존 토마스!"그녀가 그 보드라운 성기에 키스했고, 다시 그것이 꿈틀대기 시작했다.

"아!"남자는 고통스러운 듯 몸을 죽 피며 기지개를 켰다. "저 양반은 이 영혼에 뿌리를 박고 있어요! 그래 어떤 때는 저자를 어찌해야 할지를 모르겠서유. 그래유, 저자는 자기 나름의 의지를 갖고 있어서 비위 맞추기가 힘들어유. 그렇다구 죽이진 않겠서유."

"왜 남자들이 저이를 무서워하는지 알겠네요!"그녀가 말했다. "저인 참 고약하네요."

그 떨림이 남자의 몸에 퍼져나가자 의식의 흐름이 방향을 바꿔서 아래쪽으로 향했다. 그리고 성기가 서서히 부드럽게 굽이치며 커지면서 위로 솟아오르더니 딱딱해져 젠체하며 서 있자 그도 어찌할 수가 없었다. 그것을 보고 있던 그녀도 몸을 떨었다.

"자! 가져가요! 당신 거니까." 남자가 말했다.

그녀는 몸을 떨었고 그녀의 마음은 녹아내렸다. 그것이 그녀 안으로 들어가자 말할 수 없는 쾌락의 날카롭고 부드러운 물결이 그녀의 몸에 죽 퍼져나갔다. 이상하게 녹아내리는 전율이 계속 퍼져나가자 그녀는 마침내 최후의 극한적인 흥분에 휩싸여 정신을 잃었다.

그는 멀리 스택스 게이트에서 일곱 시를 알리는 기적 소릴 들었다. 월요일 아침이었다. 그는 몸을 조금 떨면서 그녀의 부드러운 젖가슴에 얼굴을 파묻어 귀를 막으려 했다.

그녀에겐 기적 소리조차 들리지 않았다. 그녀는 완전히 가만히 누워있고 그녀의 영혼은 투명하게 씻겨 있었다.

"일어나야지 않겠소?" 그가 속삭였다.

"몇 시지요?" 그녀의 흐릿한 목소리가 들렸다.

"일곱 시 기적이 조금 전 울렸소."

"일어나야겠군요."

그녀는 늘 그러듯이 바깥세상에서의 강요에 화를 내고 있었다.

그가 일어나 앉아서 창밖을 멍하니 내다보았다.

"당신 날 사랑하지요. 그렇지요?" 그녀가 조용히 물었다.

그가 그녀를 내려다보았다.

"잘 알고 있으면서 왜 묻는 기여!" 그가 좀 성이 나서 말했다.

"날 붙잡아 줘요. 못 가게요." 그녀가 말했다.

그의 눈엔 생각이 없는 따스하고 부드러운 어둠이 가득 차 보였다.

"언제유? 지금이유?"

"지금 마음으로요. 그럼 당장 여기로 와서 당신과 살고 싶어요."

그가 고개를 수그리고 알몸으로 침대 위에 앉아 있었다. 아무런 생각도 할 수가 없었다.

"그걸 바라지 않으세요?" 그녀가 물었다.

"물론 바라지요!" 그가 대답했다.

그러자 다른 의식의 불길이 졸린 듯이 시커멓게 몰려온 눈길로 그가 그녀를 쳐다보았다.

"나에게 졸라대지 말어유." 그가 말했다. "그대로 날 놔 둬유. 당신 좋아해유. 거기 누워있는 당신 사랑해유. 씹이 좋아 깊이 들어갈 수 있으문 여자는 사랑스러운 거유. 사랑해유. 당신 다리랑, 몸매와 여성다움을 말이유. 당신의 여성다움을 사랑해유. 나는 온몸과 마음으루 사랑해유. 하지만 나에게 졸라대지 말아유. 암말도 시키지 말어유. 그냥 가만히 있게 해줘유. 다음에 모든 걸 물어 봐유. 지금은 그냥 놔 둬유. 그냥유!"

그리곤 그가 그녀의 불두덩 위에, 부드러운 갈색의 터럭 위에 손을 살며시 얹었다. 그 자신은 알몸으로 꼼짝 않고 침대 위에 앉아 있었다. 그의 얼굴은 육체적으로 멍해 있어 꼼짝 않고 있으니 꼭 부처의 얼굴 같았다. 그는 꼼짝 않고 있지만, 눈에 보이지 않는 또 다른 의식의 불길 속에서 그녀의 몸에 손을 얹은 채 기분이 바뀌기를 기다렸다.

잠시 후에 그가 손을 뻗어 셔츠를 집어 입고 조용히 재빠르게 옷을 다 입고는 아직도 발가벗은 채 디종의 영광[7]처럼 희미한 황금빛을 띠고 침대에 누워있는 그녀를 한동안 쳐다보다 그 자리를 떴다. 그가 아래층의 문을 여는 소리가 그녀 귀에 들렸다.

그녀는 생각에 잠겨 여전히 누워 있었다. 떠나기가 너무나 힘들었다. 그의 품을 떠나기가. 그가 층계 밑에서 소리쳤다. "일곱 시 반이에유!" 그녀가 한숨을 쉬고 침대에서 나왔다. 아무런 장식물도 없는 작은 방! 방 안엔 작은 서랍장과 자그마한 침대 외엔 아무것도 없었다. 그렇지만 나무 바닥은 깨끗하게 닦여 있었다. 박공창 옆 구석에는 몇 권의 책이 꽂힌 선반이 있었다. 몇 권은 순회도서관에서 빌린 것이었다. 그녀가 자세히 보았다. 러시아의 볼셰비키주의에 관한 책 몇 권과 여행에 관한 책이 몇 권 있고 원자와 전자에 관한 책이 한 권 있고 지구의 핵심의 구성과 지진의 원인에 관한 다른 책이 있고 그 외에 몇 권의 소설과 인도에 관한 책이 세 권이 있었다. 그렇구나! 하여간에 그는 독서가였다.

햇살이 박공창을 통해 그녀의 발가벗은 팔과 다리 위에 쏟아졌다. 바깥에선 플로시가 주위를 어슬렁거리고 있었다. 개암나무 숲은 초록빛의 안개로 덮여있고 그 아래에선 진초록의 명아주가 자라고 있었다. 새들이 사방으로 날아다니며 신나게 노래하는 맑고도 깨끗한 아침이었다. 그녀가 그냥 남아있을 수 있다

---

7 장미의 일종.—역주

면! 연기와 강철의 다른 무시무시한 세계만 없다면! **그만이** 그녀의 세계를 이룰 수 있다면 얼마나 좋으랴.

그녀가 가파르고 좁은 목제 층계를 따라 아래층으로 내려갔다. 이 집이 그 자체만의 세상에 존재한다면 이 작은 집만으로 만족할 텐데.

그가 몸을 씻어 신선해 보였고 난롯불은 타고 있었다.

"무얼 드시겠소?" 그가 물었다.

"아니요! 빗만 좀 빌려주세요."

그녀가 그를 따라 부엌으로 들어가서 뒷문 옆에 있는 손바닥만 한 거울을 보며 머리를 빗었다. 그리고 떠날 준비가 되었다.

그녀는 이슬을 머금은 꽃들을 들여다보며 자그마한 앞마당에 서 있었다. 벌써 잿빛 패랭이꽃들이 봉오리를 맺고 있었다.

"난 나머지 세상이 다 사라졌으면 좋겠어요." 그녀가 말했다. "그리고 당신하고 여기서 살게."

"절대로 사라지지 않을 걸요." 그가 대꾸했다. 그러나 마음으론 그들만의 세상에 둘이 함께 있었다.

그녀가 라그비 저택으로 돌아가는 것이 지긋지긋하게 싫었다.

"어서 빨리 와서 당신과 함께 살고 싶어요." 그녀가 그의 곁을 떠나면서 말했다.

그는 아무 대답도 않고 싱긋 웃었다.

그녀는 살금살금 눈에 뜨이지 않고 집으로 들어가 자기 침실로 올라갔다.

제15장

조반 쟁반에 힐더 언니의 편지가 놓여있었다. "아버지가 이번 주에 런던으로 가실 예정이고, 난 6월 17일 목요일에 너한테 갈 거다. 우리가 곧 떠날 수 있게 넌 만반의 준비를 하고 있어야 해. 난 라그비 저택에서 시간을 낭비하고 싶지 않아. 끔찍스런 곳이야. 난 어쩌면 렛포드의 콜만 씨 댁에서 하룻밤을 묵을 거야. 그러면 목요일 점심때 널 만날 수 있어. 그런 다음 차 마시는 시간에 라그비를 떠나서 그랜담에서 잘 거야. 클리퍼드와 저녁 시간을 보낼 필요가 없어. 제부는 네가 떠나는 걸 싫어해도, 우리가 있는 게 즐겁지는 않을 거야."

그래! 그녀는 또다시 장기판 위를 이리저리 끌려다니는 신세가 되었다.

클리퍼드는 그녀가 떠나는 걸 싫어했다. 그건 단지 그녀가 집에 없으면 그가 **안정감**을 느끼지 못하기 때문이었다. 왜 그런지 그녀가 곁에 있으면 그가 안정감을 느끼고 그가 하려는 일에 마음 놓고 몰두할 수 있었다. 그는 탄광에 상당히 열의를 보이며, 석탄을 가장 경제적인 방법으로 캐내서 그것을 판매한다는 거의 전망이 없는 문제를 놓고 정신적으로 씨름하고 있었다. 그는 석탄을 이용하거나 전환하는 방도를 찾아야 한다는 걸 알고 있었다. 그래야 석탄을 팔 필요도 없게 되고 팔리지 않는다고 분통을 터트릴 필요도 없기 때문이었다. 그러나 석탄으로 전기를 만들면 그가 그걸 판매할 수 있나? 아니면 사용을 해야 하나? 그리고 석탄을 액화하는 것은 아직 비용이 엄청 들고 기술도 엄청 정교한 일이었다. 산업을 활성화하려면 미친 듯이 더욱 노력을 기울여야 했다.

그건 미친 짓이고 산업에서 성공하려면 사람이 미쳐야 했다. 사실, 그는 좀 미쳐 있었다. 코니도 그렇게 생각했다. 탄광의 일에 그가 쏟는 열성과 날카로운 혜안은 코니에게는 광증의 표출로 보였다. 그의 영감 자체가 정신이상에서 오는 영감으로 보였다.

그가 코니에게 자신의 만만찮은 계획을 모두 말해 주었고, 그녀는 경이감에 귀를 기울이며 그가 계속 이야기를 하게 했다. 그러다 이야기의 흐름이 끊기면, 그는 확성기를 크게 틀어놓았다. 그럴 때면 분명 겉보기에 그의 계획은 꿈에서처럼 그의 마음속에서 뱅뱅 돌아가는 것 같은데 그는 멍한 상태였다.

요사이에 그는 매일 밤 볼턴 부인과 육 펜스를 걸고 영국 군인들의 놀이, 폰툰 놀이[8]를 했다. 내기 놀이를 할 때는 무언지는 몰라도 그가 일종의 무의식 상태랄까 아니면 멍한 도취의 상태

---

8   21점 놀이와 비슷한 카드 놀이의 일종.—역주

에 빠져 있었다. 코니는 이런 그를 차마 눈 뜨고 볼 수가 없었다. 그러나 그녀가 잠자리에 든 후 그와 볼턴 부인은 새벽 두세 시까지 마음 놓고 이상한 열망으로 내기를 계속하곤 했다. 볼턴 부인은 클리퍼드 만큼이나 이런 열망에 빠져 있었다. 그녀가 내기에서 거의 언제나 지곤 했기에 그녀의 열망은 점점 더 커갔다.

그녀가 하루는 코니에게 말했다. "제가 어젯밤 클리퍼드 나리에게 23실링이나 잃었어요."

"그래 클리퍼드 나리께서 그 돈을 받으시던가요?" 코니가 아연실색해서 물었다.

"물론이지요. 마님! 노름판에서 진 빚인데요!"

코니는 단호하게 충고하며, 두 사람에게 화를 냈다. 결과는 클리퍼드 경이 볼턴 부인의 연봉을 일백 파운드나 올려주어 그녀는 그 돈으로 계속할 수 있었다. 그러는 동안 코니에게는 클리퍼드가 점점 원기가 쇠진해가는 것처럼 보였다.

코니가 마침내 그에게 17일에 떠날 것이라고 말을 했다.

"17일이라고!" 그가 말했다. "그러면 언제 돌아올 거요?"

"늦어도 7월 20일까지는 돌아올 거예요."

그가 이상하게 멍한 표정으로 그녀를 쳐다보았다. 어린애같이 멍한 표정이었지만 그 이면에는 노인의 멍하면서도 야릇한 교활함이 깃들어 있었다.

"당신 나를 낙심시키지는 않을 거지?" 그가 물었다.

"어떻게 말이에요?"

"내 말은 당신이 멀리 가더라도 반드시 돌아올 거냐고 묻는 것이오."

"어떤 일이 있더라도 꼭 돌아올 거예요."

"그래! 좋아요! 7월 20일까지요!—"

그가 너무나 이상한 눈으로 그녀를 쳐다보았다.

그런데도 그는 진정으로 그녀가 떠나는 걸 원했다. 그건 참 묘한 심리였다. 그는 그녀가 여행지에 가기를, 가볍게 연애해서 아마 임신해서 집에 돌아오기를, 그리고 그 비슷한 것을 원했다. 그러면서도 한편 그녀가 떠나는 걸 두려워했다. 단지 두려웠다.

그녀는 가슴 조이며 그에게서 완전히 떠날 진짜 기회를 엿보고 있었다. 그녀 자신과 그 자신이 헤어질 시기가 무르익기를 기다리고 있었다.

그녀는 앉아서 사냥터지기에게 그녀가 외국으로 여행을 떠난다고 이야기했다.

"그리고 돌아온 다음에," 그녀가 말을 꺼냈다. "클리퍼드에게 떠나겠다고 말을 하려고요. 그러면 당신과 나는 멀리 떠날 수 있어요. 상대가 당신이란 걸 알 수조차 없게 될 거예요. 우린 외국으로 갈 수 있지요. 안 그래요? 아프리카나 오스트레일리아 쪽으로요. 그렇지요?"

그녀는 자기의 계획에 무척 들떠 있었다.

"다른 영국령에 가 본 적이 전혀 없지요?" 그가 그녀에게 물었다.

"네! 당신은 있어요?"

"인도와 남아프리카, 이집트에 가 본 적이 있어요."

"우리 남아프리카로 갈까요?"

"갈 수는 있겠지요!" 그가 천천히 말했다.

"가고 싶지 않으세요?" 그녀가 물었다.

"난 상관없어요. 뭘 하든 난 별로 상관없어요."

"떠나는 게 행복하지 않나요? 왜 안 되지요? 가난하게 살지
는 않을 거예요. 내겐 일 년에 600파운드의 수입이 있어요. 내가
편지를 써서 물어보았어요. 별로 큰돈은 아니지만 생활하기엔
넉넉하지 않을까요?"

"내겐 큰돈이지요."

"아, 아주 멋질 거예요."

"하지만 내가 이혼을 해야 하고—당신도 해야 해요—그러
지 않으면 일이 굉장히 꼬일 겁니다—"

생각해야 할 점들이 참 많았다.

그 후 하루는 그녀가 그에 대해 이렇게 저렇게 캐물었다. 그
들이 오두막 안에 함께 있었다. 밖에서는 천둥이 치며 비가 억
수로 퍼붓고 있었다.

"당신이 중위이고 장교이고 신사였을 때 행복하지 않았나
요?"

"행복했냐고요? 그랬지요. 내가 모시던 연대장님을 정말 좋
아했어요."

"그분을 정말 좋아했어요?"

"그럼요! 아주 좋아했소."

"그분도 당신을 정말 좋아했나요?"

"그럼요! 어떤 면에서 그분은 나를 무척 위해주었소."

"그분에 대해서 말해 줘요."

"무슨 이야길 할까요? 그분은 졸병에서부터 승진해 올라간 사람이었소. 그는 군대를 사랑했소. 결혼은 한 적이 없는 분이오. 나이는 나보다 스무 살이나 더 많았소. 굉장히 총명한 사람이었는데 군대에서는 대개 그렇듯이 그런 사람이 외톨이로 지냈소. 나름대로 열정적인 사람이었소. 그리고 굉장히 총명한 장교였소. 내가 그분과 함께 있을 때는 완전히 그에게 매료되어 있었소. 말하자면 그분이 내 삶을 좌지우지했지만 난 한 번도 후회한 적이 없었소."

"그러면 그분이 돌아가셨을 때 충격이 대단했겠네요?"

"나 자신이 거의 죽을 뻔했소. 제정신이 들었을 때 나의 한 부분이 그분과 함께 끝이 났다는 걸 깨달았소. ―하긴 그런 것은 죽음과 함께 끝난다는 걸 항상 알고 있었소. 사실 그런 것은 모두 그런 식으로 끝나게 마련이지요."

그녀는 앉아서 생각에 잠겨 있었다. 밖에서는 천둥이 요란스레 울렸다. 대홍수 때 작은 방주에 들어가 있는 느낌이었다.

"당신은 지금까지 참 많은 경험을 하셨네요." 그녀가 말했다.

"그런가요? 나는 이미 한두 번 죽음을 경험했소. 그런데도 내가 부지런히 일하며 여기까지 왔는데 앞으로 더 큰 어려움에 맞닥뜨릴 것 같소."

그녀는 열심히 들으면서도 천둥소리에 귀를 기울였다.

"연대장이 돌아가신 후에는 장교로서나 신사로서 행복하지 못했나요?"

"못했지요! 맨 인색한 사람들이었소." 그가 갑자기 웃어댔다. "연대장님이 말씀하시곤 했어요. '이봐, 젊은이. 영국의 중산층 사람들은 음식을 서른 번은 씹어야 할 꺼야. 내장이 너무 좁아서 콩알만 한 음식도 변비를 일으킬 테니까. 세상 사람치고 가장 인색하고 사내답지 못한 자들이야. 자신감이 꽉 차서 혹시나 구두끈이 잘 못 매어졌으면 기겁을 하지. 매달아 놓은 사냥감처럼 썩은 악취를 풍기면서 자기들은 항상 도리에 맞는 척하지. 그걸 보면 완전히 정나미가 떨어져. 머리를 요리조리 조아리며 혀가 굳을 정도로 남의 궁둥이나 핥고 다니면서, 자기들은 언제나 도리에 맞는 척하지. 그 누구보다 젠체해. 아주 잘난 체하는 자들이야! 이 무리 전체가 귀부인처럼 잘난 체하는 자들인데 불알은 반쪽밖에 없어. —'"

코니가 마구 웃어댔다. 비는 밖에서 세차게 쏟아지고 있었다.

"그분이 그 사람들을 아주 증오했겠네요!"

"아닙니다." 그가 말했다. "그분은 전혀 개의치 않으셨죠. 그냥 그 사람들을 싫어했지요. 그건 증오하고는 조금 다르죠. 그분이 말씀했듯이 영국 군인들은 아주 잘난 척하고 불알은 반쪽인 데다 창자는 점점 좁아져 가고 있소. 그렇게 되는 것이 바로 인간 전체의 운명이기도 하죠."

"하층 평민들—그러니까 노동자들도요?"

"모조리 그렇지요. 그들의 용기는 다 죽었소. 자동차와 영화, 비행기가 그들의 마지막 남은 용기조차 다 빨아먹은 거요. 정말이지 모든 세대가 점점 더 토끼 같은 세대를 배태하고 있소. 고무관 같은 창자와 양철 같은 다리와 양철의 얼굴을 가진 양철의 인간들을요! 그것은 인간적인 것은 모조리 말살하고 기계적인 것을 숭배하는 볼셰비키주의의 단면과 같은 거요. 돈, 돈, 돈! 현대의 모든 인간이 즐겨 하는 짓이 인간에게서 본래의 인간적인 감정을 말살해 버리는 것이오. 본래의 아담과 이브를 난도질하며 쾌락을 맛보는 거요. 그들은 모두 똑같아요. 세상은 죄다 같아집니다. 인간의 참모습을 말살해 버리는 거요. 표피 한 개에 일 파운드, 불알 한 쌍에 이 파운드씩 지급하면서요. 그래요, 씹은 그저 기계적인 성교에 그치고 말았소! 모두가 똑같아졌소. 돈을 지급하고서 세상의 자지를 죄다 잘라버리는 거요. 오직 돈, 돈, 돈을 지급하고서 인류에게서 용기를 빼앗고, 그들을 모두 작은 장난감 기계로 만들어 버리는 거요."

그가 거기 오두막 안에 앉아 있고, 얼굴은 빈정대는 빛을 띠었다. 그런 때에도 그는 한쪽 귀를 쫑긋 뒤로 세우고 숲에 내려치는 세찬 빗소리를 듣고 있었다. 그 소리에 아주 외롭다는 느낌이 들었다.

"그렇지만 그건 언젠가 끝이 나지 않을까요?" 그녀가 물었다.

"그래요. 끝이 날 거요. 세상은 스스로 구원할 거요. 마지막 진짜 인간이 살해되고, 인간이 모두 박력이 없어지면, 백인종이건 흑인종이건 황인종이건 죄다, 그때엔 그들 모두가 정신이상이 될 거요. 왜냐하면, 온전한 정신의 뿌리는 불알에 있기 때문이오. 그때엔 인간이 죄다 미쳐서 장대한 종교재판소의 **화형(auto da fé)**이 있을 거요. 종교재판소의 화형이란 '신앙 행위'(**act of faith**)를 의미한다는 걸 알고 있소? 그렇소. 그들은 보잘것없는 신앙 행위를 거대하게 거행할 거요. 그들은 서로를 제물로 바칠 거요."

"서로를 죽인다는 말이세요?"

"그렇소. 만약에 지금과 같은 속도로 나간다면 앞으로 백 년이 지나면 영국이란 이 섬엔 일만 명도 남지 않을 거요. 아마도 열 명도 안 남을 거요. 그들은 서로 깨끗이 죽여 없앨 거요." — 천둥소리가 더 먼 데서 들려 왔다.

"아주 멋지겠어요!" 그녀가 말했다.

"아주 멋질 거요! 인류가 완전히 소멸하고 다른 생명체가 나타날 때까지 긴 공백 기간을 생각만 해도, 그 어느 때보다 마음이 차분히 가라앉소. 그래서 지식인, 예술가, 정부 지도자, 실업가, 노동자 등 모든 사람이 함께 미친 듯이 마지막 인간 감정을, 인간의 마지막 직관력을, 마지막 건강한 본능을 말살한다면, 이런 말살 행위가 지금처럼 대수적으로 진행된다면, 그때에는 인류에게 빠이빠이! 안녕! 하지요. 뱀은 자신을 잡아먹어 허공만 남을 거요. 상당히 난장판이겠지만, 희망이 전혀 없지는 않소. 굉장히 멋질 거요! 야만스런 사나운 개들이 라그비 저택에서 짖어대고 사나운 야생마들이 테버셜 탄광의 둑에서 날뛴다면! '오, 하나님. 우리는 당신을 찬양합니다(**te deum laudamus!**)'라고 찬양할 거요."

코니가 웃지만 그리 행복한 웃음은 아니었다.

"사람들이 모두 볼셰비키주의자니 당신은 기쁘시겠네요."
코니가 말했다. "모두가 종말을 향해서 서둘러서 가니 당신은
기쁘시겠어요."

"아, 정말 그렇소. 난 그들을 막지 않소. 막고 싶어도 내 힘
으론 막을 수가 없소."

"그런데 왜 그렇게 비통해하세요?"

"아니요! 그렇지 않소. 내 자지가 마지막을 고해도 난 개의
치 않아요."

"그렇지만 만일 우리에게 아기가 생긴다면요?"

그가 고개를 떨구었다.

"음 —" 그가 드디어 입을 열었다 —"이런 세상에 아기를 낳
는다는 것은 잘못되고 슬픈 일이오."

"아니에요! 그런 말 마세요! 그런 말 하지 말아요!" 그녀가
호소하듯 말했다. "내가 아기를 가진 것 같아요. 기쁘다고 말해
줘요." 그녀가 자기의 손을 그의 손에 올려놓았다.

"당신이 기뻐하니 나도 기뻐요." 그가 말했다. "하지만 내가
태어나지 않은 아기에게 무서운 배신을 하는 것 같소."

"아, 아니요!" 그녀가 충격을 받고 외쳤다. "그렇다면 당신
은 절대로 날 원할 수가 없는 거예요! 날 원할 수가 없어요! 그렇
게 느끼신다면."

다시 그가 잠잠해졌다, 얼굴은 부루퉁한 채. 밖에서는 비가

억수같이 내리고 있었다.

"그 말은 전적으로 맞지 않아요!" 그녀가 속삭였다. "그건 전적으로 맞지 않아요! 또 다른 진실이 있어요." 그녀가 그의 곁을 떠나 일부로 베네치아로 가기 때문에 그가 부분적으로 우울해 있다고 느꼈다. 이것은 그녀를 절반쯤 기쁘게 했다.

그녀가 그의 옷을 열어젖혀 배를 드러내어 배꼽에 키스했다. 그다음엔 뺨을 배에 대고 팔로는 따스하고 조용한 허리춤을 얼싸안았다. 그들은 억수같이 내리는 홍수 속에서 단둘이 있었다.

"당신, 희망하는 마음으로, 어린애를 원한다고 말해 줘요!" 그의 배에다 자기의 뺨을 누르며 그녀가 속삭였다. "제발 그렇다고 말해 줘요!"

"물론이오!" 그가 마침내 말했다. 그리고 그의 긴장이 풀리면서 묘한 떨림이 그의 몸에 퍼져나가는 걸 그녀가 느꼈다. "그래요—가끔 이런 생각이 들어요—단 한 사람이라도—광부들 사이에서 한 사람이라도 나서서 이런 말을 했으면! 하고요. 광부들은 죽으라고 일하는데 버는 건 별로 없소. 그러니 누군가가 나서서 그들에게 이런 말을 해주면 좋겠소. '돈 생각만 하지 말어유. 생활에 **필요한 것**으로 말하면 부족한 게 별로 없어유. 돈을 위해서 살지 맙시다요.'—"

그녀가 자기의 뺨을 그의 배에 대고 부드럽게 비비며 그의 불알을 손으로 잡아보았다. 그 성기가 이상한 생명을 가지고 부드럽게 꿈틀대지만, 꼿꼿이 서지는 않았다. 바깥에서는 비가 때려 부수듯 사정없이 퍼붓고 있었다.

"우린 무언가 딴 것을 위해 삽시다. 우리 자신을 위해서든 그 누구를 위해서든 돈을 벌기 위해 살지 맙시다. 지금 우리는 그렇게 살라고 강요받고 있어요. 우리 자신을 위해서는 아주 조금을, 주인을 위해서는 엄청난 금액을 벌어들이라고 강요받고 있어요. 이런 일일랑 집어치웁시다! 차츰차츰 이 일을 걷어치웁시다. 우린 고래고래 소릴 지르고 날뛸 필요가 없어요. 조금씩 산업적인 생활은 아예 때려치우고 본연으로 돌아갑시다. 가장 적은 돈으로도 지낼 수 있어요. 모든 사람이, 나와 당신과 고용주와 주인도, 심지어 왕까지도 그래요. 아주 적은 돈이면 충분해요. 단지 그렇게 지내겠다고 결심만 하면 그 난장판에서 벗어날 수 있어요." 그가 잠시 그치더니 다시 말을 이어갔다.

"그리고 그들에게 이렇게 말하겠소. '봐유! 조우(Joe)를 좀 보라구요! 그의 동작이 아주 멋지네유! 저가 활기차고 자랑스레 움직여유. 참 아름답지유! 그런데 이번엔 조나(Jonah)를 좀 봐유! 그는 움직임이 서툴고 흉측하네유. 왜 그렁가 하문 스스로 자신을 일깨우려 들지 않았기 때문에유.' 난 그들에게 또 이렇게 말하겠소. '봐유! 당신들의 모습을 한번 봐유! 어깨는 한쪽으로 쳐졌고 다리는 뒤틀리고 발은 퉁퉁 부었네유! 죽을똥 말똥 일을 해설랑 당신네 몸이 어찌 되었지유? 몸이랑 삶이 망가졌시유. 그렇게 죽어라 하구 일할 필요 없시유. 옷을 벗고 당신네 알몸을 좀 보아유. 활기에 넘치구 아름다워야 하는디 몸이 흉측하구 반쯤은 죽어 있시유.' 그렇게 그들에게 말하겠소. 그리고 그들이 지금과는 다른 옷을 입게 하겠소. 꼭 끼는 아주 새

빨간 바지와 좀 짧은 하얀 재킷을 입게 하겠소. 남자들이 빨간 바지의 멋진 다리를 보이면 한 달 안에 그들이 변할 거요. 그들은 다시 사내답게 변하기 시작할 거요. 사내답게! 그리고 여자들은 원하는 대로 입게 하겠소. 왜냐하면, 일단 남자들이 꼭 끼는 새빨간 바지를 입은 다리를 보이고 짧은 흰 재킷 밑으로 빨간색 바지를 입은 멋진 엉덩이를 보이면 여자들은 여자답게 될 테니까요. 여자가 남성처럼 되는 것은 남자가 남자답지 **못하기** 때문이오. 그리고 얼마 안 있어 테버셜 마을을 헐어버리고 우리가 모두 들어가 살 수 있는 아름다운 건물을 짓는 거요. 그리고 이 고장을 다시 깨끗하게 만드는 거요. 아이들은 많이 낳지 않게 하겠소. 이미 세상은 인구 과밀이니까요.

"그렇다고 난 설교는 하지 않을 거요. 단지 옷을 벗기고 이렇게 말할 거요. '당신들 몸을 보아요! 그게 돈을 위해 일했기 때문이오! 몸의 소리를 들어 봐요. 돈을 위해서 일했기 때문이오. 당신들은 지금까지 돈을 위해 일해 왔소! 테버셜 마을을 좀 봐요! 너무 흉측해요. 당신네가 돈을 위해 일하고 있는 동안 마을이 세워졌기 때문이오. 당신네 처녀애들을 봐요! 그들은 당신네를 본체만체하고 당신네도 그들을 거들떠보지도 않소. 당신네가 돈을 위해 일하고 돈에만 신경을 써왔기 때문이오. 당신네는 제대로 말을 할 수 없고 움직이지 못하고 제대로 살지도 못하고 있소. 여자들과 제대로 지내지도 못하고 있소. 당신네는 살아있는 게 아니요. 당신 꼴을 좀 봐요!'"

완전한 침묵이 흘렀다. 코니는 반쯤 듣고 있으면서 오두막으로 오는 길에 따온 물망초 몇 개를 그의 배 밑의 터럭에다 엮고 있었다. 바깥세상은 잠잠해졌고 좀 싸늘해졌다.

"당신은 네 종류의 터럭을 갖고 있어요." 코니가 그에게 말을 걸었다. "가슴팍의 털은 거무스름하고 머리카락은 검지 않은데 턱수염은 빳빳하고 검붉은 색이에요. 그런데 이곳의 털은, 당신의 사랑의 털은 빨간색이 도는 밝은 황금빛의 겨우살이의 작은 덤불 같아요. 이게 제일 아름다워요!"

그가 아래를 내려다보다가 자신의 사타구니 털에 우윳빛의 물망초가 걸려있는 걸 보았다.

"그래요! 그곳이 남자의 터럭이건 여자의 터럭이건 물망초를 놓을 곳이오. 그렇지만 앞날이 걱정되지 않소?"

그녀가 그를 올려다보았다.

"아, 걱정되지요. 너무나도!"

"인간 세계가 자체의 비열한 잔인성으로 인해 곧 망할 수밖에 없다는 생각을 하면 영국의 식민지도 그리 안전치 않다는 생각이 들기 때문이오. 달도 완전하게 먼 곳에 있는 것이 아니요. 그곳에서 뒤돌아보면 지구를 볼 수 있는 거리요. 별들 사이로 더럽고 추하고 잔인하고 불쾌하게 보일 거요. 인간이 더럽게 만든 별이오. 난 담즙을 마신 것처럼 속이 메스껍지만 그렇다고 딱히 갈 만큼 먼 곳이 없소. 그렇지만 내가 기분이 바뀌면 이런 모든 것을 잊게 돼요. 지난 백 년간 인간에게 일어난 일을 생각하면 부끄럽소. 인간이 일하는 벌레로 바뀐 거요. 그들의 인간다움과 인간다운 진짜 삶을 빼앗겼소. 난 지상에서 기계들을 다시 싹 쓸어 없애버려, 이 산업화의 시대를 검은 오점처럼 완전히 끝내고 싶소. 그러나 내가 이렇게 할 수 없고 그 아무도 할 수 없으니 입을 다물고 내 나름대로 삶을 사는 게 더 낫겠소. 살만한 삶이 있다면 말이오. 그런데 과연 그런 삶이 있는지는 의문이오."

밖에서는 천둥이 그쳤다. 그러나 잦아들었던 비가 갑자기 요란스레 쏟아졌다. 천둥과 번개는 뒷걸음질 치며 마지막으로 우지끈 쿵쾅거렸다. 코니는 불안했다. 그는 지금 너무도 오랫동안 이야길 해서—그녀에게가 아니라 저 혼자 말하고 있었다. 절망감이 완전히 그를 덮친 것 같았다. 그런데도 그녀는 행복하게 느꼈다. 절망은 죽으라고 싫었다. 그녀가 그를 떠난다는 것을 지금에야 내심으로 절감을 했기에 그가 이런 절망감에 빠졌다는 걸 알고 있었다. 그래 속으로 좀 기분이 좋았다.

그녀가 문을 열고 강철 커튼처럼 곧장 내리퍼붓는 비를 쳐다보았다. 갑자기 방에서 빗속으로 뛰쳐나가고 싶은 욕망이 떠밀려왔다. 그녀가 일어나 스타킹과 드레스와 내의를 벗기 시작했다. 그가 숨을 죽이고 지켜보았다. 그녀의 뾰족하고 날카롭고 관능적인 유방이 그녀가 움직일 때마다 출렁거렸다. 푸른 불빛 아래에서 그녀의 몸은 상아색으로 보였다. 그녀는 고무신을 신고 야성적으로 웃어대며 밖으로 뛰어나갔다. 젖가슴에 억수 같은 비를 맞으며 양팔은 활짝 펼치고는 오래전 드레스덴에서 배웠던 율동체조를 하는 듯 희뿌연 빗속에서 뛰어다녔다. 이상하게 흐릿한 형체가 몸을 올렸다 내렸다 하고, 허리를 굽힐 때는 풍만한 엉덩이에 비가 때려 번쩍거렸다. 빗속에서 다시 몸을 위로 흔들며 올리고 배를 앞으로 내밀었다가 다시 몸을 구부려 풍만한 허리춤과 엉덩이를 그를 향해 존경의 표시로 내밀고는 미친 듯이 되풀이해 절을 했다.

그가 얼굴을 찌푸리고 웃더니 옷을 벗어 던졌다. 도저히 더 버틸 수가 없었다. 그는 몸을 약간 부르르 떨면서 하얀 알몸으로 세게 내리치는 빗속으로 뛰어나갔다. 플로시가 그의 앞에서 뛰어가며 미친 듯이 짖어댔다. 머리칼이 흠뻑 젖어 머리에 착 달라붙은 코니는 달아오른 얼굴을 돌려 그를 보았다. 흥분되어 불타는 듯한 푸른 눈으로 그를 보고는 이상하게 돌진하는 동작으로 공터를 빠져나와 오솔길로 냅다 달려갔다. 비에 젖은 나뭇가지들이 그녀의 몸을 스쳤다. 그녀가 계속 달려갔기에 그에게는 단지 비에 젖은 둥근 머리와 앞으로 달리는 젖은 등과 번쩍거리는 둥그스름한 엉덩이만 보였다. 몸을 구부리고 달려가는 멋진 여자의 알몸이었다.

그녀가 넓은 큰길에 거의 이르렀을 때 그가 달려가 그녀의 부드럽고 젖은 알몸의 허리 부분을 그의 맨 팔로 껴안았다. 그녀가 소리를 지르며 몸을 쭉 피자 그녀의 보드랍고 싸늘한 살이 그의 몸에 닿았다. 그가 미친 듯이 그녀의 몸을 들어 올리며 꼭 껴안았다. 보드랍고도 차가운 여자의 살이 그의 몸에 닿자 불꽃처럼 순식간에 뜨거워졌다. 비는 그들의 몸 위로 계속 퍼부었고 그들의 몸에선 김이 피어올랐다. 그가 그녀의 사랑스럽고 묵직한 엉덩이를 양손으로 부여잡고는 빗속에서 미친 듯이 몸을 떨면서 자기 쪽으로 끌어당겼다. 그러다가 갑자기 그녀를 위로 들어 올리다가 오솔길 위에 그녀와 함께 쓰러졌다. 빗소리만 요란한 고요 속에서 그가 짧고도 날카롭게 그녀를 취하고는 동물처럼 짧고 날카롭게 끝내버렸다.

그는 즉시 일어나며 눈에서 빗물을 닦아냈다.

"들어갑시다." 그가 말하고 오두막을 향해 오던 길을 다시 달리기 시작했다. 그는 곧장 민첩하게 뛰어갔다. 비가 싫었기 때문이다. 그러나 그녀는 천천히 오면서 물망초와 동자꽃이며 푸른 종꽃을 따면서 몇 발자국 뛰어오다가 그가 멀리 앞서서 뛰어가는 걸 지켜보았다.

그녀가 헐떡거리며 꽃을 들고 오두막에 도착하여 보니 그가 이미 난롯불을 지펴서 나뭇가지가 딱딱 소릴 내며 타고 있었다. 그녀의 뾰족한 유방은 올라갔다 내려갔다 하고 머리칼은 젖어서 착 달라붙어 있고 얼굴은 달아올라 불그레했다. 그녀의 몸은 번쩍이며 빗물이 뚝뚝 떨어졌다. 비에 젖은 조그마한 머리와 빗물이 뚝뚝 떨어지는 풍만하고 순진한 엉덩이, 크게 뜬 눈과 헐떡이는 숨소리는 그녀를 다른 사람으로 보이게 했다.

그가 낡은 홑이불을 들어 어린애처럼 서 있는 그녀의 몸을 아래로 닦아주었다. 그리고 자신의 몸을 닦고 오두막의 문을 닫았다. 난롯불이 활활 타고 있었다. 그녀는 홑이불의 다른 쪽에 머리를 묻고는 머리칼을 비벼 말리고 있었다.

"우리가 같은 수건으로 몸을 말리니 싸우겠군!" 그가 말했다.

그녀가 머리칼은 잔뜩 헝클어진 채 잠시 올려다보았다.

"아니에요!" 그녀가 눈을 크게 뜨고는 말했다. "이건 수건이 아니고 홑이불이에요."

그녀는 부지런히 머리칼을 비비며 말리고 그는 그대로 자기의 머리칼을 부지런히 비볐다.

한바탕 심하게 운동을 해선지 그들은 아직도 숨을 헐떡이며 각자 몸을 군대 담요로 감싸고 앞쪽은 난롯불에 쪼이며 난로 앞 통나무 위에 말없이 나란히 앉아 있었다. 코니는 군대 담요가 몸에 닿는 것이 싫었다. 그러나 홑이불은 지금 온통 젖어 있었다.

그녀는 담요를 떨구고 진흙 벽난로 바닥에 무릎을 꿇고 앉아 머리를 난로로 향하고 머리칼을 털며 말렸다. 그가 그녀의 아름다운 엉덩이의 곡선을 바라보았다. 오늘따라 그 모습에 그가 매혹되었다. 묵직하고 둥그스름한 그녀의 엉덩이에 이르기까지 얼마나 풍만한 곡선을 밑으로 그리고 있는가! 그리고 그 사이에 비밀스러운 온기에 둘러싸여 있는 비밀스러운 입구들!

그가 그녀의 엉덩이 끝을 손으로 쓰다듬었다. 오랫동안 섬세하게 곡선을 따라가며 풍만하게 둥근 곳을 어루만졌다.

"당신은 그 뉘구보다 제일 멋진 엉덩이를 가졋시유." 그가 쉰 목소리로 애무를 하는 듯이 사투리로 말했다. "여자로서 제일 멋지고 훌륭한 엉덩이구먼유! 하나하나가 참으루 여성다워유! 남자애들처럼유 단추 같은 엉덩이를 가진 여자두 있어유. 그런데 당신은 아니구먼유! 남자들이 진짜루 좋아할 정말루 보드랍고 둥그런 엉덩이를 갖고 있구먼유. 모든 세상을 껴안을 만한 그런 엉덩이에유!"

이렇게 말하는 동안 내내 그가 그 둥근 엉덩이를 쓰다듬어서 급기야는 미끌미끌한 불길이 그곳에서 나와 그의 손안으로 떨어지는 것 같았다. 그리고 그가 부드럽고 자그마한 불길의 솔처럼 손가락 끝으로 그녀의 비밀스러운 두 개의 문을 거듭 어루만졌다.

"당신이 똥을 싸구 오줌을 싸두라두 난 좋겟시유. 똥과 오줌 못 싸는 여잔 싫어유." 코니는 깜짝 놀라 갑자기 코웃음을 치며 웃지 않을 수가 없었다. 그러나 그는 꼼짝 않고 말을 계속했다. "당신은 진짜에유. 암캐 같기두 해유. 여기다 똥 싸구 오줌 싸유. 내가 손으로 받을께유. 그러면 더 좋아할 거유. 그래 당신을 좋아해유. 당신은 자랑스러운 제대로의 엉덩이를 가졋시유. 부끄러워할 께 없이유. 없어유."

그는 그녀의 비밀스러운 그것에 자기 손을 대고 힘주어 꼭 눌렀다. 가까이서 인사를 하듯.

"이것이 좋아유." 그가 말했다. "좋아해유! 당신의 엉덩이를 어루만지며 잘 알게되믄 단 십 분을 살두라두 **일평생**을 산 것 같애유. 알겟지유! 산업주의 제도가 있든 말든유! 여기에 내 일생이 달려 잇시유."

코니가 몸을 돌려 그의 무릎 위로 올라가 그에게 착 몸을 붙였다.

"나에게 키스해 줘요!" 그녀가 속삭였다.

그리고 그들이 헤어진다는 생각이 각자의 마음속에 숨겨져 있다는 걸 의식하고 드디어 그녀는 서글퍼졌다.

그녀가 그의 허벅지 위에 앉아서 머리를 그의 가슴팍에 파묻고 상앗빛의 반짝이는 두 다리는 벌리고 있었다. 난롯불이 흔들리며 그들을 비추었다. 그가 고개를 숙이고 앉아서 난롯불이 비치는 그녀 몸의 겹쳐진 곳과 벌린 허벅지 사이의 한 지점까지 소복이 솟은 갈색 털을 보았다. 그는 뒤에 있는 탁자로 손을 뻗어서 그녀가 갖다놓은 꽃묶음을 집어 들었다. 아직도 젖어 있어서 그녀의 몸 위로 빗물 방울이 떨어졌다.

"꽃은 비가 오든 말든 밖에서 자라는 거지." 그가 말했다. "집이 없으니까."

"오두막조차도 없어요!" 그녀가 나직이 말했다.

그가 가만히 물망초 꽃 몇 송이를 그녀의 불두덩의 가는 갈색 터럭 사이에 꽂았다.

"자!" 그가 말했다. "물망초가 있을 만한 곳에 가 있군!"

그녀가 자기 몸 아래쪽의 갈색 털 사이에 꽂혀있는 우윳빛 나는 작은 꽃들을 내려다보았다.

"너무 예뻐요!" 그녀가 말했다.

"생명처럼 예쁘군!" 그가 대답했다.

그리곤 그가 분홍색 동자꽃을 털 사이에 꽂아놓았다.

"봐요! 저건 당신이 잊지 말라고 꽂혀있는 나요! 이건 갈대 속에 있는 모세와 같군."

"내가 여행을 떠난다고 언짢은 건 아니지요?" 그녀가 그의 얼굴을 들여다보며 생각에 잠겨 물었다.

그러나 짙은 눈썹에 깔린 그의 표정은 읽을 수가 없었다. 그는 완전히 멍한 표정을 짓고 있었다.

"당신이 하고 싶은 대로 해요." 그가 말했다.

그가 품위 있는 영어로 말을 했다.

"그렇지만 당신이 원하지 않으면 가지 않을래요." 그녀가 그에 매달리며 말했다.

침묵이 흘렀다. 그가 몸을 앞으로 기울여 난로에 새 나뭇개비를 집어넣었다. 난롯불은 그의 말이 없는 멍한 얼굴을 비쳤다. 그녀가 기다렸다. 그러나 그는 아무 말도 하지 않았다.

"클리퍼드와 헤어지기 위해선 좋은 방법이라 생각했어요. 전 아기 갖기를 원해요. 그건 나에게 기회가 될 것이고 저, 저―" 하고 그녀가 말을 이었다.

"사람들이 몇 가지 거짓말에 속아 넘어가게." 그가 말했다.

"네, 그것도 다른 이유 중에 하나지요. 당신은 사람들에게 사실대로 알려지는 걸 원하세요?"

"난 사람들이 어찌 생각하건 개의치 않소."

"난 신경이 쓰여요! 내가 라그비 저택에 있는 동안 사람들이 불쾌하고 냉담한 마음으로 나를 대하는 걸 원치 않아요. 내가 떠난 후엔 어떻게 생각하든 개의치 않지만."

그는 입을 다물고 있었다.

"클리퍼드 나리께선 당신이 돌아올 거로 생각해요?"

"아, 난 돌아와야 돼요." 그녀가 말했다. 침묵이 흘렀다.

"그래, 라그비 저택에서 애를 낳을 생각이오?" 그가 물었다.

그녀가 팔로 그의 목을 끌어안았다.

"당신이 날 어디로 데려가지 않는 한 그럴 수밖에 없지요." 그녀가 말했다.

"어디로 데려갈까요?"

"어디든지요! 멀리요! 라그비에서 멀리 떨어진 곳으로요."

"언제요?"

"내가 돌아온 후에요."

"그렇지만 일단 떠났는데 왜 같은 짓을 두 번 하려고 돌아온 다는 거요?" 그가 물었다.

"아, 돌아와야 돼요. 약속했어요! 진심으로 약속했어요. 게 다가 당신에게로 돌아와야지요."

"당신 남편의 사냥터지기에게?"

"그게 무슨 문제가 되는지 모르겠어요." 그녀가 말했다.

"문제가 안 된다고요?" 그가 잠시 생각에 잠겼다. "그러면 언제 다시 집을 떠날 거로 생각해요? 최종적으로? 정확히 언제 요?"

"아, 모르겠어요. 베네치아에서 돌아올 거예요. 그런 다음 우리가 모든 것을 준비할 거예요."

"어떻게 준비할 거요?"

"아, 클리퍼드에게 말할 거예요. 말을 해야지요."

"그런다고요!"

그는 묵묵히 있었다. 그녀가 두 팔로 그의 목을 껴안았다.

"일을 어렵게 만들지 마세요." 그녀가 애원했다.

"무엇을 어렵게 한다고요?"

"내가 베네치아로 가서 일을 정리하는 걸요."

그의 얼굴에 미소가 약간 비치더니 쓴웃음이 들어섰다.

"일을 어렵게 만들지 않겠소. 다만 당신의 생각이 어떤지 알고 싶소. 당신은 자신을 정말 모르는군요. 당신은 시간을 내서 현장에서 떨어져 사태를 보려고 하오. 당신이 잘 못 한다는 말이 아니요. 당신은 현명해요. 당신은 라그비 저택에서 살면서 나의 정부로 지내길 좋아할 수도 있죠. 당신이 나쁘다는 게 아니요. 난 라그비 저택 같은 것을 당신에게 제공할 수 없소. 사실상 내게서 얻을 것이 무엇인지 당신은 잘 알고 있소. 아니, 당신이 옳지요! 난 정말 그렇게 생각해요! 하지만 난 당신한테 기대어 당신의 수입에 기대어 산다는 건 달갑지 않소. 이것도 문제가 되는 거요."

그녀는 어쩐지 그가 그녀의 말을 맞받아 응수한다는 느낌이 들었다.

"그렇지만 당신은 날 원하지 않나요?" 그녀가 물었다.

"당신은 날 원하오?"

"내가 원한다는 걸 당신은 알고 있어요. 그건 분명해요."

"그렇소! 그러면 당신은 언제 내가 필요하지요?"

"내가 돌아온 다음에 모든 걸 정리할 수 있다는 걸 당신이 알고 있지요. 지금 당신과 이런 말을 하니 숨이 막힐 것 같아요. 내가 마음을 가라앉히고 맑은 정신으로 생각해야겠어요."

"그래요! 마음을 가라앉히고 정신을 차려요!"

그녀가 좀 불쾌했다.

"그렇지만 날 믿지요, 그렇지요?" 그녀가 물었다.

"물론이오. 전적으로!"

야유하는 그의 목소리를 그녀는 들었다.

"그러면 말해 줘요." 그녀가 단도직입적으로 말했다. "내가 베네치아에 가지 않는 것이 더 낫다고 생각해요?"

"당신이 꼭 베네치아에 가는 것이 더 좋다고 난 확신해요." 그가 냉랭하고 약간은 야유하는 어조로 대답했다.

"다음 목요일이란 것 알고 있지요?" 그녀가 말했다.

"그래요!"

이제 그녀가 깊이 생각하기 시작했다. 마침내 그녀가 말했다.

"내가 돌아오면 우리의 입장을 더 잘 알게 될 거예요. 그렇지 않을까요?"

"아, 물론이지요!"

그들 사이에 이상한 침묵의 장벽이 놓여있었다.

"이혼 문제로 변호사를 만나러 갔었소." 그가 약간 부자연스럽게 말을 꺼냈다.

그녀가 몸을 약간 바르르 떨었다.

"그랬군요!" 그녀가 말했다. "그래, 뭐라 하던가요?"

"변호사 말이 내가 진작에 그 일을 마무리 지었어야 한다고 했소. 그래서 어려울 거라 하더군요. 하지만 내가 군대에 가 있었기 때문에 일이 쉬워질 수도 있다고 했소. 그 여자 때문에 내가 곤욕을 치르지 않았으면 좋겠는데!"

"그녀가 상황을 알게 될까요?"

"그럼요! 그녀에게 통지가 갔대요. 함께 사는 남자에게도 공동피고인으로 통고가 갔다고 했소."

"이런 일을 해야 하니, 진저리가 나요. 클리퍼드와도 이런 과정을 치러야겠네요."

또 침묵이 흘렀다.

"물론이오." 그가 말했다. "난 앞으로 여섯 달 내지는 여덟 달 동안 모범적인 생활을 해야 해요. 그래서 당신이 베네치아로 가면 적어도 한두 주 동안은 유혹에서 벗어날 거요."

"내가 유혹을 한다니!" 그녀가 그의 얼굴을 어루만지며 말했다. "내가 당신을 유혹한다니 아주 즐겁군요! ―그런 생각일랑 하지 마세요! 당신이 생각을 시작하면 난 두려워요. 당신은 날 납작하게 만들어 버려요. 그런 생각일랑 하지 마세요. 서로 떨어져 있을 때 생각을 많이 할 수 있으니까요. 그게 중요한 거예요! 내가 생각해 보았는데 떠나기 전에 하룻밤을 당신에게 꼭 와서 지내야겠어요. 이 집으로 한 번 더 와야겠어요. 목요일 밤에 와도 될까요?"

"언니분이 오시는 날이 아닌가요?"

"그래요! 그렇지만 언니 말이 차 마시는 시간에 우리가 출발할 거래요. 그래서 우린 차 마시는 시간에 출발할 수 있어요. 그렇지만 언니는 어딘가에서 하룻밤을 자고 난 당신과 잘 수 있어요."

"그러면 언니가 알게 될 텐데요."

"아, 언니한테 말할 거예요. 이미 어느 정도는 말했어요. 힐더 언니와 그걸 모두 의논해야만 해요. 언니는 이해심이 많아서, 큰 도움이 돼요."

그가 그녀의 계획을 곰곰이 생각해 보았다.

"그래, 차 마시는 시간에 런던으로 가는 척하며 라그비 저택을 출발한다고요? 어느 쪽으로 갈 건데요?

"노팅엄과 그랜섬 쪽으로요."

"그럼 언니가 당신을 중간에서 내려주면, 당신은 여기까지 걸어오든가 아니면 차를 타고 올 거요? 굉장한 모험 같소."

"그래요?—그렇다면—언니가 날 여기까지 데려다줄 수 있어요. 언니는 맨스필드에서 잘 수 있으니, 그날 저녁 날 여기까지 데려다주고, 이튿날 아침에 날 데리러 올 수 있어요. 그건 아주 쉬워요."

"사람들이 당신을 본다면?"

"난 보안경과 베일을 쓸 거예요."

그가 잠시 생각을 했다.

"그렇다면," 그가 말했다. "늘 그러듯, 당신 좋을 대로 하시오."

"그렇지만 이 소식이 기쁘지 않아요?"

"아, 그래요! 날 아주 기쁘게 합니다." 그가 좀 침울해서 말했다. "기회가 왔을 때 그걸 잡는 게 좋겠소."

"내가 무슨 생각을 했는지 알아요?" 그녀가 갑자기 물었다. "갑자기 이런 생각이 떠올랐어요, 당신이 '불타는 절굿공이의 기사'⁹ 같다고요."

"그래요! 그러면 당신은? '뻘겋게 달아오른 절구 귀부인'인가요?"

"그래요!" 그녀가 대답했다. "그렇네요! 당신은 절굿공이 경이고 난 절구 귀부인이고요."

"좋아요. 그러면 내가 기사 작위를 받았군요. 존 토마스가 귀부인 제인에게는 존 경이 되는군요."

"그래요! 존 토마스가 기사 작위를 받았어요! 그리고 나는 '사랑하는 처녀 털'이니 당신도 꽃을 달아야 해요. 그래요!"

그녀가 그의 남근 위의 뻘건 황금빛이 도는 수북한 털 사이에 두 송이의 분홍색 동자꽃을 꽂았다.

"자!" 그녀가 말했다. "멋져요! 멋져! 존 경!"

그리고는 그의 가슴팍의 검은 터럭 속에다 작은 물망초를 밀어 넣었다.

"거기에 꽂았으니 날 잊지 않겠지?" 그녀가 그의 가슴팍에다 키스하고 두 송이의 물망초를 젖꼭지마다 한 송이씩 꽂고는 다시 키스했다.

"나를 달력으로 만드는군!" 그가 말했다. 그가 웃으니 꽃들이 그의 가슴팍에서 흔들렸다.

"잠깐 기다려요!" 그가 말했다.

그가 일어나 오두막의 문을 열었다. 플로시가 현관에 엎어져

---

9 영국의 프랜시스 보몬트(1584~1616)의 희극.—역주

있다가 일어서서 그를 쳐다보았다.

"아아, 나야!" 그가 말했다.

비가 그쳤다. 축축하고 무거우며 향기가 감도는 정적이 흘렀다. 저녁이 다가오고 있었다.

그가 밖으로 나가 큰길과는 반대 방향에 있는 좁은 오솔길을 걸어 내려갔다. 코니가 하얗고 마른 그의 뒷모습을 지켜보았다. 그건 허깨비가 그녀에게서 멀리 물러가는 것 같아 귀신처럼 보였다.

그 모습이 더는 보이지 않자 그녀는 가슴이 덜컥 내려앉았다. 그녀는 담요로 몸을 두르고 오두막의 문에 서서 비에 젖은, 조용한 정적을 들여다보았다.

그러나 그가 꽃을 한 아름 안고 별나게 빠른 걸음으로 돌아왔다. 그가 사람이 아닌 것 같아 그녀는 좀 겁이 났다. 그가 가까이 다가와 그녀의 눈을 들여다보는데 통 뭐 하자는 건지 알 수 없었다.

그가 매발톱꽃과 동자꽃, 그리고 금방 자른 풀과 참나무 술과 작게 봉오리가 맺힌 인동초를 가지고 왔다. 그가 그녀의 유방 둘레에 솜털이 난 어린 참나무 가지를 두르고 종꽃과 동자꽃의 술을 그 사이사이에 꽂았다. 그리곤 그녀의 배꼽에다 분홍빛 동자꽃을, 음모에는 물망초와 선갈퀴를 꽂았다.

"영광이 넘치는 그대의 모습이오!" 그가 말했다. "귀부인 제인이 존 토마스와 결혼하는 모습이오."

그리곤 그가 자기 음모에다 꽃을 꽂고 남근 둘레엔 제니의 줄기를 감고 배꼽엔 히아신스 한 송이를 꽂았다. 코니는 즐거운 표정으로 그가 야릇하게 열중해 있는 모습을 바라보았다. 그리고 그녀가 그의 콧수염에다 동자꽃을 밀어 넣자 그의 코 밑에 매달려 달랑거렸다.

"귀부인 제인과 결혼하는 존 토마스의 모습이오." 그가 말했다. "그리구 콘스턴스와 올리버는 제 갈 길을 가라구 하지유. 어쩌면 —" 그가 손을 펼치다 재채기를 하자, 그의 코와 배꼽에서 꽃들이 재채기에 떨어져 나갔다. 그가 다시 재채기했다.

"어쩌면 뭐라고요?" 그녀는 그가 말을 계속하길 기다리며 물었다.

그가 좀 어리벙벙해 하며 그녀를 쳐다보았다.

"에?" 그가 물었다.

"어쩌면 뭐라고요? 하려던 말을 계속해요." 그녀가 졸라댔다.

"아니, 내가 무슨 말을 하려 했지? —"

그는 하려던 말을 잊어버렸다. 그가 이 말을 끝마치지 못한 것은 그녀의 일생에서 실망 중 하나였다.

노란 햇빛이 나무 위로 비쳤다.

"햇빛이다!" 그가 외쳤다. "당신이 가야 할 시간이오. 나의 귀부인, 갈 시간이오! 날개 없이 날 수 있는 게 뭐지요? 마님? 시간, 시간이오!"

그가 셔츠를 집으려 손을 내밀었다.

"존 토마스에게 작별인사를 해요!" 그가 자신의 남근을 내려다보며 말했다. 제니의 줄기에 둘러싸여 안전하군! 이젠 불타오르는 절굿공이 같지는 않은데."

그리고 그가 플란넬 셔츠를 머리 위로 씌웠다.

"남자의 가장 위험한 순간은," 그가 셔츠에서 머리를 빼며 말했다. "셔츠 안으로 머리를 넣을 때요. 그때는 자루 속에 머리를 넣어야 하니까요. 그래서 나는 미국식의 셔츠가 좋소. 재킷처럼 입을 수 있으니까." 그녀는 여전히 그를 지켜보며 서 있었다. 그가 짧은 팬츠를 입고 허리둘레의 단추를 채웠다.

"제인을 좀 봐요!" 그가 말했다. "온통 꽃에 둘러싸였군요! 지니, 내년엔 누가 당신에게 꽃을 꽂아줄 건가? 나 아니면 누군가 딴 사람? '잘 가요. 나의 종꽃. 그대에게 이별을 고하노라—!' 난 이 노랠 싫어해요. 전쟁 초기에 유행하던 노래요." 그리곤 그가 앉아서 양말을 신었다. 그녀는 아직도 꼼짝 않고 서 있었다. 그가 그녀의 엉덩이의 굴곡진 곳에 손을 얹었다. "나의 사랑스러운 귀부인 제인!" 그가 말했다. "어쩌면 베네치아에서 당신의 음모에 재스민꽃을, 배꼽엔 석류꽃을 꽂아줄 남자가 나타날지도 모르오. 참 불쌍한 작은 귀부인 제인!"

"그런 말 말아요!" 그녀가 말했다. "그런 말 하면 내 가슴이 아파요."

그가 고개를 떨구었다. 그리고 사투리로 말했다.

"아아, 그럴지도 모르겠어유. 아마 그럴 거예유! 그렇다문 암 말도 않구 여기서 끝내겠시유. 그렇지만 당신은유 옷일랑 입구서 잉글랜드의 당당한 저택으루 돌아가셔야 되유. 얼마나 멋진 저택이유. 시간이 다 됐시유! 존 경과 귀여운 귀부인 제인을 위한 시간이 다 됐시유! 속옷일랑 입어유. 채털리 귀부인! 속옷도 입지 않구 꽃 누더기나 걸치고 거기 서있으문 딴 여자 같아유. 그러면, 자, 자, 내가 꽃옷을 벗겨드리겠어유. 꽁지 달린 어린 쥐빠귀 같구먼유." 그가 그녀의 머리에서 나뭇잎을 떼어내고 비에 젖은 머리에 키스를 하고는 가슴에서 꽃을 치우고는 가슴에 키스를 했다. 그리고는 그가 꽃을 꽂아두었던 배꼽과 아래 터럭에 키스를 했다. "좋긴 하지만 이젠 그만두어야 겟시유." 그가 말했다. "자! 당신은 다시 알몸이 되었네유. 엉덩이가 알몸이니깐 귀부인 제인은 쪼금밖에 없시유! 자 속옷 입어유. 가야하니껀. 아니문 채털리 부인께서 저녁 시간에 늦겟시유. 내 귀여운 아씨에게 워디 갔었냐구 묻겠구먼유!"

그가 이렇게 사투리로 지껄여 댈 때는 그녀는 어찌 대답할지를 몰랐다. 그래서 얼른 옷을 입고 좀 수치스럽다는 마음으로 라그비 저택으로 갈 준비를 했다. 아니면 느낌이 그랬다. 좀 수치스럽게 집으로 간다고.

그가 기꺼이 그녀를 넓은 승마로까지 데려다주려고 마음먹었다. 그가 키우는 새끼 꿩들은 모두 보금자리로 들어가 안전하게 있었다.

그와 그녀가 승마로에 도달했을 때에 볼턴 부인이 창백한 얼굴로 그들을 향해 휘청거리며 다가왔다.

"아이고, 마님. 우린 무슨 일이 일어났나 하고 얼마나 궁금했다고요!"

"아니! 아무 일 없었어요."

볼턴 부인이 사냥터지기의 얼굴을 들여다보았다. 그 얼굴은 사랑이 흘러나와 매끈하고 생생해 보였다. 그녀가 그의 웃음과 조롱기가 섞인 눈과 마주쳤다. 그는 당황스러울 땐 언제나 웃었다. 그러나 그는 다정한 눈길을 그녀에게 주었다.

"안녕하세요. 볼턴 부인! 마님께서는 이제 괜찮으시니 이만 가보겠습니다. 마님, 안녕히 주무십시오! 볼턴 부인도 안녕히 주무세요!"

그가 허리를 굽혀 절을 하고는 몸을 돌렸다.

제16장

코니가 집에 도착하자 그녀에게 이런저런 심한 질문이 쏟아졌다. 클리퍼드는 차 마시는 시간에 외출했다가 폭우가 쏟아지기 직전에 집으로 돌아왔다. 도대체 코니가 어디로 갔단 말인가? 모두가 어디로 갔는지 모른다고 했다. 다만 볼턴 부인만이 마님께서 숲으로 산책하러 나갔다고 말했다. 이런 폭우에 숲에 가다니! 클리퍼드는 한 바탕 신경질을 부리며 미친 듯이 화를 냈다. 그는 번개가 칠 때마다 깜짝깜짝 놀라며 얼굴이 하얗게 질렸다. 그는 마치 세상의 종말을 보듯 차가운 뇌우를 내다보았다. 그는 점점 더 격분하였다.

볼턴 부인이 그를 달래려고 애를 썼다.

"마님은 비가 그칠 때까지 오두막에서 비를 피하고 계실 거예요. 걱정하지 마세요. 마님께서는 괜찮을 거예요."

"이렇게 폭우가 쏟아지는 날 그녀가 숲에 가 있다는 것이 난 싫소! 도대체 숲에 가 있다는 것 자체가 싫단 말이오! 이젠 두 시간이 지났어. 언제 나갔지?"

"나리께서 돌아오시기 조금 전에요."

"난 정원에서 보질 못했는데. 도대체 어디 있고 무슨 일이 일어난 건지."

"아, 마님께 아무 일도 생기지 않을 거예요. 비만 그치면 곧 돌아오실 거예요. 비를 피하느라고 돌아오지 못하는 겁니다."

그러나 비가 그쳤는데도 마님은 곧 돌아오지 않았다. 사실 시간은 지나갔고 햇빛이 마지막 노란 햇살을 보내며 비추고 있는데도 그녀는 돌아올 기미를 보이지 않았다. 해가 지고 점점 어두워지고 있었다. 이미 저녁 식사시간을 알리는 첫 번째 종이 울렸다.

"기다려 봐도 이젠 소용이 없어!" 클리퍼드가 극도로 흥분해서 말했다. "내가 필드와 베츠를 내보내서 마님을 찾게 하겠어."

"아, 제발 그러지 마세요!" 볼턴 부인이 소리쳤다. "남들이 알면 마님이 자살하거나 무슨 일이 생긴 줄 알겠어요. 소문이 날 일은 하지 마세요. 제가 오두막으로 가서 마님이 계시나 알아보겠어요. 마님은 무사할 겁니다."

그래서 얼마간 설득을 한 후에 클리퍼드가 비로소 볼턴 부인에게 다녀오라고 허락했다.

그렇게 해서 코니가 승마로에서 핏기없이 혼자 어슬렁거리는 볼턴 부인을 만나게 된 것이었다.

"제가 마님을 찾아 나섰다고 언짢아하시면 안 됩니다. 마님! 그렇지만 클리퍼드 경께서 화를 내실 정도로 너무나 흥분하셨습니다. 마님께서 분명 벼락을 맞으셨거나 아니면 쓰러지는 나무에 맞아 돌아가셨을 거라 하셨어요. 그리고 마님의 시신을 찾아보라고 필드와 베츠를 숲 속으로 보내려 했어요. 그래서 하인들을 보내 법석을 떠느니 차라리 저 혼자 찾아보는 게 낫다고 생각했어요."

볼턴 부인은 불안해하며 말했다. 아직도 코니의 얼굴에서 사랑으로 인해 부드럽고 반쯤 꿈꾸는 듯한 표정을 읽을 수가 있었다. 또 자기에게 반감을 갖고 언짢아하는 것을 느낄 수 있었다.

"그랬군요!" 코니가 대답했다. 그 이상은 무어라 말을 할 수가 없었다.

두 여자는 말없이 비에 젖은 숲 속을 터벅터벅 걸어가는 동안, 커다란 물방울들이 나무 사이에서 튕겨 나왔다. 둘이 정원에 가까이 이르자 코니가 앞서 걷고 볼턴 부인이 뒤에서 헐떡거리며 따라갔다. 그녀는 요즈음 점점 더 살이 오르고 있었다.

"클리퍼드가 그런 법석을 떨다니 정말 어리석어!" 코니가 마침내 화가 나서 진짜로 혼잣말을 했다.

"아, 남자들이 어떤지 아시지요! 남자들은 열 받는 것을 좋아해요. 그렇지만 마님을 보자마자 곧 화가 풀릴 거예요."

코니는 볼턴 부인이 자기의 비밀을 알고 있는 것에 매우 화가 났다. 분명히 그녀는 그 비밀을 알고 있었다.

콘스턴스가 갑자기 오솔길에서 우뚝 멈춰 섰다.

"내 뒤를 밟다니 너무나 흉측스럽네요!" 그녀가 눈을 번득이며 말했다.

"아! 마님, 그런 말 마십시오! 그냥 있었다면 분명 두 하인을 밖으로 내보냈을 거고 하인들은 곧장 오두막으로 갔을 겁니다.

사실 전 오두막이 어디 있는지조차 몰라요."

코니가 이렇게 암시하는 말에 화가 나서 얼굴이 더 새빨개졌다. 그렇지만 아직 열애의 기분에 젖어 있으면서 거짓말은 할 수 없었다. 자신과 사냥터지기 사이에 아무런 일이 없었다고 가장할 수도 없었다. 코니는 고개를 숙이고 아주 다 알고 있다는 듯한 표정으로 서 있는 볼턴 부인을 쳐다보았다. 그렇지만 같은 여자라는 처지에서 보면 그녀는 자기편을 들어줄 것 같았다.

"아, 좋아요!" 코니가 말했다. "뭐, 그렇다면 그런 거지요. 난 개의치 않아요!"

"아니, 마님께선 아무런 잘못도 없으셔요! 오두막에서 비를 피하고 계신 것뿐이니까요. 정말로 아무 일도 아니지요."

그들은 집을 향해 갔다. 코니는 화가 나서 클리퍼드 방으로 곧장 갔다. 그의 창백하고 피로해 보이는 얼굴과 눈이 툭 튀어나온 것을 보니 더욱 화가 났다.

"분명히 말하는데 하인들을 풀어, 내 뒤를 밟게 할 필요는 없어요." 그녀가 화를 터트리며 말했다.

"기가 막히네!" 클리퍼드가 분을 터트렸다. "이 여자가, 도대체 어딜 갔던 거야? 이렇게 난리 치는 폭우 속에서 당신은 몇 시간이나 사라졌었던 거요! 도대체 그 빌어먹을 숲엔 왜 가는 거요? 거기서 무슨 짓을 한 거요? 비가 그친 지 여러 시간이 지났소. 여러 시간이! 지금이 몇 시인지 알아요? 당신 행동은 누구나 미치게 해요. 도대체 어딜 갔었소? 도대체 지금까지 무슨 짓을 한 거요?"

"내가 말하고 싶지 않다면 어쩔 거예요?" 그녀가 모자를 벗고 머리칼을 풀어 흔들었다.

그는 눈의 흰자위가 노랗게 변할 정도로 눈을 부릅뜨고 그녀를 쳐다보았다. 그가 이렇게 격한 감정에 들어서면 그의 건강에 아주 좋지 않았다. 그런 일 후에는 볼턴 부인이 그 때문에 며칠이고 지루한 시간을 보내야 했다. 코니는 갑자기 양심의 가책을 느꼈다.

"그렇지만 정말이지!" 그녀가 온순한 어조로 말했다. "내가 어딘지 모를 곳을 간다고 누가 생각하겠어요! 폭우가 쏟아지는 동안 난 오두막에 홀로 앉아 있었어요. 난롯불을 피우고 있으니 기분이 좋았어요."

그녀는 이제 말을 술술 잘했다. 결국, 그의 화를 더 돋우면 어쩌자는 건가! 그가 의심의 눈초리로 그녀를 노려보았다.

"당신 머리 꼴을 좀 보아요!" 그가 말했다. "당신 꼬락서니를 좀 보라고!"

"알아요!" 그녀가 차분히 대답했다. "난 옷을 다 벗고 빗속으로 뛰어나갔어요."

그는 말이 막혀 그냥 노려만 보았다.

"당신 분명 미쳤어!" 그가 말했다.

"왜요? 빗물로 샤워를 좀 한다고요?"

"그래 몸은 어떻게 말렸소?"

"낡은 수건과 난롯불로요."

그는 어처구니없어하며 계속 그녀를 노려보았다.

"누가 왔다면 어떡했을 거요?" 그가 물었다.

"누가 오겠어요?"

"누구라니? 아니, 누구든지 올 수 있지! 멜러즈도. 그래 그 자가 왔소? 저녁때는 꼭 들리곤 하는데."

"네, 나중에 왔어요. 비가 그쳤을 때 와서 꿩들에게 모이를 주더군요."

그녀는 아주 태연스럽게 말을 했다. 옆방에서 엿듣고 있던 볼턴 부인은 그저 탄복할 수밖에 없었다. 여자가 저처럼 천연덕 스럽게 거짓말을 할 수 있을까!

"당신이 미친 듯 알몸으로 빗속에서 뛰어다닐 때 그자가 왔 다면?"

"아마 혼비백산했겠지요. 걸음아 날 살리라 하고 도망갔겠 지요."

클리퍼드는 여전히 꼼짝 않고 그녀를 지켜보았다. 자신의 잠 재의식 속에서 무슨 생각이 일고 있는지를 그는 통 알 수 없었 다. 그는 너무도 충격을 받아서 의식상으로도 생각을 하나로 모 을 수 없었다. 그저 멍한 상태에서 그녀가 하는 말을 그대로 받 아들였다. 그녀는 아주 생기발랄하고 아름답고 부드럽게 보였 다. 사랑의 부드러움.

"적어도," 그가 마음을 가라앉히며 말했다. "심한 감기에 걸 리지 않으면 다행일 거요."

"아, 난 감기에 걸리지 않았어요." 그녀가 대답했다. 그녀는 사냥터지기를 속으로 생각하고 있었다. "당신은 그 누구보다 가장 멋진 엉덩이를 갖고 잇서유!" 그녀는 정말로 말해 주고 싶었다. 폭풍우가 요동치는 동안에 그녀가 이런 칭찬을 들었다는 것을 진정으로 클리퍼드에게 말해 주고 싶었다. 그렇지만! 그녀는 기분이 상한 여왕처럼 행세하며 옷을 갈아입으려고 위층으로 올라갔다.

그날 저녁 클리퍼드는 그녀에게 다정하게 굴려고 애썼다. 그는 최근에 나온 과학적 종교 서적을 읽고 있었다. 그는 마음속에 한 가닥의 그럴싸한 종교적 인식이 있어서, 자아의 미래에 대하여 자기중심적으로 관심을 기울이고 있었다. 그가 코니와 대화를 나눌 때면 어떤 책에 대해 논하는 것이 그의 습관이고 그들의 대화는 거의 화학적으로 이루어졌다. 그들은 머릿속에서 대화를 거의 화학적으로 섞어야만 했다.

"그런데 여기에 대한 당신의 생각은 어때요?" 그가 책을 집으려고 손을 내밀며 물었다.

"만약에 우리가 진화의 시대를 수십억 년을 지난다면 당신이 빗속으로 뛰어들어 달아오른 몸을 식힐 필요가 없을 거요. 아, 바로 여기에 있군! '우주는 두 가지 양상을 보여준다. 한쪽으론 물질적인 소모가 계속되고, 다른 한쪽으로는 정신적인 상승이 계속된다.'"

코니는 다음 말이 더 있나 하고 귀를 기울였다. 그러나 클리퍼드가 그녀의 반응을 기다리고 있었다. 그녀는 놀라서 그를 쳐다보았다.

"그리고 만약 우주가 정신적으로 상승한다면," 그녀가 말했다. "그 꽁지가 있었던 그 자리에는 무엇이 남을까요?"

"아!" 그가 말했다. "그에 관해서는 저자가 의미하는 것을 그대로 받아들여야지. **상승은 소모의 반대** 개념이라고 생각해요."

"말하자면, 정신적으로 부풀어서 터져버리는 거지요!"

"아니요. 농담이 아니고 진지하게 받아들인다면 그 말에 의미가 있다고 생각해요?"

그녀가 그를 다시 바라보았다.

"물질적으로 소모한다고요?" 그녀가 물었다. "당신은 점점 더 비대해가고 있고 난 자신을 소모하고 있지 않아요. 태양이 과거보다 더 작아졌다고 생각하세요? 제가 보기엔 그렇지 않은데요. 그리고 아담이 이브에게 준 사과가 우리가 먹고 있는 오렌지 피핀 사과보다 더 크지 않다고 난 생각해요. 당신은 그렇다고 생각하세요?"

"아, 계속해서 펼치는 논지를 들어 봐요. '그리하여 우주는 서서히, 우리의 시간개념으로는 도저히 이해할 수 없을 만큼 서서히 새로운 창조의 상태에 이르고 있다. 그 상태에 들어서면 우리가 지금 알고 있는 물질세계는 무존재와 겨우 구별될 정도의 잔잔한 물결로 나타날 것이다.'"

코니는 재미가 나서 귀를 기울였다. 온갖 종류의 터무니없는 일들이 머릿속에 떠올랐다. 그렇지만 그녀는 단지 이렇게만 말했다.

"참으로 어리석게 진실을 호도하는 말이로군요! 그 사람의

자만에 찬 작은 의식으로 그처럼 서서히 일어나는 일들을 다 알 수 있다는 듯이 말하는군요! 그건 그가 지상에서 육체적인 실패자라는 걸 의미할 뿐이에요. 그래서 전 우주를 물질적인 실패작으로 만들길 원하는군요. 잰체하는 당돌한 태도예요!"

"아니, 들어 봐요! 이 위대한 사람의 엄숙한 말을 중간에 막지 말아요! ―'세상에 있는 현재의 질서 유형은 아주 먼 옛날에 생겨나서, 아득한 미래에 자신의 무덤을 보게 될 것이다. 소진되지 않는 영역인 추상적 형태 그리고 자신의 피조물에 의해 새롭게 영원히 결정되고 계속 변화하는 성질이 있는 창조력 그리고 모든 형태의 질서가 그의 지혜에 좌우되는 신이 남는다.' ―자, 이렇게 끝을 맺는군!"

코니가 콧방귀를 뀌며 듣고 있었다.

"그는 정신적으로 과대하게 부풀어서 터져버렸어요." 그녀가 말했다. "얼마나 허튼소리들이에요! 상상할 수 없는 것들이며, 무덤 속에 든 질서의 유형이며, 추상적 형태의 영역이며, 계속 변하는 창조성이며 그리고 질서의 형태와 뒤섞인 신이라니! 정말, 천치나 할 소리네요!"

"그건 말하자면 좀 모호하게 뒤섞인 복합체―허풍의 혼합체라고 할 수 있지." 클리퍼드가 말했다. "그렇지만 우주가 물질적으로 소모되고 정신적으로 상승한다는 사상에는 의미심장한 면이 있다고 생각하는데."

"그래요? 그렇다면 계속 위로 올라가라고 두지요. 내가 이곳 아래에서 물질적으로 안전하고 충실하게 지낼 수 있게 하고요."

"그래, 당신은 육체를 좋아하오?" 그가 물었다.

"전 육체를 사랑해요!"—그녀의 마음에 '당신의 것은 최고로 멋진 엉덩이에유!'라는 말이 스쳐 갔다.

"그렇지만 그건 상당히 예외적인 말이오. 왜냐하면, 육체가 방해물이 된다는 건 부정할 수 없는 사실이니까. 그렇다면 그건 여자가 정신적인 생활에서 지고의 즐거움을 맛보지 못한다는 말인데."

"지고의 즐거움이라고요?" 코니가 그를 올려다보며 물었다. "그 백치 같은 것이 정신적 생활의 지고의 즐거움이라고요? 천만에! 그런 건 원치 않아요! 저한텐 육체가 필요해요. 저는 육체의 생활이 정신의 생활보다 더 위대한 실재라고 믿어요. 육체가 진정으로 깨어나 생명을 가질 때는요. 그렇지만 당신의 그 유명한 공기공급기처럼 많은 사람은 시체에 불과한 육체에다 정신을 부착하고 있는 꼴이에요."

그가 놀라서 그녀를 쳐다보았다.

"육체의 생활은," 그가 말했다. "단지 동물의 생활에 불과하지."

"그것은 지적인 시체의 삶보다 훨씬 낫지요.—그러나 당신 말은 사실이 아니에요! 인간의 육체는 가까스로 진정한 생명이 되어가고 있어요. 그리스인들에게 육체는 반짝하는 사랑스러운 빛을 주었는데 그다음 플라톤과 아리스토텔레스는 육체를 죽였고 예수가 완전히 끝장을 낸 거지요. 그러나 지금은 육체가 진정으로 생명에 다가가고 있어요. 육체가 무덤에서 정말로 일어나고 있어요. 그래서 육체는 아름다운 우주에서 정말로 아름답고 아름다운 삶을 영위할 거예요. 인간다운 육체의 삶을요."

"이봐요. 당신은 마치 모든 것에서 육체의 도래를 알리는 듯이 말하는군! 참, 당신은 휴가로 곧 여행을 떠날 테니 이해해요. 그렇지만 그렇게 품위 없이 들뜨지는 말아요. 내 말을 믿어요. 신은 인간을 보다 고차원적이고 더욱 정신적인 존재로 진화시키기 위해서 내장이나 소화기관을 서서히 제거하고 있소."

"클리퍼드, 내가 왜 당신 말을 믿어야 하나요? 나는 신이 드디어 당신이 말하는 나의 내장 속에서 생명을 일깨워주고, 새벽처럼 아주 행복하게 잔물결이 일고 있다고 느끼는데요. 내가 정반대로 느끼는데 어찌 당신 말을 믿어요?"

"아, 정말! 무엇이 당신 속에서 이런 놀라운 변화를 일으켰을까? 빗속에서 알몸으로 뛰어다니며 바쿠스 신의 여사제 노릇을 했기 때문에? 관능에 대한 욕망? 아니면 베네치아로 간다는 기대감?"

"모두 다예요! 제가 여행을 간다고 이렇게 흥분해 있는 것이 흉측하다고 생각하세요?" 그녀가 물었다.

"그렇게 솔직하게 내보이니 매우 불쾌해요."

"그럼 조용히 숨길게요."

"아, 애쓸 것 없어요! 벌써 당신의 기쁨이 나에게 전해진 것 같구려. 여행 가는 사람이 바로 **나**라고 느낄 정도요."

"정말, 왜 같이 안 가세요?"

"그에 대한 말은 이미 다 했는데. 사실, 당신이 이처럼 굉장히 기뻐하는 것은 이 모든 것에서 잠시나마 멀리 떠나기 때문이라고 생각해요. 잠시지만 이 모든 것과 헤어진다는 것처럼 기쁜 일은 없을 거요! 그렇지만 헤어지면 또 어디선가 만나기 마련이오. 그리고 만나는 것이 새로운 속박이 되는 거고."

"전 어떤 것이든 새로운 속박엔 들어가지 않으려 해요."

"너무 우쭐대지 말아요. 하늘이 듣고 있으니까." 그가 말했다.

그녀가 갑자기 말을 멈추었다.

"그러면 우쭐대지 않을게요!" 그녀가 말했다.

그러나 그녀가 이곳을 떠난다니 아주 들떠 있었다. 속박의 끈이 딱하고 끊어지는 걸 느끼니. 그녀는 그런 감정을 누를 수가 없었다.

클리퍼드는 잠을 이룰 수 없어 볼턴 부인과 밤새도록 내기 놀이를 했다. 그녀는 너무 졸려서 죽을 지경이었다.

드디어 힐더가 도착할 날이 다가왔다. 코니는 멜러즈와 미리 짜놓았다. 만약에 그들이 밤을 같이 보낼 준비가 약속대로 잘 진행이 되면 창문에 초록색 숄을 내걸고 좌절되면 빨간 숄을 걸기로 했다.

볼턴 부인이 코니가 짐 싸는 일을 도왔다.

"마님이 기분 전환을 위해 여행을 떠나는 건 건강에 아주 좋을 겁니다."

"그럴 것 같아요. 당분간 클리퍼드 경을 혼자서 돌봐야 하는데 괜찮겠어요?"

"아, 괜찮아요! 잘 돌보아드릴 수 있어요. 제 말은 나리께서 원하시는 걸 다 해드릴 수 있다는 말이지요. 나리께서 전보다 좋아지셨다고 생각지 않으세요?"

"아, 훨씬 좋아지셨어요! 부인이 놀랍도록 잘 돌보고 있어요."

"제가 뭘요!—그러나 남자들은 모두 같습니다. 그냥 아기 같아요. 비위를 맞춰주고 달래면서 자기네 뜻대로 한다고 생각이 들게 하면 돼요.—마님께서도 그렇다고 보지 않으세요?"

"난 경험이 별로 없어서."

코니가 하던 일을 멈추었다.

"당신 남편에게도 시중들어 주면서 듣기 좋은 말로 아기처럼 얼렀나요?" 코니가 볼턴 부인을 보며 물었다.

볼턴 부인도 일손을 멈추었다.

"그럼요!" 그녀가 대답했다. "남편도 많이 달래야 했어요. 그렇지만 남편은 늘 내가 무얼 원하는지를 알고 있었다고 봐요. 그래도 대개 저한테 양보했지요."

"그는 좌지우지하면서 집안일을 휘어잡지 않았나요?"

"아니요! 가끔—그의 시선에 완강한 빛이 보이면 제 편에서 양보해야 한다는 걸 알았지요. 그렇지만 보통은 그이가 나에게 양보했지요. 아니지, 그인 좌지우지하며 폭군처럼 군 적이 없었어요. 그러나 저도 그러지 않았어요. 고집을 더 부리면 안 되는 때를 알고 그런 때는 양보했지요. 그럴 때는 참 속이 상하기도 했지만요."

"댁이 남편과 맞서서 끝까지 버티면요?"

"글쎄요, 모르겠는데요. 그런 적이 한 번도 없었어요. 그이가 틀린 걸 알았어도 계속 고집을 부릴 땐 제가 양보했어요. 우리 사이의 끈을 절대로 끊고 싶지 않았어요. 만약에 남자에 맞서서 끝까지 고집을 부리면 만사 끝나게 되죠. 남편을 사랑한다면, 그이가 진짜로 결의를 보일 때는 여자 쪽에서 양보해야죠. 자신이 옳건 그르건 양보를 해야죠. 그렇게 안 하면 둘 사이에 금이 가는 거지요. 가끔 내가 틀렸는데도 계속 고집을 부리면 테드는 기꺼이 양보했어요. 그러면 피차 비기는 것이죠."

"환자들도 그런 식으로 다루나요?" 코니가 물었다.

"아니요. 그건 다른 문제예요. 같은 식으로 그들에게 신경을 쓰진 않아요. 전 무엇이 환자에게 좋은지를 알아요, 아니면 알아내려고 노력하지요. 일단 알면 어떻게든 환자에게 이로운 쪽으로 밀고 나가지요. 그건 정말 좋아하는 사람을 다루는 경우와 다릅니다. 사뭇 달라요. 한 남자를 진정으로 사랑하는 경우에 그에게 당신이 필요하다면 항상 애정으로 대할 수 있지요. 그러나 이건 같은 게 아니에요. 진짜로 **마음을 쏟지**는 않지요. 한 번 **진정으로** 사랑했다면 다시는 그런 식으로 사랑할 수가 없지요."

이 말에 코니는 놀랐다.

"사람은 꼭 한 번만 사랑할 수 있다고 생각해요?" 코니가 물었다.

"아니면 영 못하거나요. 대부분 여자는 진짜로 사랑해 본 적이 없거니와―그런 걸 시도한 적도 없어요. 그들은 사랑이 무언지 몰라요. 남자들도 마찬가지로 몰라요. 그러나 진짜로 사랑을 하는 여자를 보면 내 마음은 그 여자 편을 들게 되지요."

"남자들은 쉽게 화를 낸다고 생각해요?" 코니가 물었다.

"그래요! 특히나 그들의 자존심을 건드리면요. 그렇지만 여자들도 같지 않나요? 다만 그 자존심이란 게 좀 다르긴 하지요."

코니는 이 말을 되씹어 보았다. 그녀가 여행을 떠나는 것에 불안을 느끼기 시작했다. 따지고 보면 그녀가 자기의 남자를 좀 등한시하는 건 아닌가? 아무리 잠시라도? 그가 그걸 알고 있어. 그래서 그가 그렇게 이상하게 굴고 빈정거린 거야.

그런데도! 인간의 존재는 외적인 환경이라는 장치에 의해 상당히 지배를 받지. 그녀는 이러한 외적인 장치의 지배를 받고 있었다. 단 오 분이라도 이러한 장치에서 자신을 빼낼 수가 없었다. 또 그러고 싶지도 않았다.

힐더 언니가 목요일 아침, 알맞은 시간대에 산뜻한 2인승 자동차를 몰고 도착했다. 옷 가방은 차 뒤에 단단히 묶여있었다. 언니는 여전히 얌전을 빼고 수줍어하지만, 자신의 의지는 굳건했다. 그녀의 남편이 발견했듯이 그녀의 의지는 지옥처럼 지독한 것이었다. 남편은 그녀와 이혼절차를 밟는 중이었다. 그렇다—그녀는 따로 애인이 없는데도 남편이 이혼절차를 쉽게 밟게 해주었다. 당분간 남자는 완전히 '끊은' 상태였다. 그녀는 혼자서 집안을 꾸리고 두 아이의 어머니로서 대단히 만족하고 있었다. 무슨 뜻인지는 몰라도 두 아이를 '제대로' 키우겠다고 했다.

코니에게도 여행 가방 한 개만 허용되었다. 그렇지만 코니는 아버지 편에 여행 가방 한 개를 이미 보내놓은 상태였다. 아버진 베네치아까지 기차를 타고 갈 것이었다. 베네치아까지 자동차를 타고 갈 필요가 없고 더구나 칠월의 이탈리아는 자동차 여행을 하기엔 날씨가 너무 더웠다. 아버진 편안하게 기차로 갈 참이었다. 아버진 스코틀랜드에서 이제 막 잉글랜드로 내려오는 중이었다.

그래서 힐더는 진지하고 순박한 야전 사령관의 자세로 여행에 필요한 것들을 챙겼다. 힐더와 코니는 이 층 방에 앉아 이야기 주고받고 있었다.

"근데, 힐더 언니!" 코니가 속으로 겁을 먹고 입을 열었다. "난 오늘 밤에 이곳 근처에서 묵고 싶어. 여기가 아니라 여기서 가까운 곳이야!"

힐더는 속을 알 수 없는 잿빛의 눈으로 동생을 뚫어지게 쳐다보았다. 그녀는 아주 침착해 보였지만 자주 화를 버럭 내기도 했다.

"어디라고? 이 근처라고?" 언니가 온화한 어조로 물었다.

"음―언닌 내가 누군가를 사랑하고 있는 거 알고 있지?―"

"그래. 무슨 일이 있다는 건 짐작했어."

"그게―그 남자가 이 근처에서 살고 있는데―이 마지막 밤을 그이와 함께 지내고 싶어. 꼭 그래야 돼! 약속했거든." 코니가 끈질기게 졸라댔다.

힐더는 아테네의 미네르바 여신[10]의 스타일로 빗어 올린 머리를 잠자코 숙였다. 그러다 고개를 들었다.

"누구인지 말해 줄 수 있어?" 언니가 물었다.

"우리 집 사냥터지기야." 코니가 더듬거리며 대답했다. 그리곤 부끄러운 일을 저지른 아이처럼 낯을 붉혔다.

"야! 코니!" 힐더가 혐오감에 코를 약간 위로 쳐들며 말했다. 그건 엄마한테서 물려받은 몸짓이었다.

"알아. 그렇지만 그인 정말 멋져. 그인 사랑이 어떤 건지 정말 이해하고 있어." 코니가 그를 두둔하려고 애쓰며 입을 열었다.

힐더는 얼굴이 불그스레하고 윤기 흐르는 아테네 여신처럼 고개를 숙이고 곰곰이 생각했다. 그녀는 속으론 격렬하게 화가 났지만 차마 동생에게 드러낼 수가 없었다. 왜냐하면, 동생은 아버지를 닮아 일단 화를 내면 다루기 힘들게 막무가내로 나오기 때문이었다.

힐더가 클리퍼드를 좋아하지 않는 것은 사실이었다. 대단한 인물이나 되는 듯 냉랭하게 자신감을 드러내는 그 태도라니! 그가 코니를 괘씸하고도 뻔뻔스럽게 이용하고 있다는 걸 알고 있었다. 그래 제발 동생이 클리퍼드를 떠났으면 했다. 그러나 엄격한 스코틀랜드의 중산계층 출신이기 때문에 가족이나 가문이 불명예스럽게 되는 것을 혐오했다. 마침내 그녀가 고개를 들었다.

"넌 후회할 거다." 힐더가 말했다.

---

10 그리스 신화의 지혜의 여신.-역주

"난 후회 안 해." 코니가 얼굴이 새빨갛게 달아오르며 소리쳤다. "그이는 예외적인 사람이야. 난 **정말** 그일 사랑해. 그인 연인으로 너무나 멋져."

힐더는 또다시 곰곰이 생각했다.

"그에 대한 열정은 곧 사라질 거야." 힐더가 말했다. "그리고 그 사람 때문에 자신에 대한 수치감을 느끼며 살아갈 거다."

"난 후회 안 할 거야! 난 그의 애를 낳기를 바라."

"코니!" 힐더가 동생의 이름을 망치로 치듯 세게 불렀다. 그녀는 화가 나서 새파랗게 질려 있었다.

"될 수 있으면 낳을래. 그의 애를 낳으면 난 엄청 자랑스러울 거야."

동생에게 말해봤자 아무 소용이 없었다. 힐더는 다시 생각에 잠겼다.

"클리퍼드가 의심하지 않니?" 언니가 물었다.

"아니! 왜 꼭 의심해야 하지?"

"틀림없이 의심할 빌미를 많이 주었을 텐데." 힐더가 말했다.

"천만에."

"그리고 오늘 밤의 일은 정말 바보 같은 짓이야. 도대체 어디 살아?"

"숲 저쪽 끝에 있는 집에서."

"총각이야?"

"아니! 아내가 집을 나갔데."

"몇 살이야?"

"몰라. 나보다 위야."

힐더는 동생의 대답을 들을수록 화가 점점 더 났다. 그녀의 어머니가 그랬듯이 일종의 발작적인 분노에 휩싸여 있으나 그것을 동생 앞에서 드러내지는 않았다.

"내가 너라면 오늘 밤과 같은 엉뚱한 행동은 하지 않겠다." 힐더가 차분히 충고했다.

"그럴 수 없어! 오늘 밤에 그이와 같이 있어야 해. 아니면 난 베네치아에 아예 가지 않겠어. 갈 수 없어."

힐더는 아버지의 어투를 다시 듣는 것 같았다. 순전히 전략적인 면을 고려해서 동생에게 양보했다. 그래서 힐더는 둘이서 맨스필드까지 차를 몰고 가 저녁 식사를 한 뒤에 어두워지면 코니를 오솔길 끝까지 데려다준 후, 자기만 차로 삼십 분 거리의 맨스필드로 다시 가서 하룻밤을 자고 아침 일찍 오솔길 끝에서 코니를 차에 태워 가기로 합의했다. 그렇지만 속은 부글부글 끓었다. 그녀의 여행 계획에 차질을 준 동생에 대한 앙심을 마음속에 쌓아두었다.

코니는 자신의 창문턱 위에 비취색 초록의 숄을 걸쳐 놓았다.

힐더는 동생에게 너무 화가 난 나머지 오히려 클리퍼드를 따뜻하게 대했다. 따지고 보면 그는 제정신이지 않나. 그의 섹스가 제대로 기능하지 못하기에 오히려 그게 더 나아 보였다. 그만큼 언쟁할 거리가 줄어들테니! 힐더는 성행위 같은 것을 더이상 원하지 않았다. 성행위를 할 때 사내들은 고약하고 이기적으로 굴며 끔찍스러운 존재가 되었다. 사실 코니 자신은 의식을 잘 못 하겠지만, 보통 여자들보다 어떤 일을 마음에 담고 삭일 일이 적었다.

그리고 클리퍼드는 힐더가 뭐니 뭐니 해도 분명 지적인 여자여서 만약에 남편이 정계에 진출한다면 일급의 내조자가 될 것이라고 단정했다. 맞아. 그녀에겐 코니 같은 어리석은 면이 없어. 코니는 어린애 같은 면이 있어. 도대체 믿을 만하지 못하니 코니를 더 감싸줄 수밖에―.

홀에서는 어느 때보다 차가 일찍 준비되어 나왔다. 홀의 문들을 죄다 활짝 열어놓아 햇빛이 쏟아져 들어오게 했다. 모든 사람이 들떠서 가슴을 두근거리는 것 같았다.

"안녕, 코니! 안전하게 돌아와요."

"안녕, 클리퍼드! 그래요. 오래 있지 않을 거예요." 코니는 아주 부드럽게 말했다.

"잘 가요. 힐더! 동생을 잘 돌봐줄 거지요?"

"두 배로 잘 볼게요!" 힐더가 대답했다. "혼자서 멀리 가지 않게 할게요."

"약속했어요!"

"잘 있어요. 볼턴 부인! 클리퍼드 경을 잘 보살펴 드리리라 믿어요."

"정성을 다할게요. 마님."

"무슨 일이 생기면 편지로 알려 주세요. 그리고 클리퍼드 경의 안부도 전해줘요."

"네, 마님. 그렇게 하겠어요. 즐겁게 지내시다 돌아오셔서 우리도 즐겁게 해 주세요."

모든 사람이 손을 흔들며 작별인사를 했다. 자동차는 떠났다. 코니가 얼굴을 돌려 클리퍼드를 보았다. 그는 층계 위에서 실내용 휠체어에 앉아 있었다. 아무리 그래도 그는 그녀의 남편이고 라그비 저택은 그녀의 집이었다. 환경이 그렇게 만든 것이었다.

체임버즈 부인은 대문을 잡고 마님께서 즐거운 여행을 하시라고 인사를 드렸다. 자동차는 정원을 뒤덮은 컴컴한 잡목 사이를 빠져나와 신작로를 향해 달렸다. 그곳에선 광부들이 줄을 지어 집으로 돌아가고 있었다. 힐더는 차를 크로스힐 가 쪽으로 돌렸다. 큰길은 아니었지만, 맨스필드로 이어지는 길이었다. 코니는 보안경을 썼다. 그들의 차는 철길을 따라 달렸다. 철길은 그들 아래쪽의 땅을 깎아내고 놓은 것이었다. 그다음에 그들은 다리로 들어서서 그 움푹 들어간 철길 위를 넘어갔다.

"저게 그이 농가로 가는 오솔길이야!" 코니가 알려주었다.

힐더는 조바심을 내며 그곳을 흘낏 보았다.

"우리가 곧장 갈 수 없다니 너무나 유감이야!" 힐더가 말했다. "저녁 아홉 시까진 펠멜[11]에 도착할 수 있을 텐데."

"언니, 정말 미안해." 코니가 보안경 너머로 말했다.

그들은 금방 맨스필드에 도착했다. 한때는 낭만적이었지만 지금은 완전히 사람을 낙담시키는 탄광촌이었다. 힐더는 자동

---

11 런던의 중심가.—역주

차 안내서에 적힌 한 호텔 앞에 차를 세우고 방을 하나 잡았다. 모든 것에 깡그리 흥미가 사라져 힐더는 너무나 분통이 터져 아무 말도 하지 않았다. 그렇지만 코니는 그 남자의 경력에 대해 무언가 말을 좀 해야만 했다.

"그이! 그이! 하는데 넌 그 사람을 어떤 이름으로 불러? 넌 그이라고만 하네!" 힐더가 물었다.

"난 이름으로 그이를 불러본 적이 없어. 생각해 보니 그게 참 이상하네. 우린 그냥 제인 부인과 존 토마스라 불러. 그의 이름은 올리버 멜러즈야."

"그래, 채털리 귀부인 대신에 올리버 멜러즈의 부인이 되는 게 마음에 드니?"

"난 너무 좋아."

코니에 대해선 더 이상 어찌할 도리가 없었다. 하여간에 그 남자가 인도에서 사오 년 동안 육군 중위로 있었다니 어느 정도 교양은 있을 것 같았다. 들어보니 품격도 있을 것 같았다. 힐더는 약간 누그러지기 시작했다.

"넌 얼마 안 있어 그와의 관계를 끝낼 거야." 힐더가 말했다. "그리곤 그와 관계를 맺었던 것을 매우 수치스럽게 느낄 거야. 우린 노동자 계층 사람들과는 섞일 수가 없어."

"하지만 언니는 열렬한 사회주의자로 항상 노동자 편에 섰었는데."

"정치적인 위기에선 그들 편에 설 수 있지. 하지만 막상 그들 편에 서 보니까 실제로 그들과 함께 살기가 얼마나 불가능한

가를 깨닫게 되었어. 계층적 속물근성 때문이 아니라 생활 리듬 자체가 완전히 다르기 때문이야."

힐더는 진짜로 정치적인 지성인들과 생활을 한 적이 있어서, 그녀는 불행히 언니의 말에 반박할 수가 없었다.

호텔에서는 이렇다 할 것 없이 지루하게 시간이 흘러가고, 마침내 그들은 아무 특징이 없는 음식을 저녁 식사라고 먹었다. 식사 후에 코니는 몇 가지 생활 용구를 작은 비단 가방에 넣고 나서 머리를 다시 한 번 빗었다.

"그러고 보니, 힐더 언니," 코니가 입을 열었다. "사랑이란 놀라워. 내가 정말 **살아있고** 창조 바로 그 중앙에 서 있다고 느끼게 돼." 그 말은 코니가 자기의 입장을 으스대는 것처럼 들렸다.

"날아다니는 모기도 그렇게 느낄 거다." 힐더가 말했다.

"그렇다고 생각해? 그렇다면 얼마나 좋아!"

저녁 하늘은 경이롭게 맑아서 이 작은 탄광촌에도 햇빛이 오래 머물렀다. 밤새도록 빛이 희뿌옇게 남아있을 것 같았다. 힐더는 너무 원통해서 얼굴이 꼭 탈을 쓴 것처럼 변해 있었다. 그렇지만 그녀는 차의 시동을 다시 걸고 두 사람은 아까와는 다른 길로 접어들어 볼소버를 지나 급히 되돌아갔다.

코니는 보안경과 변장 모자를 쓰고 묵묵히 앉아 있었다. 힐더 언니의 반대가 하도 심했기 때문에 코니는 더 완강하게 남자 편에 섰고 만난을 무릅쓰고라도 그를 옹호할 것이었다.

그들이 크로스힐을 지날 때쯤엔 차의 전조등을 켰다. 움푹하게 깎아낸 길의 선로를 칙칙폭폭 소릴 내며 달리는 기차가 작은 불빛을 반짝이니 밤이란 걸 실감하였다. 힐더는 다리 끝에서 꺾어 오솔길로 들어가리라 생각하고 있었다. 힐더가 갑자기 속도를 줄이더니 길에서 벗어났다. 풀이 무성하게 자란 오솔길을 빛이 환하게 비추고 있었다. 코니가 밖을 내다보았다. 검은 모습이 보이자 차의 문을 열었다.

"자, 도착했어!" 그녀가 부드럽게 말했다.

그러나 힐더는 전조등을 끄고 차를 후진하여 돌리는 데에 열중하고 있었다.

"다리 위에는 걸릴 게 아무것도 없나요?" 그녀가 짧게 물었다.

"아무것도 없습니다." 남자의 목소리가 들렸다.

힐더는 다리까지 후진한 다음, 길을 따라 몇 야드 앞으로 나간 다음에 다시 후진하여 풀과 고사리를 짓이기면서 차를 오솔길에 있는 양느릅나무 아래에 세웠다. 그리고 불을 모두 끈 다음 코니가 차에서 내렸다. 남자는 나무 아래에 서 있었다.

"오래 기다렸어요?" 코니가 물었다.

"아주 오래는 아니었소." 그가 대답했다.

두 사람은 힐더가 차에서 나오기를 기다렸다. 그러나 힐더는 차의 문을 닫고 굳은 얼굴로 앉아 있었다.

"이분이 힐더 언니예요. 이쪽으로 와서 인사드리겠어요? 힐더 언니, 이분이 멜러즈 씨야."

사냥터지기는 모자를 벗어 인사하고 더 이상은 가까이 가지 않았다.

"힐더 언니, 저이 집까지 같이 걸어가요." 코니가 간청했다.

"멀지 않아요."

"자동차는 어떻게 하고?"

"사람들이 거기다 차를 세우곤 해. 언니가 열쇠를 갖고 가면 돼."

힐더는 아무 말 없이 생각을 좀 해보았다. 다음엔 오솔길을 돌아다보았다.

"저 덤불 주변으로 차를 후진할 수 있을까요?" 힐더가 물었다.

"예, 물론이지요!" 사냥터지기가 말했다.

힐더가 차를 천천히 후진하여 모퉁이를 돌아, 길에서 벗어나 눈에 뜨이지 않게 차를 세우고 문을 잠근 다음 차에서 내렸다. 밤이었다. 그러나 어슴푸레한 밤이었다. 사람들이 별로 다니지 않는 오솔길 가의 생울타리는 무성하게 높이 자라서 아주 어둡게 보였다. 공기엔 신선하고 달콤한 향기가 담겨 있었다. 사냥터지기가 앞서고 다음엔 코니, 그리고 힐더, 세 사람이 묵묵히 걸어갔다. 걷기에 험한 곳은 사냥터지기가 손전등으로 비추고 그들은 다시 계속 걸었다. 떡갈나무 위에선 부엉이가 부엉부엉 울고 있고, 플러시도 조용히 주변을 어슬렁거리고 있었다. 아무도 입을 열 수가 없었다. 할 말이 없었다.

마침내 농가의 노란 불빛이 보이고 코니의 심장이 두근거렸다. 그녀는 좀 겁을 먹고 있었다. 그들은 일렬종대로 서서 아직 걷고 있었다.

그가 문을 열고 따뜻하지만 아무 장식도 없는 작은 방으로 먼저 들어갔다. 난롯불은 약하게 타고, 벽난로 받침쇠는 벌겋게 달아있었다. 이번에는 제대로 된 하얀색 식탁보 위에 두 개의 접시와 두 개의 유리잔이 놓여있었다. 힐더는 머리칼을 흔들며 장식 없는 삭막한 방을 둘러보았다. 그리고는 용기를 내어 사냥터지기를 쳐다보았다.

그는 적당한 키에, 마르고 잘 생겨 보였다. 그는 조용히 자기만의 거리를 지키며 전혀 입을 떼려 하지 않았다.

"힐다 언니, 앉아요." 코니가 말했다.

"앉으십시오!" 사냥터지기가 말했다. "차나 뭐 마실 것 준비할까요―아니면 맥주를 마시겠어요? 맥주는 적당히 찹니다."

"맥주요!" 코니가 말했다.

"맥주를 주세요!" 힐더가 겸연쩍게 말했다. 사냥터지기가 그녀를 쳐다보고 눈을 깜빡였다.

그가 푸른색 주전자를 들고 부엌으로 나갔다. 그가 맥주를 갖고 돌아왔을 때는 그의 표정이 다시 바뀌었다.

코니가 문가에 앉았다. 그리고 힐더는 사냥터지기의 의자에 앉아 창문 모서리가 있는 벽에 기댔다.

"그건 저이 의자예요." 코니가 부드럽게 말하자 힐더는 마치 자기의 등이 불에 덴 양 벌떡 일어났다.

"앉으시지유. 앉아 계셔유! 마음에 드는 의자에 앉으세유. 우리 중 누구도 몸집이 크지 않으니까유." 그가 아주 침착하게 말했다.

그리고 유리잔을 힐더에게 주며 먼저 푸른 주전자에서 맥주를 따라주었다.

"담배로 말하면," 그가 말했다. "없시유. 하지만 두 분께서 갖고 계시겠지유. 저는유 담밸랑 피우지 않아유. 무얼 드시겠시유?" 그가 코니를 똑바로 보았다. "제가 무얼 가져오문 좀 드시 겠시유? 당신은 보통 뭘 조금씩 드셨지유." 그는 마치 주막집의 주인인 양, 완전히 침착하고 자신감 넘치는 사투리로 말했다.

"뭐가 있는데요?" 코니가 낯을 붉히며 물었다.

"삶은 햄하고 치즈, 절인 건과가 있시유. 많지는 않지만유."

"좋아요." 코니가 말했다. "언닌 안 드세요?"

힐다가 눈을 들어 그를 쳐다보았다.

"왜 요크셔 사투리를 쓰세요?" 힐더가 부드럽게 물었다.

"그거유! 그건 요크셔 사투리가 아니유. 더비 사투리지유."

그가 거리감 있는 희미한 미소를 지으며 그녀를 돌아다보았다.

"더비 사투리라고 하죠! 왜 더비 사투리를 쓰세요? 처음엔 보통 영어로 말했는데."

"제가 그랬시유? 하지만 내가 하고 싶으니 쓰는 것 아니에 유? 내겐 더비 사투리가 더 편하니 더비 말을 하게 해유. 그리 싫지 않으시문유."

"좀 가장하는 것처럼 들려요." 힐더가 말했다.

"아, 그럴 수 있겠지유. 그렇지만 테버셜 마을에선 당신네 말이 부자연스레 들려유." 그가 '그런데 당신은 뉘쉬유?'라고 묻는 듯이 묘하게 거리를 두면서 그녀를 다시 쳐다보았다.

그가 음식을 가지러 부엌으로 다시 걸어갔다.

자매는 묵묵히 앉아 있었다. 그가 다른 접시 한 개와 나이프와 포크를 가져왔다. 그리고 말했다.

"괜찮으시문, 늘 습관이 들어설랑 제가 코트를 벗겠시유."

그리고 그가 코트를 벗어 나무못에 걸고 셔츠 바람으로 탁자에 앉았다. 얇은 크림색 플란넬 셔츠였다.

"자, 드시지유!" 그가 말했다. "잡수세유! 권할 때까지 기다리지 마세유!"

그가 빵을 자르더니 꼼짝 않고 앉아 있었다. 힐더가, 코니가 언젠가 느꼈던 것처럼, 그의 침묵과 초연함의 힘을 느꼈다. 민감한 그의 작은 손이 힘을 빼고 탁자 위에 놓인 것이 보였다. 그는 단순한 노동자가 아니었다. 절대 아니었다. 그는 연기하고 있었다! 연기를!

"그럼에도!" 그녀가 작은 치즈 조각을 집어 들며 말했다. "당신이 사투리보다 보통 영어를 쓰는 것이 우리에겐 자연스러워요."

그는 그녀의 의지가 강하다는 걸 느끼며 그녀를 쳐다보았다.

"그럴까요?" 그가 표준 영어로 말했다. "그럴까요? 당신과 나 사이에 오가는 말이 자연스러울 수 있을까요? 동생이 나를 다시 만나지 못하게, 당신이 나에게 제발 꺼져달라고 말하고, 내가 그 비슷한 말을 불쾌하게 쏟아내기 전에 과연 그렇게 될까요? 그 외의 어떤 말이 자연스러울까요?"

"아, 그렇지요!" 힐더가 말했다. "단지 좋은 예의범절로 아주 자연스러워질 수 있지요."

"아, 소위 말하는 제2의 본성!" 그가 말하고 웃기 시작했다.

"전 예의범절이라면 진저리가 납니다. 절 있는 그대로 두세요!"

힐더는 솔직히 패배감을 느끼고 격분해서 기분이 매우 언짢았다. 따지고 보면 그가 그녀에게서 명예롭게 대접받는다는 것을 깨닫고 경의를 표해야 할 것 아닌가. 그런데 그 대신, 그는 연극을 하며 자기가 그녀를 명예롭게 대한다는 듯 도도하게 행세하고 있었다. 아주 뻔뻔스러워! 불쌍한 코니가 저자의 손아귀에 잘못 걸려들었어!

세 사람은 아무 말 없이 음식을 먹었다. 힐더는 그의 식사예절을 주의 깊게 지켜보았다. 그가 천성적으로 그녀보다 훨씬 더 섬세하고 품위 있음을 인정하지 않을 수 없었다. 그녀에겐 스코틀랜드인의 어설픈 면이 좀 있었다. 그런데 그는 잉글랜드인 특유의 조용하고 자제하는 자신감을 보였다. 해이한 틈은 조금도 보이지 않았다. 그보다 우위에 서기는 매우 힘들 것 같았다.

그렇다고 그가 그녀보다 우위에 서려고도 하지 않았다.

"정말 댁은 이런 모험을," 힐더가 조금 더 인간답게 말을 이었다. "무릅쓸만한 가치가 있다고 생각하나요?"

"무슨 모험에 무슨 가치라고요?"

"동생과의 탈선행위 말이에요."

그가 떨떠름한 미소를 살짝 지었다.

"그것일랑 동생에게 물어봐유!"

그리고 그가 코니를 쳐다보았다.

"당신이 제 발루 걸어 왔지유. 안 그래유? 내가 억지루 끌고 온 게 아니지유?"

코니가 힐더 언니를 쳐다보았다.

"난 언니가 억지로 트집을 잡지 말았으면 좋겠어."

"물론 난 그러고 싶지 않아. 그렇지만 누군가는 이 일을 한 번쯤은 진지하게 짚고 넘어가야 할 것 같아. 사람이란 자기 생활에서 연속성을 유지해야 해. 생활방식을 망칠 수는 없지."

잠깐 침묵이 흘렀다.

"에, 연속성!" 그가 말했다. "그게 무슨 뜻이유? 댁은 댁의 생활에 어떤 연속성을 갖고 있어유? 댁은 이혼 중이라구 생각하는디유. 그게 어떤 영속성이유? 당신 외고집의 연속성이지유. 그 정도는 알 수 있어유. 그래, 그런 영속성이 당신에게 워떤 이익을 준데유? 당신은 더 늙기 전에 그 연속성에 질릴 거유. 고집쟁이 여자와 자아 의지라문 탄탄한 영속성을 이루지유, 그래유. 내가 당신과 관계를 안 맺은 것이 다행이에유."

"무슨 권리로 나한테 그런 말을 하지요?" 힐더가 대들었다.

"맞아유! 당신일랑 무슨 권리루 다른 사람들을 당신의 연속성에 묶으려 들어유? 사람들을 그들의 영속성에 있게 그대루 나두세유."

"이봐요. 내가 당신과 무슨 상관이 있다고 생각해요?" 힐더가 조용히 말했다.

"그렇지유." 그가 말했다. "약간은 관계가 있지유. 어쨌든 당신은 나의 처형이니깐유."

"확실히 말하는데, 아직은 멀었어요."

"당신에게 확실히 말하는디, 머지 않아 그리 될 거예유. 나

두 나름대루 연속성이 있으니까 당신 생활이나 챙겨유! 언제 봐두 당신 것만큼 좋아유. 그리구 저기 있는 당신 동생이 얼마간의 사랑과 부드러움을 찾아서리 나에게 왔으니까 자신이 무얼 찾는지 알거에유. 동생은 전에두 내 침대에서 같이 잤어유. 그런디 참 다행이지유. 그게 당신의 연속성과 아무 상관이 없으니유." 숨죽인 듯한 침묵이 잠시 흐르고 그가 말을 이었다. " ─ 에, 나는 내 주장을 더 펴지는 않아유. 만약에 내가 뜻밖의 횡재를 했다문 행복하게 생각해유. 남자란 저기 있는 저런 여자에게서 많은 기쁨을 얻어유. 그것은유 당신네 같은 여자에게서 얻는 기쁨보다 훨씬 더 커유. 참 안됏시유. 당신두 돌사과가 아니구 맛좋은 사과가 어쩌문 될 수 있었을 테니까유. 당신 같은 여자는유 접목이 필요해유."

그가 야릇하게 물결치는 미소를 지으며 힐더를 쳐다보았다. 그 시선은 어렴풋이 육감적이고 감상하는 듯한 것이었다.

"당신 같은 남자들은," 그녀가 말을 했다. "따로 격리해 놓아야 해요. 자신의 천박성과 이기적인 육욕을 멋대로 정당화시키니까요."

"네, 부인! 저 같은 남자가 아직 몇 남아있다는 게 참 다행스럽소. 댁은 현재 상태로 좋아 보입니다. 지독히도 고독하게 사는 게 말입니다."

힐더가 벌떡 일어나서 문 쪽으로 갔다. 그도 일어나 자기의 코트를 나무못에서 꺼내 들었다.

"난 혼자서도 길을 찾을 수 있어요." 그녀가 말했다.

"못 찾으실 겁니다." 그가 편하게 대꾸했다.

그들은 다시 어색하게 외줄로 서서 오솔길을 걸어갔다. 침묵이 흘렀다. 부엉이가 아직도 울고 있었다. 그가 총으로 부엉이를 쏴 죽여야겠다고 생각했다.

차는 이슬을 조금 맞은 채, 그대로 서 있었다. 힐더가 들어가 시동을 걸었다. 다른 두 사람은 기다리고 서 있었다.

"내 말은," 힐더가 안전한 차 안에서 말했다. "당신네가 후에 이런 행동에서 가치를 발견할지 의문이라는 소리예요. 각자가!"

"한 사람의 고기가 다른 사람에겐 독이 될 수 있소." 그가 어둠 속에서 말했다. "그렇지만 이건 나에게 고기도 되고 마실 것도 됩니다."

자동차의 전조등이 앞을 환하게 비추었다.

"코니, 아침에 날 기다리게 하지 마."

"안 그럴게. 잘 가!"

차는 서서히 도로 위로 올라간 다음 쏜살같이 멀리 미끄러져 갔다. 조용한 밤을 뒤로 한 채.

코니가 주뼛거리며 그의 팔을 잡았고 그들은 오솔길을 따라 내려갔다. 그는 입을 열지 않았다. 마침내 그녀가 그를 멈춰 세웠다.

"키스해 줘요!" 그녀가 나직이 말했다.

"아니, 잠깐 기다려요. 내가 속을 좀 가라앉혀야겠소." 그가 말했다.

그 말이 그녀를 즐겁게 했다. 그녀는 아직도 그의 팔을 붙잡고, 그들은 묵묵히 오솔길을 빨리 걸어갔다. 그녀는 이제야 그와 단둘이 있게 되어 너무나 기뻤다. 그녀는 몸을 부르르 떨었다. 힐더 언니가 그녀를 잡아끌고 갈 수 있었다는 것을 새삼 의식했기 때문이다. 그가 속을 알 수 없는 침묵을 지켰다.

그들이 다시 집에 들어갔을 때 코니는 너무 기뻐 펄쩍펄쩍 뛸 정도였다. 언니에게서 해방됐기 때문이다.

"그렇지만 당신은 힐더 언니에게 너무 했어요." 코니가 그에게 말했다.

"조금만 더 있었다면 언니는 매질을 당할 뻔했소."

"그렇지만 왜요? 아주 친절하게 굴었는데."

그는 대답하지 않고 몸에 밴 조용한 동작으로 집 주변을 돌아다니며 식사 후의 잡일을 처리했다. 그가 겉보기에 화가 나 있었지만, 그녀 때문에 화가 난 것은 아닌 것 같았다. 그렇다고 코니는 느꼈다. 화를 내는 그의 모습은 유별나게 잘생겨 보이고 내면적 빛을 뿜어내고 있어 그녀를 흥분케 하고 사지를 녹아들게 했다.

그는 여전히 그녀를 거들떠보지도 않았다.

마침내 그가 앉아서 구두끈을 풀기 시작했다. 그리고 양 눈썹을 치켜뜨며 그녀를 올려다보았다. 거기엔 아직도 분노가 다분히 남아있었다.

"이 층으로 올라가지 않겠어요?" 그가 말했다. "저기에 촛불이 있소!"

그가 잽싸게 고개를 획 돌려 탁자에서 타고 있는 촛불을 가리켰다. 그녀가 순순히 촛불을 들고 첫 번째 층계를 올라가는 동안 그는 그녀의 풍만한 엉덩이의 곡선을 바라보았다.

그건 관능적인 열정의 밤이었다. 그녀는 좀 놀랐고 거의 마음이 내키지 않을 정도였다. 그렇지만 찌를 듯한 관능의 흥분으로 찔림을 당했는데 그건 부드러움의 흥분과는 다르고 더 날카롭고 더 무시무시했다. 그러면서도 그 순간엔 욕구를 더 자극했다. 그녀는 겁을 좀 먹었지만, 그가 하고픈 대로 몸을 맡겼다. 무모하고 수치를 모르는 관능이 그녀를 근본까지 흔들어놓고 맨마지막까지 발가벗겨 그녀를 완전히 다른 여자로 만들었다. 그건 사실 사랑이 아니었다. 그렇다고 육욕도 아니었다. 그건 날카롭고 불처럼 타오르는 관능이고, 영혼을 재가 되도록 태워버렸다.

가장 내밀한 곳에 있던 수치심을, 가장 깊숙하고 오래된 수치심을 그것이 태워버렸다. 그가 자기 식대로 자기 의지대로 하도록 몸을 맡기는 건 그녀 나름대로 노력이 필요했다. 그녀는 노예처럼, 육체적 노예처럼 수동적이고 무조건 모든 것에 따라야 했다. 그러나 열정의 불꽃이 그녀의 몸을 소진해 그녀는 정말로 죽는다고 생각했지만 그건 찌를 듯이 매섭고 경이로운 죽음이었다.

아벨라르가 말하기를 엘 로이즈[12]와 두 사람이 사랑하는 동

---

12 이 둘은 이름난 연인으로 아벨라르(1079-1142)는 신부이며 신학자였고, 엘 로이

안 열정의 모든 단계와 극치를 거쳤다고 했을 때 그 뜻이 무엇일까 하고 그녀는 종종 궁금해 했다. 똑같은 일이 천 년 전에 있었고 만 년 전에도 있었다! 똑같은 것이 그리스의 화병에 그려져 있고 모든 곳에 있다! 열정의 극치와 관능의 화려함이! 거짓된 수치심을 태워버리고 육체의 가장 무거운 광석을 녹여내어 순수로 만드는 것이 필요하고, 영원히 필요한 것이다. 순전히 관능의 불로.

짧은 여름밤 동안 그녀는 너무나 많은 것을 배웠다. 여자는 수치스러우면 죽어 마땅하다고 전에는 생각했을 것이다. 그러나 그런 생각 대신에 수치심이 죽어버렸다. 수치란 두려움이다. 깊숙이 숨어있는 유기체의 수치, 우리 신체의 뿌리 깊이에 웅크리고 있는 아주 오래된 육체적인 공포는 오로지 관능적인 불꽃으로만 몰아낼 수 있다. 마침내 남자의 남근이 그것을 일깨워서 몰아냈다. 그리고 그녀는 그녀 자신의 정글 바로 그 중심에 이르렀다. 이제 그녀는 자신의 본성의 진짜 근본에 도달하여 근본적으로 수치를 몰아냈다고 느꼈다. 그녀는 모든 것을 벗어버리고 수치를 모르는 관능적인 자아가 되었다. 그녀는 거의 허세를 부리듯 승리감에 도취하였다. 그래! 이게 바로 그런 거야! 이것이 인생이야! 이것이 진정으로 자아가 되는 법이야! 가장하거나 부끄러워할 것이 하나도 남지 않았다. 그녀는 자신의 궁극적인 적나라함을 또 다른 존재인 한 남자와 나누고 있었다.

─────
즈(1098-1164)는 연애사건 후 학생에서 수녀로 변신했다.─역주 남자는 얼마나 무모한 악마인가! 정말로 악마 같아! 남자를 견뎌내려면 아주 강해야 했다. 그러나 그것은 육체적인 정글의 핵심에, 육체적 수치심의 최후이고 가장 깊은 구석에 도달해야 했다. 남근만이 그것을 탐색할 수 있었다. 그리고 그것이 그녀의 몸속으로 얼마나 세차게 밀고 들어왔는가!

그리고 그녀는 두려움에 떨며 얼마나 그것을 증오했던가. 그러면서도 얼마나 그것을 강렬히 원했던가! 이제야 알게 되었다. 그녀 영혼의 밑바닥에서 근본적으로 그녀가 남근을 탐색해야 했고 내심 그걸 갈망했다는 것을. 그녀는 그런 것을 자신이 절대로 얻지 못할 것이라 믿고 있었다. 그런데 지금 갑자기 그것이 그녀의 몸 안에 있고, 한 남자가 그녀의 최후이고 최종적인 알몸을 함께 나누고 있었다. 이제 그녀는 수치심이 없어졌다.

시인들과 사람들은 얼마나 거짓말쟁이인가! 그들은 사람이 정감을 원한다고 믿게 했다. 사람이 자고로 원하는 것은 이 날카롭고 불태우는 듯한 아주 지독한 관능인데 말이다. 수치심이나 죄의식이나 최종적인 불안감 없이 그것을 해낼 수 있는 남자를 찾는 것인데! 만약에 남자가 그 일을 한 후에 수치심을 느끼고 상대에게 수치심을 느끼게 한다면 그건 얼마나 흉측스러운가! 대부분 남자가 자신이 개 같다고 수치심을 느낀다면 그 얼마나 애석한가! 클리퍼드같이! 마이클리스같이! 이 두 남자는 관능적으로 좀 개 같은 면이 있고 굴욕적이었다. 정신의 지고한 쾌락이라! 그게 여자와 무슨 상관인가? 정말로 남자와도 무슨 상관이 있는가! 그러한 남자는 정신적으로도 난장판이고 개 같은 데가 있다. 정신을 정화하고 활력을 불어넣는 데는 관능만이 필요하다. 난장판이 아니라 순수한 불꽃 같은 관능이 필요하다.

아, 세상에, 사내다운 남자는 참으로 희귀한 존재야! 남자들은 대개가 걸음을 총총 걸으며 코로 냄새를 맡다가 교미하는 개와 같아. 두려워하지 않고 수치스러워하지 않는 남자를 찾았으니! 그녀가 지금 그를 바라보았다. 그는 야생동물처럼 깊은 잠에 빠져 저 멀리 가 있었다. 그녀는 그에게서 멀리 떨어지지 않으려고 그의 품속으로 파고들었다.

마침내 그가 일어나서 그녀를 잠에서 완전히 깨웠다. 그가 침대에 일어나 앉아 그녀를 내려다보고 있었다. 그녀는 그의 눈에 비친 자신의 알몸을 보았다. 그녀 몸에 대한 즉각적인 인식이었다. 그의 눈에 비친 그녀의 육체에 대한 인식이 유동적으로 그녀에게 흘러들어 그녀를 육감적으로 감싸주는 것 같았다. 아, 반쯤은 잠에 취해 있고 정열로 묵직하게 충만해 있는 사지와 몸뚱이는 얼마나 육감적이고 아름다운가.

"일어날 시간인가요?" 그녀가 물었다.

"여섯 시 반이오."

그녀는 여덟 시까지 오솔길 끝머리에 가 있어야 했다. 아, 언제나, 언제나, 언제나 사람에게 다가오는 이 강요라니!

"그러나 아직 일어날 필요는 없어요." 그녀가 말했다.

"내가 조반을 준비해 이리로 가지고 오면, 어떻겠소?" 그가 말했다.

"아, 좋아요!"

플로시가 아래층에서 낮은 소리로 킁킁거렸다. 그가 일어나 잠옷을 벗어 던지고 수건으로 몸을 문질렀다. 인간이 용기와 생명력으로 충만할 때 얼마나 아름다운가! 그녀가 말없이 그를 쳐다보면서 이런 생각을 했다.

"커튼을 열어 주겠어요?"

햇빛이 이미 아침의 부드러운 초록색 잎사귀를 비추고 있고 숲은 가까이에서 신선한 푸른 모습을 드러내며 서 있었다. 그녀가 침대에 일어나 앉아 꿈꾸듯 지붕창을 통해 밖을 내다보고 있었다. 그녀가 벗은 팔을 위로 올리니 발가벗은 알몸의 젖도 같이 흔들렸다. 그가 옷을 입고 있었다. 그녀는 삶을, 그와 함께할 삶을 머릿속에서 꿈꾸듯 그려보고 있었다. 삶 자체만을.

그가 그녀의 위험스럽게 웅크리고 있는 알몸에서 빠져나가고 있었다.

"내 잠옷이 통째 어디 갔지요?" 그녀가 물었다.

그가 침대 속으로 손을 디밀어 얇은 비단 잠옷 조각을 끄집어냈다.

"내 발목에서 비단의 촉감을 느껴서 알았소." 그가 말했다.

그런데 그 잠옷은 거의 두 조각으로 찢겨 있었다.

"괜찮아요!" 그녀가 말했다. "이건 실은 이 방에 속하는 거예요. 그냥 두고 갈게요."

"그래요. 놓고 가요. 밤엔 당신인 것처럼 다리 사이에 끼고 잘 거요. 그 위에 이름이나 무슨 표시는 없는 거지요?"

그녀는 찢어진 잠옷을 걸치고 꿈꾸듯 창밖을 내다보며 앉아 있었다. 창문은 열려 있어 아침 공기가 밀려들어오고 새소리도 들렸다. 새들이 계속 창 앞을 지나 날아다녔다. 그리고 플로시가 집 둘레를 돌아다니는 걸 보았다. 아침이었다.

아래층에서 그가 난롯불을 지피고 펌프질을 하고, 뒷문으로 나가는 소리를 들었다. 좀 있으니 베이컨 굽는 냄새가 슬슬 올라오고 마침내 그가 검은색 큰 쟁반을 들고 이 층으로 올라왔다. 그 쟁반은 좁은 문을 겨우 빠져 들어왔다. 그가 쟁반을 침대 위에 내려놓고 차를 따랐다. 코니는 찢어진 잠옷을 걸치고 쭈그리고 앉아 허겁지겁 조반을 먹기 시작했다. 그는 의자에 앉아 접시를 무릎 위에 올려놓았다.

"너무나 좋아요!" 그녀가 말했다. "조반을 같이 먹으니 너무 좋아요"

그는 마음이 빨리 흘러가는 시간에 온통 가 있는 듯이, 말없이 식사했다. 이런 태도가 그녀에게 정신을 차리게 했다.

"아, 내가 당신하고 여기에서 같이 살고 라그비 저택은 수백 마일 떨어져 있다면 얼마나 좋을까! 내가 정말로 떠나려는 것은 라그비 저택이에요. 그 마음을 알지요?"

"물론이오!"

"그리고 우리가 함께 살 것이라고, 당신과 내가 함께 살 것이라고 당신이 약속해요! 정말 약속하는 거지요?"

"그래요. 사정이 허락하면요."

"그래요! 우리 꼭 그래요. 꼭 말이에요. 안 그런가요?" 그녀가 몸을 앞으로 기울여 그의 손목을 잡다가 차를 엎질렀다.

"그럼요!" 그가 차를 닦으며 대답했다.

"인제는 함께 살지 않을 수가 없는 거지요. 안 그래요?" 그녀가 애절하게 말했다.

그가 쓴웃음을 지으며 그녀를 올려다보았다.

"안 되지요!" 그가 말했다. "이십오 분 후엔 당신이 이곳을 떠나야 해요."

"그래야 하나요?" 그녀가 소리쳤다. 갑자기 그가 손가락을 들어 경고하고 얼른 일어났다.

플로시가 짧게 한 번 짖더니 다음엔 경계하듯 크고 날카롭게 세 번을 연달아 짖었다.

그가 조용히 자기 접시를 쟁반 위에 올려놓고 아래층으로 내려갔다. 콘스턴스는 그가 마당 안 오솔길로 걸어가는 소리를 들었다. 자전거 벨 소리가 그곳 밖에서 울렸다.

"안녕하세요. 멜러즈 씨! 등기 우편이에요!"

"아, 네! 연필 있어요?"

"여기 있어요!"

잠시 말이 없었다.

"캐나다에서 왔네요!" 낯선 목소리가 들렸다.

"그렇군요! 브리티시 컬럼비아[13]에 사는 내 친구한테서 왔네요. 왜 등기 우편으로 보냈는지 모르겠네요."

"거금을 부쳤는지도 모르지유"

---

13 캐나다 남서부에 있는 주.—역주

"무언가가 아쉬운 것 같네요."

잠깐 침묵.

"날씨가 아주 좋아유!"

"네!"

"안녕히 가세요!"

"자, 그럼, 안녕히 계시유!"

얼마 후 그가 다시 이 층으로 올라왔다. 화가 좀 나 보였다.

"집배원이에요." 그가 말했다.

"아주 일찍 왔네요!" 그녀가 대답했다.

"지방 배달을 해서지요. 대개 일곱 시면 여길 지나가요."

"그래, 친구가 거액이라도 보냈어요?"

"아니요! 브리티시 컬럼비아의 한 고장에 대한 사진과 신문이오."

"그곳으로 갈 생각이 있어요?"

"그럴 수도 있다고 생각했지요."

"아, 그래요. 가요. 그곳은 아름다울 거예요!"

그러나 그는 우체부가 다녀간 것에 매우 신경이 쓰이는 것 같았다.

"망할 놈의 자전거가 인기척을 느끼기도 전에 앞에 떡하니 와있었단 말이야. 아무것도 눈치 채지 못했으면 좋겠는데."

"무슨 눈치를 챘겠어요!"

"이제 당신 일어나서 준비해야만 해요. 난 밖을 좀 둘러보겠소."

그가 총을 메고 개를 데리고 주변을 둘러보기 위해 좁은 길로 들어서는 것을 그녀가 보았다. 그녀는 아래층으로 내려가 세수하고, 몇 가지 물건을 작은 비단 가방에 넣어, 그가 돌아온 때엔 떠날 준비가 되어 있었다.

그가 문을 건 다음 그들은 출발했다. 그러나 오솔길로 가지 않고 숲 속을 가로질러 갔다. 그는 아주 조심했다.

"사람은 어젯밤과 같은 시간을 위해 산다고 생각하지 않으세요?" 그녀가 그에게 물었다.

"그래요! 그렇지만 그 밖의 다른 시간에 대해서도 우리가 생각해야지요." 그가 좀 퉁명스럽게 대답했다.

그들은 풀이 무성한 좁은 길을 따라 터벅터벅 걸어갔다. 그가 묵묵히 앞서서 걸어갔다.

"앞으로 우리가 함께 살아갈 거지요? 안 그래요?" 그녀가 애절하게 물었다.

"그럼요!" 그가 뒤도 돌아보지 않고 계속 걸어가며 대답했다. "때가 오면요! 지금 당장은 당신이 베네치아인가 어디로 가야 해요."

그녀가 잠자코 그의 뒤를 따라갔다. 가슴이 **저려왔다.** 아, 지금 떠나야 하는구나!

마침내 그가 발걸음을 멈추었다.

"내가 이쪽으로 한번 갔다 오겠소." 그가 오른쪽을 가리키며 말했다.

그러나 그녀는 두 팔로 그의 목을 끌어안고 그에게 매달렸다.

"언제나 날 사랑할 거죠?" 그녀가 속삭였다. "어젯밤에 전 당신을 사랑했어요. 그러나 당신은 언제까지나 날 사랑할 거죠?"

그가 그녀에게 키스하고 잠시 꼭 껴안았다. 그리고 한숨을 쉬고 다시 그녀에게 키스했다.

"차가 와있는지 가보겠소."

그가 낮게 자란 들장미와 고사리 덤불 위를 성큼성큼 걸어갔다. 그가 지나간 발자국이 양치류 풀 위에 나 있었다. 일이 분 동안 그가 눈앞에서 완전히 사라졌다가 다시 성큼성큼 되돌아왔다.

"차가 아직 안 왔는데." 그가 말했다. "그렇지만 빵집 배달 차가 큰길에 있어요."

그는 불안하고 걱정이 되는 듯했다.

"쉿!"

그들은 차가 가까이 오면서 나지막하게 경적을 울리는 소리를 들었다. 그 차는 다리 위에서 속도를 줄이며 왔다.

코니는 완전히 슬픔에 빠져 양치류 사이의 그의 발자국을 따라 발걸음을 재촉했다. 그리고 커다란 호랑가시나무로 처진 울타리까지 갔다. 그가 바로 그녀 뒤에 서 있었다.

"자! 저쪽으로 빠져나가요!" 그가 울타리의 빈틈을 가리키며 말했다. "난 더 이상 나가지 않겠소."

그녀가 절망의 눈초리로 그를 쳐다보았다. 그러나 그가 그녀에게 키스를 해주고 등을 밀어 보냈다. 그녀는 너무나 아픈 가습을 안고 호랑가시나무와 나무 울타리 사이를 기어가다시피 빠져나갔고 또 작은 도랑에 굴러 떨어지기도 했다. 그리고 좁은 길로 들어서는데 그때 초조해진 힐더 언니가 차에서 막 내리고 있었다.

"아! 너구나!" 힐더 언니가 말했다. "그 사람은 어디 있니?"

"그인 오지 않아요."

코니가 작은 가방을 들고 차에 올랐을 때는 얼굴에서 눈물이 줄줄 흘러내리고 있었다. 힐더가 찌그러진 보안경이 달린 운전용 헬멧을 집어 들었다.

"자, 이걸 써!" 그녀가 말했다. 코니가 변장 도구를 쓰고는 운전용 긴 코트를 입고 앉아 있었다. 보안경을 쓰고 변장한 그녀의 모습은 인간이 아닌, 알아볼 수 없는 이상한 동물 같았다. 힐더는 순전히 사무적인 동작으로 자동차에 시동을 걸었다. 그들은 좁은 길을 빠져나가 큰길로 접어들었다. 코니가 둘러보았으나 그의 모습은 보이지 않았다. 가버렸구나! 가버렸어! 그녀는 쓰디쓴 눈물을 펑펑 쏟으며 앉아 있었다. 이별이 너무나도 급작스럽게 예기치 않게 일어났다. 그것은 마치 죽음과 같았다.

"네가 그 사람과 얼마 동안이라도 떨어져 있는 것이 천만다행이다!" 힐더가 크로스힐 마을을 피해 돌아가면서 말했다.

제17장

"이봐, 언니." 코니가 점심 후 런던 가까이 이르렀을 때 입을 열었다. "언니는 진짜 사랑이나 진짜 관능성을 경험해 본 적이 없어. 한 남자에게서 이 두 가지를 알게 되면 세상이 완전히 달라 보여."

"야, 제발, 그 잘난 경험 나부랭이를 떠벌이지 마!" 힐더가 윽박질렀다. "난 여태까지 여자에게 자신을 다 내맡기며, 여자와 진정한 친교를 할 수 있는 남자를 본 적이 없어. 그렇게 자신을 내어주는 남자를 난 원했지. 남자들의 자족하는 애정이나 관능성은 탐탁지 않아. 난 남자들의 작은 노리개나 쾌락의 대상이 되는 건 딱 질색이야. 완전한 친교를 원했지만 그럴 수 있는 남자를 못 만났어. 난 그것으로 충분해."

코니가 이 말을 곰곰이 생각했다. 완전한 친교라! 그녀는 그것이 남자가 자신에 대한 모든 것을 여자에게 드러내고, 여자는 자신에 대한 모든 것을 남자에게 드러내는 것을 의미한다고 짐작했다. 그러나 그것은 정말 지겨운 것이었다. 남녀 사이에 오가는 그 지겨운 자아의식! 그건 병이지!

"언니는 언제나, 특히 다른 사람과 같이 있을 때, 지나치게 자의식이 강한 것 같아." 코니가 말했다.

"적어도 네게 노예근성이 없기를 바란다." 힐더가 대꾸했다.

"그렇지만 언니는 있는 것 같은데! 언니는 스스로에 대한 자기 생각에 노예인 것 같아."

힐더는 이 시건방진 코니에게서 전에 듣도 보도 못한 무례한 말을 듣고는 얼마 동안 잠자코 차를 몰았다.

"적어도 난, 나에 대한 누군가의 생각에 노예는 아니다. 더구나 그 누군가가 내 남편의 하인일 경우엔." 드디어 힐더가 몹시 화가 나서 되받아쳤다.

"언니, 그런 게 아니야." 코니가 나직이 말했다.

그녀는 항상 자신을 언니가 좌지우지하게 놔두었었다. 그러나 지금은 마음이 섭섭해서 구슬피 울고 있지만, 다른 여자들의 지배에서 벗어나 있지 않는가. 아! 그것은 새로운 생명을 선물받은 것 같았다. 다른 여자들의 지배와 강박관념에서 풀려난 것이 구원이었다. 여자들이 얼마나 지독한데!

그녀는 아버지와 함께 있게 되어 기뻤다. 그녀는 항상 아버지가 제일 사랑하는 아이였다. 그녀와 힐더는 펠멜에서 좀 떨어진 호텔에서 묵고 맬컴 경은 그의 클럽에서 지냈다. 그렇지만 그는 저녁이면 딸들을 데리고 외출하였다, 그리고 딸들은 아버지와 함께 다니는 걸 좋아했다.

아버지는 주변에 나타난 새로운 세계에 좀 두려움을 느끼지만, 아직도 잘생기고 건장했다. 그가 스코틀랜드에서 새 부인을 맞이했는데 그보다 더 젊고 부유한 여자였다. 그러나 그는 될 수 있는 대로 그녀와 떨어져서 휴일을 많이 보냈다. 첫 번째 부인 때 그랬던 것처럼.

코니는 아버지 옆에 앉아 오페라를 감상했다. 그는 보기 좋게 살이 올라 있고 허벅지도 건장해 보였다. 아버지의 넓적다리는 인생을 즐겁게 산 건강한 남자의 허벅지로 여전히 튼튼하고 골격이 잘 짜여 있었다. 그의 쾌활한 이기주의, 완고한 독립심, 후회할 것 없는 관능성. 이런 것들이 골격이 잘 짜인 곧게 뻗은 그 허벅지에 응집해 있었다. 정말 사내다웠다! 그런데 지금은 노년으로 들어서고 있으니 그녀의 가슴이 아팠다. 왜냐하면, 아버지의 튼튼하고 굵은 남자다운 다리에는 기민한 감수성과 젊었을 때는 일단 생기면 절대로 사멸될 것 같지 않던 젊음의 진수인 유연성이 이젠 사라졌기 때문이다.

코니는 사람들의 다리의 모양새와 의미에 관심을 두게 되었다. 그녀에게 다리는 얼굴보다 더 중요하게 보였다. 얼굴은 더 이상 중요하다고 생각지 않았다. 잘 보니 기민하고 활력에 찬 다리를 가진 사람은 좀처럼 보이지가 않았다! 그녀가 특별석에 앉아 있는 남자들을 둘러보았다. 통이 큰 검정 바지에 둘러싸여 물렁거리는 큰 허벅지나 검은 상복 안에 든 마른 막대 같은 다리, 아니면 관능성이나 부드러움이나 예민함은 없이 모양만 잘 빠진 젊은 다리, 아니면 난체하며 바삐 돌아다니는 길이만 긴 그저 그런 다리뿐이었다. 아버지만큼의 관능성조차도 볼 수 없었다. 남자들은 모두 기가 죽어 있고, 기가 없으니 존재의 의미를 상실했다.

그러나 여자들은 기가 죽지 않았다. 대부분 여자는 흉측스런 공장의 기둥 같은 다리를 지니고 있었다! 그 몰골이 정말로 충격적이라 그들을 없애버린다 해도 별문제가 안 될 것이란 생각이 들 정도였다. 아니면 빈약한 가는 다리들! 아니면 비단 스타킹을 신어 말쑥한데 생기는 전혀 없는 다리! 의미 없이 사방으로 활개 치며 다니는 수 백 만개의 의미 없는 다리들뿐이었다!

코니는 런던에서 행복을 느낄 수 없었다. 사람들이 너무나 유령 같고 멍해 보였다. 그들이 아무리 활개 치고 몰골은 잘 생겼지만, 도대체 그들에겐 행복이 살아있지 않았다. 모두가 삭막하게 보였다. 그런데 코니의 기질이 원래 행복을 확신하기 위해 막무가내로 행복을 갈망하는 유형이다 보니 더욱 그러했다.

파리에선 어쨌든 약간의 관능을 여전히 느낄 수 있었다. 하지만 그 얼마나 지루하고 지치고 닳아빠진 관능인가. 그 관능은 애정의 결핍으로 닳아빠져 있었다. 아! 파리는 참 슬픈 곳이었다. 슬프고도 슬픈 도시 중의 하나였다. 현대의 기계적인 관능에 지치고, 돈, 돈, 돈의 긴장에 지치고, 울분과 자만에 지치고, 죽을 정도로 지쳐있었다. 그런데도 충분히 미국화나 런던화가 되어 있지 않아 기계적으로 추는 춤에서도 그 피로감을 숨길 수 없었다. 아, 이 도시의 남자다운 남자들도, 건들거리는 건달들도, 추파를 던지는 사람들도, 훌륭한 정찬을 먹는 사람들도! 이들 모두가 얼마나 지쳐있는가! 이들은 작은 애정을 주고받지 못해 지치고 기진해 있었다. 유능하고 때로는 매력적인 여자들은 관능적인 실체에 대해 한두 가지는 알고 있었다. 그들은 멍청한 영국의 자매들보다 좀 나아 보였지만 애정에 대해선 훨씬 아는 것이 없었다. 끝없는 의지의 메마른 긴장으로 인해 메마르고, 그들 또한 지쳐가고 있었다. 인간 세상이 그저 지쳐가고 있었다. 인간 세상이 사납게 파괴적으로 변할 수 있어 보였다. 일종의 무정부 상태이다! 클리퍼드 식의 보수적인 무정부 상태이다. 어쩌면 더 이상 보수적이지 않을 수 있다. 어쩌면 매우 급진적인 무정부 상태로 발전할 수도 있다.

코니는 자신이 세상을 두려워하며 움츠리는 걸 의식하였다. 이따금 그녀가 불바르 산책길이나 불로뉴 숲이나 뤽상부르 공원에 가있는 동안엔 잠시 행복을 느꼈다. 그러나 파리에는 이미 미국인들이나 영국인들로 넘쳐나 있었다. 괴상한 옷을 입은 이상한 미국인들과 절망감을 안고 바다를 건너온 따분한 영국인들이 널려 있었다.

그녀는 계속 자동차 여행을 하는 것이 즐거웠다. 날씨가 갑자기 더워져서 힐더가 스위스를 거쳐 브레네르 고개를 넘었다. 그리고 돌로미티 산맥을 통과해서 베네치아로 내려갔다. 힐더는 여행을 하며 매사를 처리하고 운전하고 주관하는 것을 좋아했다. 코니는 조용히 입을 다물고 있는 것에 만족하고 있었다.

그리고 여행은 정말로 아주 좋았다. 단지 코니가 혼자 계속 중얼거리고 있었다. 왜 나는 이 여행에 관심이 없을까! 어째서 나는 조금도 흥이 나지 않지? 좋은 경치를 보고도 감동이 안 되니 참 야릇해! 그렇지만 난 흥이 안 나. 참 야릇도 하지. 나는 심지어 산과 푸른 호수가 있다는 것을 전혀 인식하지 않고 루체른 호수[14]를 배로 건넜다는 성 버나드[15]를 닮았구나. 나는 경치엔 더 이상 관심이 없어. 왜 사람들은 경치를 뚫어지게 바라볼까? 왜 그래야 할까? 난 그러지 않겠어.

아니, 코니는 프랑스나 스위스나 티롤 지방이나 이탈리아에서 활력이 넘치는 건 통 보지 못했다. 그녀는 차를 타고 그곳을 지나쳤을 뿐이었다. 모두가 라그비 저택보다 더 공허해 보였다. 그 끔찍한 라그비 저택보다 더 공허하게 보였다. 프랑스나 스위스나 이탈리아를 다시 안 보아도 아무렇지 않다는 느낌이 들었다. 그들은 계속 그럴 테니까. 차라리 라그비 저택이 더 현실적이었다.

사람들로 말하면! 사람들은 모두 똑같았다. 눈곱만치의 차이가 있을 정도이다. 사람들은 모두가 당신에게서 돈을 더 뜯어내려고 한다. 아니면 여행객인 경우엔 돌에서 피를 짜내듯, 억지로 즐거움을 더 얻으려고 한다. 불쌍한 산들과 풍광들! 이 모든 것은 계속 비틀리고 또 비틀리어 더 많은 감동과 더 많은 즐거움을 내주어야 한다. 사람들이 자신들을 즐기기로 **작심했다는** 말은 무슨 뜻인가?

그래! 코니가 혼자 중얼거렸다. 난 차라리 라그비 저택에 있는 게 좋아. 거기 있으면 내가 여기저기 돌아다니기도 하고 조

---

14   스위스의 아름다운 호수.—역주

15   Saint Bernard, 1090-1153: 프랑스의 성인.—역주

용히 있을 수 있지. 어떤 것을 뚫어지게 쳐다보거나 꾸미는 행동을 하지 않아도 되지. 아주 즐겁다는 듯 연기를 하는 여행객들은 너무나 절망적일 만큼 굴욕적이었다. 여행은 참으로 실패였다.

코니는 라그비 저택으로 돌아가고 싶었다. 클리퍼드에게, 가련한 불구의 클리퍼드에게 돌아가고 싶었다. 뭐니뭐니해도 그는 이 때 지어 몰려다니는 여행객들처럼 어리석지는 않았다.

그러나 그녀는 의식의 깊은 곳에서는 다른 남자와 계속 접촉을 하고 있었다. 그와의 관계를 끊어지게 해서는 안 되었다. 아니, 그 관계를 끊어서는 안 되었다. 만일 끊어지게 한다면 그녀는 잡동사니의 돈 많은 사람과 얼간이 쾌락주의자들의 세상에서 자신을 완전히 상실하게 될 것이다. 오, 저 얼간이 쾌락주의자들! 오, '향락에 취한다는 것!' 또 다른 현대적인 형태의 질병이지.

그들은 차를 메스트레의 차고에 맡긴 후 정기 여객선을 타고 베네치아로 갔다. 아름다운 여름날 오후였다. 얕은 초호(礁湖)에서 잔물결이 찰랑거리고, 바다 건너 그들의 등 뒤에 있는 베네치아는 햇빛을 너무 받아 침침해 보였다.

정기선 역 부두에서 그들은 곤돌라로 갈아타고 나서 사공에게 행선지를 알려주었다. 그는 희고 푸른색의 셔츠를 입은 정규 사공으로 그리 잘 생기지도 인상적이지도 않았다.

"네! 에스메랄다 별장! 네! 알아요! 전에 거기에 묵으신 신사분을 위해 곤돌라 사공 노릇을 했지요. 그렇지만 상당히 떨어진 곳인데요!"

그는 약간 어린애 같고 성미가 급한 자였다. 그는 좀 과장해서 성급하게 노를 저어, 초록색의 끈적끈적한 벽 사이로 난 컴컴한 뒷골목 운하를 지났다. 빈민 지역 사이를 지나가는 운하에는 빨래한 옷들이 줄에 매여 높이 걸려있고, 시궁창 냄새가 약하게 혹은 심하게 풍겨 나왔다.

그러나 마침내 그는 양쪽으로 포장길이 나 있는 탁 트인 운하로 나왔는데, 거기엔 고리 모양의 다리들이 대운하와 직각을 이루며 걸쳐 있었다. 두 여자는 곤돌라의 작은 차양 아래에 앉아 있고 사공은 그들 뒤 높은 대에 걸터앉았다.

"아가씨들께서는 에스메랄다 별장에 오래 머무르실 겁니까?" 사공이 편히 노를 저으며 물었다. 그리고 그의 얼굴에 난 땀을 희고 푸른 손수건으로 닦았다.

"한 이십 일쯤요—우린 둘 다 결혼한 부인이에요." 힐더가 묘하게 나직한 소리로 대답을 해서 그녀의 이탈리아어가 더 외국어처럼 들렸다.

"아, 이십 일요!" 사공이 대답했다. 잠시 말이 없다가 그가 말했다. "그러면 부인들께서 별장에 머무시는 스무날 동안에 사공이 필요하겠네요? 아니면 하루 단위나 주 단위로?"

코니와 힐더가 잠깐 생각했다. 육지에서 차를 갖는 것이 선호되는 것처럼 베네치아에서는 곤돌라를 이용하는 것이 언제나 선호되었다.

"별장에는 어떤 종류의 배가 있나요?"

"모터보트가 있고 곤돌라도 있습니다. 그렇지만—" 이 **그렇지만**이란 말에는 그 배들이 그녀들의 차지가 되지 못한다는 뜻이 담겨 있었다.

"얼마에 빌리나요?"

하루에 삼십 실링가량이고 일주일엔 십 파운드였다.

"그게 공정 가격인가요?" 힐더가 물었다.

"공정 가격보다 싸지요. 부인, 공정 가격은—"

자매가 다시 생각해 보았다.

"좋아요." 힐더가 말했다. "그럼 내일 아침에 와요. 그렇게 결정할게요. 이름이 뭐지요?"

그의 이름은 지오반니였다. 그리고 몇 시에 올 것이고 누구를 찾아야 하느냐고 물었다. 힐더는 명함이 없었다. 그래서 코니가 자기의 명함을 주었다. 그가 뜨겁게 달아오른 남국인의 푸른 눈으로 그 명함을 재빨리 훑어보더니 다시 한 번 더 보았다.

"아!" 그가 표정이 밝아지면서 말했다. "귀부인이시군요! 귀부인, 맞지요?"

"콘스탄차 부인이에요!" 코니가 대답했다.

그가 고개를 끄덕이고 그 이름을 작게 되뇌었다. "콘스탄차 부인!" 그리곤 조심스레 그 명함을 블라우스 속에 간직했다.

에스메랄다 별장은 꽤 멀리, 키오자 항[16]이 보이는 초호의 끝에 있었다. 별장은 그리 오래된 건물이 아닌 데다 바다가 보이

---

16 베네치아 만에 있는 항구.—역주

는 테라스가 있어 쾌적하였다. 그 아래 꽤 큰 정원에는 나무들이 무성하고 정원과 초호 사이에는 담이 둘러쳐 있었다.

주인은 육중하고 좀 거친 스코틀랜드 사람으로 전쟁 전에 이탈리아에서 상당한 재산을 모았고 전쟁 중에는 극도의 애국심을 발휘해서 기사 작위를 획득했다. 그의 부인은 자기의 재산은 한 푼도 없는, 마르고 창백하며 날카로운 성격의 사람이고, 남편의 좀 추저분하고 호색적인 행각을 제재해야 할 불행을 안고 있었다. 남편은 하인들을 심히 못살게 볶아댔다. 그러나 겨울 동안에 뇌졸중을 가볍게 앓은 관계로 이제는 부인이 수월하게 제재할 수 있었다.

별장엔 손님들이 꽤 붐비고 있었다. 맬컴 경과 두 딸 외에도 일곱 사람이 더 있었다. 역시 두 딸과 같이 온 스코틀랜드 부부, 젊은 이탈리아 미망인인 백작 부인, 그루지야 공화국의 젊은 공자(公子)와 아직은 젊은 축인 영국 목사가 묵고 있었다. 이 목사는 과거에 폐렴을 앓은 적이 있어 자신의 건강을 위해 집주인인 알렉산더 경의 전속 목사로 이곳에서 지내고 있었다. 무일푼인 공자는 아주 잘 생긴 데다 몰염치하게 처신을 해서 남의 운전기사로 들어가면 제격일 것 같았다. 미망인 백작 부인은 어디엔가 정부를 숨겨놓고 지내는 듯한 자그마한 몸집의 여자였다. 목사는 버킹엄 주의 한 교구 출신으로 고지식하고 소박한 자였다. 참 운 좋게도 그는 집에 아내와 두 딸을 두고 올 수 있었다. 그리고 네 식구인 거스리 일가는 상당히 부유한 에든버러 중산층 사람들로 모든 것을 실속 있게 즐기며 온갖 것을 해보면서 위험은 무릅쓰지 않았다.

코니와 힐더는 처음부터 그 공자는 제쳐 놓았다. 거스리 가 사람들은 다소 자기네와 비슷한 점이 있고 아주 실질적이었으나 따분한 데가 있었다. 그리고 딸들은 남편감을 고르고 있었다. 목사는 나쁜 사람은 아니었으나 너무 경건하게 굴었다. 알렉산더 경은 가볍게 중풍을 맞은 후론 그 잘하던 농담을 잘 못하지만 젊고 아름다운 여자들이 주변에 많이 있으면 여전히 흥분하였다. 쿠퍼 부인은 조용하고 심술이 사나운 여자였다. 그녀는 따분하게 시간을 보내는 불쌍한 여자였으나 모든 다른 여자들을 차가운 시선으로 지켜보는 것이 그녀의 습성처럼 되어 버렸다. 또 차갑고 고약한 말을 해서 그녀가 모든 사람을 얼마나 저속하게 생각하고 있는가를 여지없이 드러냈다. 또한, 하인들에게도 독살스럽도록 거만하게 구는 걸 코니가 보았다. 그러나 아주 은밀하게 그런 짓을 했다. 그녀는 또 알렉산더 경 **스스로가** 곧 이 별장의 군주이며 지배자라고 생각하게끔 교묘하게 알랑거려서, 알렉산더 경은 뚱뚱하고 쾌활한 느낌의 배를 앞으로 내밀고는 힐더의 말대로 완전히 지루한 농담을 자신만의 독특한 해학이라 생각하고 떠들었다.

맬컴 경은 그림을 그리며 지내고 있었다. 그는 가끔 자신의 스코틀랜드 풍경화와 대조가 되게 베네치아의 초호 풍경을 그리곤 했다. 그래서 오전에는 엄청 큰 화판을 가지고 노를 저어 자기만의 '장소'로 갔다. 조금 후엔 쿠퍼 부인이 스케치용 화판과 물감을 싣고 시내 한복판으로 노를 저어 갔다. 그녀는 철두

철미하게 수채화 화가였다. 그래서 집에는 장밋빛의 궁전들, 컴 컴한 운하, 흔들다리나 중세 건물의 정면 등을 그린 그림들로 꽉 차 있었다. 그다음 조금 후에는 거스리 가 식구들, 공자, 백작 부인, 알렉산더 경과 가끔은 목사인 린드 씨가 리도 섬[17]으로 가 곤 했다. 거기에서 그들은 수영하고 한 시 반에 늦은 점심을 먹 으려고 별장으로 돌아오곤 했다.

그 별장 내에서 열리는 파티는 정말로 지루했다. 그러나 이 런 것이 자매에겐 별문제가 되지 않았다. 그들은 늘 외출을 했 다. 아버지가 전람회에 그들을 데리고 갔는데, 수없이 길게 전 시된 따분한 그림들이었다. 또는 딸들을 루키스 별장에 있는 오 랜 친구들에게 데리고 가기도 하고 따사로운 저녁에는 플로리 안 식당의 옥외 테이블 하나를 차지하고 딸들과 광장에 앉아 있 기도 했다. 그는 딸들을 데리고 극장엘 가거나 골도니[18]의 연극 을 보러 가기도 했다. 조명장치가 있는 수상 축제가 벌어지고 무도회도 열렸다. 그야말로 모든 휴양지 가운데서 가장 멋진 곳 이었다. 리도 섬에는 햇볕에 붉게 타거나 파자마 옷을 걸친 사 람들이 무수히 몰려 있어서 마치 물개들이 짝을 찾아 올라와 가 득 메운 바닷가 같았다. 광장에 왁자지껄 모여든 너무나 많은 사람, 리도 섬에 모인 너무나 많은 인간의 팔다리와 몸뚱이들, 헤아릴 수 없게 너무나 많은 곤돌라, 모터보트, 증기선, 비둘기,

---

17　베네치아 초호 부근의 해수욕장.—역주
18　18 세기의 이탈리아의 극작가.—역주

얼음, 칵테일, 팁을 바라는 급사들, 뒤섞여 지껄여대는 여러 나라의 언어 등이 너무나 많고, 너무나 많았다. 너무나 짙은 햇빛, 베네치아 특유의 짙은 냄새, 딸기를 가득 실은 너무나 많은 뱃짐, 비단 숄, 상점에 쇠고기 덩이처럼 크게 썰어놓은 수박 덩이들. 너무나도 지나친 향락, 이 모든 것이 너무나 지나치게 광란하고 있었다!

코니와 힐더는 밝은 색의 원피스를 입고 돌아다녔다. 그들이 아는 사람들이 많이 있었다. 또 많은 사람이 그들 자매를 알아보았다. 마이클리스가 전혀 예기치 않게 나타났다. "안녕들 하셨어요? 어디에 묵고 계세요? 아이스크림이나 무얼 좀 같이 듭시다! 내 곤돌라를 타고 어디든 가요." 마이클리스조차 햇볕에 거의 그을리다시피 하였다, 비록 '햇볕에 익었다'는 말이 이곳에서 들끓고 있는 무리의 피부색에 어울리는 표현이었지만.

어떤 면에서는 즐거웠다. 거의 향락이라 할 정도였다. 그러나 왠지 그 많은 칵테일을 마시고 미지근한 물에 몸을 담그고 뜨거운 태양 아래 뜨거운 모래 위에서 일광욕하고 뜨거운 밤의 열기 속에서 어떤 남자와 살을 맞대며 재즈 춤을 추다가 얼음으로 열정을 가라앉히는 것. 이것은 완전한 최면제였다. 그것이 바로 모두가 원하는 마약이었다. 흐느적거리며 느리게 흔들리는 물도 마약이었다. 태양도 마약. 재즈도 마약. 담배, 칵테일, 얼음, 베르무트 술, 이 모든 것이 마약이었다. 마약에 몽땅 취해버리는 것! 그것은 향락! 향락이었다!

힐더는 이런 마약에 취하는 걸 어느 정도 즐겼다. 그녀는 모든 여자를 훑어보고 그들에 대해 이런저런 식으로 추측하는 것이 재미났다. 여자들은 다른 여자들에게 정신이 팔릴 정도로 관심을 두기도 한다. 저 여자의 모양새 좀 봐! 저 여자가 어떤 남자를 홀린 거야? 그래 어떤 재미를 보고 있는 거지? 하얀 플란넬 바지를 입은 덩치가 큰 남자들은 꼭 커다란 개처럼 누가 쓰다듬어주기를, 또 함께 뒹굴며 놀기를, 아니면 여자와 재즈 춤을 추면서 서로 배를 비벼대길 기다렸다.

힐더는 재즈를 좋아했다. 왜냐하면, 소위 어떤 남자의 배때기에 자기의 배를 대고는 마루의 이곳저곳을 가로지르며 춤을 추면서 자기 몸의 움직임을 남자가 주도하도록 맡겼다가 남자의 품에서 벗어나면 '그 동물'을 완전히 모른 척할 수 있었기 때문이다. 그러니까 남자는 이용만 당했다. 코니는 불쌍하게도 그런 것을 즐길 수가 없었다. 그녀는 재즈를 추려고 하지 않았다. 왜냐하면, 자신의 배를 어떤 '동물'의 배에 대고 비비길 원치 않았기 때문이다. 그녀는 리도 섬의 거의 나체로 뒤섞인 무리를 싫어했다. 사실 그 수많은 무리의 몸을 적셔줄 만큼의 물이 부족했다. 알렉산더 경과 쿠퍼 부인을 싫어했다. 그녀는 마이클리스나 그 누구든 그녀의 꽁무니를 졸졸 따라다니는 걸 원치 않았다.

가장 행복한 때는 힐더와 같이 늪을 가로질러 멀리 간 때였다. 그들은 멀리 떨어진 한적한 자갈투성이의 해변 둑으로 가서 곤돌라를 산호초의 안쪽에 묶어 놓고 둘만이 해수욕을 즐겼다.

지오반니는 자기를 도울 다른 사공을 데리고 왔다. 그곳까지

거리가 멀고 땡볕 아래에서 그가 엄청 땀을 흘렸기 때문이다.

지오반니는 아주 좋은 사람이었다. 이탈리아 사람들이 그렇듯 그는 상냥하면서도 냉정한 면이 있었다. 이탈리아 사람들은 열정을 겉으로 드러내지 않고 깊은 곳에 간직하는 경향이 있었다. 그들은 쉽게 감동하고 상냥하지만, 열정은 좀처럼 오래가지 않았다.

그래서 지오반니는 과거에 수많은 귀부인을 정성껏 모셨듯이 자매들에게도 헌신적이었다. 그는 그들이 원한다면 자신의 몸을 팔 준비가 언제든 되어 있었다. 그는 속으로는 그들이 자기를 원하기를 바랐다. 그러면 상당한 대가를 줄 것이고 그것은 그가 곧 결혼할 터이기에 아주 유용할 것이었다. 그는 자기가 곧 결혼할 것이라 이야기했고 자매는 적절히 관심을 보였다.

그는 늪을 가로질러 먼 곳으로 가는 이번 뱃놀이엔 무슨 용무가 있을 것으로 생각했다. 용무란 **사랑**을 의미했다. 그래서 그가 자신을 도와줄 사공을 고용했다. 왜냐하면, 그 거리가 상당히 **멀기도** 했지만, 여자가 두 명이나 되었기 때문이다. 두 명의 부인에 두 마리의 고등어라! 아주 잘 맞는 산술이다! 게다가 아름다운 부인들이 아닌가! 그는 그녀들이 아주 자랑스러웠다. 지금까지 그에게 명령을 내리고 대가를 지급한 쪽이 연상의 부인이었지만 그를 **사랑**의 대상으로 선택할 쪽은 젊은 귀부인이기를 바랐다. 그리고 그녀가 돈을 더 많이 줄 것 같았다.

그가 데려온 사공은 다니엘레라는 남자였다. 그는 정식 사공이 아니었다. 그래서 그에겐 행상인이나 매춘남 같은 면이 전혀 없었다. 그는 산돌라 뱃사공이었다. 산돌라는 섬에서 과일과 농산물을 나르는 커다란 배를 지칭하는 것이었다.

다니엘레는 키가 크고 몸의 균형이 잘 잡힌 미남이었다. 다소 작고 둥근 머리에 연한 금발의 짧은 곱슬머리와 조금은 사자같은 잘 생긴 남자다운 얼굴과 멀리 바라보는 푸른 눈을 지니고 있었다. 지오반니처럼 감정을 겉으로 드러내며 말을 많이 하지않고 술도 좋아하지 않았다. 그는 침묵을 지켰다. 그리곤 마치혼자 물 위에 떠 있는 듯 힘을 주면서도 수월하게 노를 저었다. 부인들은 자기와는 거리가 먼 부인들에 불과했다. 그들에게 시선조차 주지 않고 앞만 쳐다보았다.

그는 진짜 남자로 지오반니가 술을 과하게 마시고 노를 서툴게 저을 때면 커다란 노를 마구 흔들며 화를 좀 내기도 했다. 그는 멜러즈가 진짜 남자인 것처럼 그도 몸을 팔지 않는 남자였다. 코니는 여차하면 감정을 쉽게 발산하는 지오반니의 미래의아내가 불쌍하다는 생각이 들었다. 그러나 다니엘레의 아내는이 도시의 뒤안길에서 아직도 볼 수 있는 얌전하고 꽃같이 사랑스러운 베네치아 여자 중의 한 사람일 것이리라.

아, 남자가 나서서 여자에게 몸을 팔고, 다음엔 여자가 남자에게 몸을 파는 것이 얼마나 슬픈 일인가. 지오반니는 개처럼침을 질질 흘리며 여자에게 자신을 내어주길 원하고 있다. 더구나 돈을 위해서! 코니가 멀리 물 위에서 나지막이 장밋빛을 띠고 있는 베네치아를 바라보았다. 돈으로 세워지고 돈으로 꽃피우고 돈 때문에 죽어가는 곳. 돈으로 죽어가고 있어! 돈, 돈, 돈,

매춘과 죽음.

  그렇지만 다니엘레는 남자로서의 자유로운 충성을 지킬 수 있는 사내다운 남자였다. 그는 곤돌라 사공들의 제복도 입지 않았다. 단지 푸른색의 메리야스 스웨터를 입고 있었다. 그는 좀 거칠고 무뚝뚝하며 자존심이 있었다. 그는 두 여자에게 고용된 좀 개 같은 지오반니에게 다시 고용된 처지였다. 세상은 그런 거야! 예수가 악마의 돈을 거절했을 때, 그는 유대인 은행가 같은 악마를 세상에 그냥 남겨두어 전체 상황을 장악하게 했다.

  코니는 햇볕이 강렬하게 내리쬐는 석호에서 몽롱하게 취한 상태가 되어 별장에 돌아오곤 했는데 그때마다 집에서 온 편지가 기다리고 있었다. 클리퍼드는 규칙적으로 편지를 썼다. 그는 아주 편지를 잘 써서 그 편지들을 한 권의 책으로 엮어낼 정도였다. 이런 이유로 코니는 편지에 별로 흥미를 느끼지 못했다.

  그녀는 석호의 이글거리는 강렬한 햇빛, 철썩이는 바닷물의 소금기, 광활한 하늘, 공허감과 무로 인해 거의 몽롱한 상태로 지내고 있었다. 그리고 건강, 건강에 완전히 둔감해질 정도로 건강했다. 아주 흐뭇했다. 그런 상태에서 아무것도 걱정하지 않고 편안히 나날을 보내고 있었다. 더구나 그녀는 임신 중이었다. 이제야 그 사실을 알았다. 태양과 늪의 소금기 가운데서 해수욕을 하다 자갈밭에 눕다가 조개를 줍고 곤돌라를 타고 멀리 멀리 떠내려가는 데서 얻는 황홀감은 그녀 배 속에 있는 생명체로 인해 더 완전하게 되었다. 몽롱한 만족감은 또 다른 건강의 충만함이었다.

그녀가 베네치아에 온 지 보름이 되고 앞으로 열흘이나 보름 정도 더 있을 작정이었다. 햇볕은 언제나 강렬하게 이글거리고 육체적인 건강이 충만하다 보니 모든 것을 완전히 잊은 채 지낼 수 있었다. 그녀는 심신의 안녕으로 인해 일종의 멍한 황홀감에 빠져 있었다.

그런데 클리퍼드의 편지가 그녀를 이런 상태에서 흔들어 깨웠다.

"우리에게도 이 지역을 좀 떠들썩하게 한 사건이 터졌소. 사냥터지기 멜러즈의 농땡이 여편네가 그의 집에 어느 날 갑자기 나타났는데 환영을 받지 못했소. 사냥터지기가 여편네를 내쫓고 문을 잠가 버렸소. 그러나 소문에 따르면 사냥터지기가 숲의 일을 마치고 집에 돌아와 보니 더 이상 곱지도 않은 그 여편네가 **완전한 나체**(puris naturalibus)로 그의 침대에 떡하니 자리 잡고 있었소. 또는 **더러운 나체**(impuris naturalibus)라고 말하는 사람도 있소. 그 여편네가 창문을 깨고 들어왔다는 거요. 멜러즈는 이 사나운 여자를 자기 침대에서 쫓아낼 수가 없어 하는 수 없이 테버셜 마을에 있는 자기 어머니 집에 가 있다고 하오. 한편 그 스택스 게이트의 비너스는 그 집에 자리를 잡고 있으면서 자기 집이라고 주장한다고 하오. 아폴로[19]는 분명 테버셜 마을에 거처하고 있소.

---

19 멜러즈를 빗대어 한 말.—역주

멜러즈가 개인적으로 나한테 온 적이 없어서 풍문으로 들은 이야길 여기에 되풀이하고 있소. 특히 이 동네 쓰레기 같은 소문은 우리 집에 있는 추문 수집쟁이자 따오기, 썩은 고기를 즐겨 먹는 독수리 같은 볼턴 부인에게서 들은 거요. '만약에 **그 여편네가** 그 집 근처에 얼쩡거린다면 마님은 더 이상 숲에 가시지 않을 겁니다!'라고 볼턴 부인이 말하지 않았더라면 내가 이런 말을 옮기지 않았을 거요.

백발을 휘날리며 분홍빛 피부를 번쩍이면서 바다로 뛰어드는 맬컴 경을 그린 당신의 그림은 마음에 들었소. 그런 태양을 즐기는 당신이 참 부럽소. 여기는 비가 추적거리고 있소. 그래도 난 맬컴 경의 고질적이고 필사적인 육욕은 부럽지 않소. 그렇지만 그건 그 어르신 나이에 어울리는 것 같소. 분명히 사람은 나이가 들수록 더 육욕적이고, 사람은 더 늙을수록 더 필사적이 되는 것 같소. 오로지 젊음만이 불멸을 맛보오. —"

코니는 이 소식에 거의 멍한 황홀 상태에 있다가 마음이 뒤흔들리고 격분하여 안절부절못했다. 이제 그녀가 그 짐승 같은 여편네 때문에 시달릴 판이 되었다니! 이제 코니는 깜짝깜짝 놀라고 속을 태워야 했다! 멜러즈에게서는 편지가 없었다. 그들은 편지를 아예 안 쓰기로 약속을 했지만, 사정이 이렇다 보니 그녀는 직접 멜러즈에게서 소식을 듣고 싶었다. 결국, 그는 앞으로 태어날 아기의 아버지가 아닌가. 그에게서 직접 소식을 들어야 할 텐데!

그러나 얼마나 가증스러운 일인가! 이제 모든 것이 뒤죽박죽되어 버렸으니. 그 하층민 사람들이란 얼마나 추잡스러운가! 영국 중부지방의 그 음울한 혼란에 비하면 햇볕과 나태 속의 이곳 생활이 얼마나 좋은가! 결국, 쾌청한 하늘이 거의 인생에서 가장 중요한 것이었다.

그녀는 힐더 언니에게조차도 임신했다는 사실을 알리지 않았다. 그녀는 볼턴 부인에게 편지를 써서 정확한 사실을 알려달라고 했다.

그들의 예술가 친구인 덩컨 포브스가 로마를 떠나 에스메랄다 별장에 도착했다. 이제 그가 곤돌라의 세 번째 승객이 되어 그들과 함께 초호 지대를 넘어가서 해수욕을 즐기며 그들의 호위병 노릇을 했다. 그는 조용하고 거의 말이 없는 젊은이로 그림에 매우 뛰어난 재주를 드러냈다.

볼턴 부인의 편지가 도착했다.

"마님께서 클리퍼드 경을 다시 뵙게 되면 아주 기뻐하실 겁니다. 아주 원기를 되찾으셔서 열심히 일하시며 희망에 가득 차 계십니다. 물론 마님께서 우리 곁으로 하루속히 돌아오시길 고대하고 계십니다. 마님이 안 계시는 라그비 저택은 아주 쓸쓸합니다. 그래서 마님께서 저희 곁으로 오시면 다시 한 번 크게 환영할 겁니다.

멜러즈 씨로 말하면 클리퍼드 경께서 어디까지 그에 대해 말씀하셨는지를 모르겠네요. 어느 날 오후에 그의 아내가 갑자기 돌아왔고 그가 숲에서 돌아와 보니 그녀가 문간에 앉아 있었대요. 그녀의 말이 자기가 그의 정식 아내이니 돌아와서 함께 살고 싶고 절대로 이혼은 할 수 없다고 했대요. 그러나 사냥터지기는 그녀에게 아무런 상관을 하지 않으려고 그녀를 집에 들이질 않고 그 자신도 집에 들어가질 않았답니다. 다시는 문을 열지 않고 숲으로 돌아갔다고 해요.

그러나 그가 어두워진 후 집에 돌아와 보니 누군가가 집을 부수고 들어간 흔적이 있어 그녀가 무슨 짓을 했나 이 층으로 올라갔더니 실오라기 하나도 걸치지 않고 그의 침대에 있는 아내를 발견했답니다. 그래서 그는 그녀에게 돈을 주었으나 그녀는 자기가 조강지처이니 자기를 다시 받아들여야 한다고 했답니다. 그들이 무슨 난장판을 벌였는지는 모릅니다. 그의 어머니가 그 얘길 저에게 해 주었는데 몹시 화가 나 있었습니다. 글쎄, 멜러즈 씨는 아내에게 그녀와 다시 같이 사느니 차라리 죽겠다고 말했고 자기의 물건들을 가지고 테버셜 마을의 어머니 집으로 곧장 갔답니다. 그는 그 밤을 지낸 후 정원을 통해서 숲으로 들어왔으며 집 근처엔 얼씬도 안 한답니다. 그날 아내는 만나지 않은 듯합니다. 그러나 그 여자가 이튿날 베갈리에 있는 남동생 댄의 집으로 가서 욕을 퍼붓고 떠들어 대며 자기가 그의 법적인 아내인데 그가 집에서 다른 여자들과 놀아나고 있다고 했답니다. 그 증거로 그의 옷 서랍에서 향수병과 재떨이에서 금박으로 끝이 둘러친 담배꽁초 등을 발견했답니다. 도대체 무슨 영문인지 전 모르겠습니다. 그리고 우체부 프레드 커크 씨의 말이 어느 날 아침 일찍 멜러즈 씨 침실에서 누군가의 말소리를 들었고 오솔길에 자동차가 서 있었다고 해요.

멜러즈 씨는 어머니 댁에서 계속 지내며 정원을 통해서 숲으로 간답니다. 아마도 아내가 계속 숲 속 집에서 지내는 것 같습니다. 저, 말하자면 끝이 없어요. 그래서 마침내 멜러즈 씨가 톰 필립스와 함께 집에 가서 가구와 침대를 대부분 가져왔고 펌프의 손잡이까지도 빼버렸기 때문에 그 여자도 할 수 없이 집을 나왔다고 합니다. 그렇지만 스택스 게이트로 돌아가는 대신에 그 여자는 베갈리에 사는 스웨인 부인 댁에서 머물고 있답니다. 왜냐하면, 그 여자의 올케가 그 여자를 집에 들이지 않으려 했기 때문이래요. 그리고 그 여자는 멜러즈 씨를 잡으려고 그의 어머니 댁에 계속 갔답니다. 그 여자는 그가 자기와 오두막집에서 함께 잤다느니 하며 떠들고 그에게서 생활비를 톡톡히 받아내려고 변호사를 찾아갔답니다. 그 여자는 전보다 더 뚱뚱해졌고 더 천박해졌으며 황소처럼 억세졌어요. 그리고 멜러즈 씨에 대해 아주 흉측스런 욕을 하고 다닙니다. 어떻게 그가 집에 여자들을 불러들였고 그들이 결혼했을 때 그가 그녀에게 어떤 처신을 했는지, 아주 저속하고도 짐승 같은 짓을 그녀에게 했다느니 등 도대체 알 수 없는 말을 지껄이고 다닙니다. 여자가 일단 입을 열고 떠들기 시작하면 얼마나 상대를 악랄하게 해칠 수 있는지 정말 끔찍합니다. 그녀의 말이 아무리 터무니없고 천박해도 세상에는 그런 말을 좋아하며 믿는 사람들이 있기 마련이니 더러는 사실처럼 받아들여지지요. 멜러즈 씨가 여자에게 천박하고 짐승처럼 행동한다고 그녀가 떠들어대는 말은 정말로 사람들에게 크나큰 충격이었습니다. 그리고 세상 사람들은 다른 이들에 대해 좋지 못한 말을 무턱대고 믿으려 하는데 특히나 이런 이야기는 더욱 그렇지요. 그 여자는 그가 살아있는 한 그를 절대로 그냥 두지 않겠다고 단언을 했다고 합니다. 제 말은요, 만약에 그가 그 여자에게 그렇게 짐승처럼 굴었다면 왜 그에게 돌아가려고 열을 내는지요? 물론 그 여자는 남자보다 몇 살 연상이니까 이제 갱년기에 가까워져 온 거지요. 그리고 이러한 상스럽고 폭력적인 여자들은 갱년기가 닥치면 얼마간 정신이 이상해진다고 합니다 ―"

이것은 코니에게 견딜 수 없을 만큼 치욕스런 충격이었다. 그녀는 분명히 이 야비하고 치욕스런 소문에 한 몫 끼어있는 꼴이 되었다. 그녀는 멜러즈가 버사 쿠츠와의 관계를 깨끗이 청산하지 않은 것에 몹시 화가 났다. 아니, 그런 여자와 결혼을 했다는 것에 화가 났다. 어쩌면 그자는 야비한 것을 추구하는 욕망을 가진 자인지도 모른다. 코니는 그와 함께 보낸 마지막 밤을 생각하며 치를 떨었다. 그자는 버사 쿠츠와도 그런 모든 관능을 이미 즐겼구나! 그건 정말 욕지기가 나오는 일이었다. 그와의 관계를 깨끗이 청산해 없애버리는 편이 나을 것이다. 그는 정말 야비하고 상스러운 사람인지도 모르지.

그녀는 그 애정 관계 전체에 대해서 심리적인 격변을 느꼈다. 오히려 거스리 씨네 딸들의 무경험의 얼빠진 모습과 어리숙한 처녀다움이 부러웠다. 그리고 지금쯤 누군가가 그녀와 사냥터지기와의 관계를 눈치챘으리란 생각에 치를 떨었다. 얼마나 말할 수 없이 치욕스런 일인가! 그녀는 지치고 두렵고 체면만이 라도 유지하고픈 갈망에 사로잡혔다. 거스리 씨네 딸들이 보이 는 비속하고 활력 없는 체면이라도 유지하고 싶었다. 혹시라도 클리퍼드가 그녀의 행각을 알기라도 한다면 얼마나 말할 수 없 이 치욕스럽게 느낄까! 그녀는 세상과 그 더러운 악담이 두려워 몸서리를 쳤다. 배 속의 아기를 없애고 관계를 깨끗이 정리하는 것이 나을 거란 생각까지도 했다. 한마디로 그녀는 공황 상태에 빠져 있었다.

향수병으로 말하면 그건 순전히 그녀의 어리석음에서 나온 문제였다. 그녀는 유치한 기분에 젖어 서랍에 든 그의 손수건 한두 개와 셔츠에 향수를 뿌리고픈 충동에서 벗어날 수가 없었 다. 그래서 반쯤 남은 오랑캐꽃 향이 나는 작은 코티 향수병을 그의 옷가지 사이에 넣었다. 그 향을 맡으며 그녀를 기억해주길 바랐다. 담배꽁초는 힐더 언니의 것이었다.

그녀는 덩컨 포브스에게 이 일을 어느 정도 털어놓지 않을 수가 없었다. 자신이 사냥터지기의 애인이라고는 말하지 않았 다. 다만 사냥터지기를 좋아한다고 하며 그 남자의 이력을 말해 주었다.

"아," 포브스가 말했다. "아시겠지만 사람들은 그를 끌어당 겨 파멸시킬 때까지는 절대로 가만두지 않을 겁니다. 만약에 중 산층으로 올라갈 기회가 왔는데도 그걸 거절한 사람이라면 또 자기의 섹스를 옹호하고 나서는 사람이라면 사람들은 그를 파멸시킬 겁니다. 세상 사람들이 가만히 두지 않는 것이 하나 있는데 그것은 바로 성을 솔직하게 공개하는 겁니다. 누구든 자기가 원하는 대로 더럽게 하고 지낼 수 있습니다. 사실은 섹스를 더럽힐수록 사람들은 그걸 더 좋아합니다. 그렇지만 만약에 당신의 섹스를 신봉하고 그것을 더럽히지 않으려 하면 사람들은 당신을 쓰러트릴 겁니다. 한 가지 상식을 벗어난 금기가 남아있는데요. 그것이 바로 자연스럽고 활기찬 섹스이지요. 세상 사람들은 그런 걸 용납하지 않습니다. 당신이 그런 걸 누리려 들면 그러기 전에 당신을 죽일 겁니다. 당신은 알게 될 거예요. 사람들이 그자를 죽으라 하고 쫓아가서 짓밟아버릴 겁니다. 결국, 그 사람이 무얼 했다는 말입니까? 가령 그가 자기 아내와 여러 가지 방법으로 사랑하는 경우 그가 그럴 권리가 없단 말입니까? 그의 아내는 그걸 자랑스럽게 여겨야 합니다. 그러나 아시겠지만 비천한 창녀 같은 여자까지도 그런 남자에 등을 돌리고 그를 끌어내리기 위해서 섹스에 반대하는 대중의 잔인한 본능을 이용하기도 합니다. 인간은 섹스를 즐기기 전에 섹스에 대해 코를 훌쩍이고 죄의식을 느끼거나 끔찍스럽다는 생각을 하게 됩니다. 아, 세상 사람들은 그 불쌍한 남자를 쫓아가서 짓이겨 놓을 겁니다."

이번에는 코니가 그 반대 방향으로 감정이 돌변해갔다. 결국, 그가 무엇을 했단 말인가? 그가 코니 그녀에게 무슨 짓을 했단 말인가? 그녀에게 절묘한 즐거움과 자유와 생명을 느끼게 해주지 않았는가? 그녀의 따뜻하고 자연스러운 성의 흐름의 길을 터주지 않았던가? 그렇게 했다고 세상 사람들이 그를 쫓아가서 짓이기려고 한다니.

아니, 아니지. 그리되어선 안 되지. 그녀는 그가 햇볕에 탄 얼굴과 손, 발가벗은 하얀 몸, 얼굴에 얄궂은 미소를 짓고 자신의 곧추선 남근을 내려다보며 마치 다른 존재인 양 말을 거는 모습을 그려 보았다. 그의 목소리가 들렸다. "당신은 가장 멋진 엉덩이를 가졌시유!" 그리고 그의 손이 따스하고 부드럽게 그의 아래를 쓰다듬으며 축복처럼 그녀의 은밀한 곳을 애무하는 걸 느꼈다. 그 따스함이 그녀의 자궁 속으로 흘러들고 작은 불길이 무릎에서 넘실거렸다. 그러자 그녀가 혼자 속삭였다. "아, 안 돼! 배반해서는 안 돼! 그를 배반해서는 안 돼! 나는 그에게, 그에게서 얻은 것에 충실해야 해. 그가 나에게 따뜻하고 불길 이는 생명을 주지 않았던가. 난 그것에 배반할 수는 없어."

그녀는 경솔한 행동을 하고 말았다. 아이비 볼턴에게 편지를 보내면서 그 속에 사냥터지기에게 쓴 짧은 글을 동봉하고 그에게 전해 달라고 부탁을 했다. 그녀는 사냥터지기에게 이렇게 썼다.

"당신 부인이 당신한테 일으킨 모든 고통스러운 일을 듣고 매우 마음이 아팠어요. 그러나 너무 걱정하지 마세요. 그건 일종의 히스테리니까요. 갑자기 닥쳐온 것처럼 곧 모두 사라질 거예요. 그렇지만 너무나 안됐어요. 너무나 심려하지 않기를 바라요. 그건 가치가 없는 거니까요. 그녀가 당신의 마음을 아프게 하려고 히스테리를 부리는 것에 지나지 않으니까요. 열흘이 지나면 집으로 돌아가려고 해요. 모든 일이 잘 마무리되길 바랍니다."

며칠 후에 클리퍼드에게서 한 통의 편지가 왔다. 그는 분명히 당황해 보였다.

"당신이 십육 일에 베네치아를 떠날 준비를 한다니 반갑소. 그렇지만 그곳에서 잘 지내고 있다면 서둘러서 집으로 올 필요는 없소. 라그비 저택에 있는 우리는 모두 당신을 그리워하고 있소. 그렇지만 당신은 일광욕을 충분히 하는 것이 중요해요. 리도 섬의 광고에 나오듯이 일광욕과 파자마 말이오. 그러니 거기에 있는 것이 즐겁고 우리의 이 지긋지긋한 겨울에 충분히 대비하기 위해서라도 거기에 좀 더 머물러 있는 것이 좋겠소. 오늘도 비가 추적거리고 있소.

볼턴 부인이 열성을 다해 감탄할 정도로 날 잘 돌보고 있소. 그녀는 참 이상한 여자요. 내가 살면 살수록 인간이 얼마나 괴상한 존재인가를 점점 더 깨닫고 있소. 몇몇 인간은 지네처럼 백 개의 다리를 갖거나 새우처럼 여섯 개의 다리를 갖는 것이 더 나을 거란 생각이 들어요. 우리가 동료 인간에게 기대하게 되는 일관성과 위엄이 실제는 존재하지 않는 것 같소. 심지어 자신 속에도 놀라울 정도로 많이 존재하는 것 같지 않소.

사냥터지기에 대한 추문이 눈덩이처럼 점점 더 불어나고 있소. 볼턴 부인이 이에 대해 계속 알려주고 있소. 그녀는 살아있는 동안 말을 못하지만, 아가미로 숨을 쉬면서 동시에 조용히 소문을 들이키는 물고기를 연상케 한다오. 소문이란 소문은 죄다 그녀의 아가미를 통해 걸러져 들어오고 그녀는 그 어떤 소리에도 놀라지 않소. 마치 다른 사람들의 삶에서 일어나는 사건들이 그녀에겐 절대로 필요한 산소 같은 역할을 하는 것 같소.

그녀는 사냥터지기에 대한 추문에 온통 정신을 쏟고 있소. 내가 일단 그에 대해 입을 떼게 하면 그녀는 아주 깊은 심연까지 나를 끌고 가오. 그녀의 대단한 분노는 연극배우의 분노 같은데 유독 사냥터지기의 아내에 대한 것이오. 그녀는 고집스레 사냥터지기의 아내를 버사 쿠츠라고 부르고 있소. 나는 이 세상에서 버사 쿠츠라는 여자의 진흙탕 같은 생활의 밑바닥까지 끌려들어 갔다가 소문의 흐름에서 벗어나게 되면 다시 표면으로 서서히 올라와 과연 그럴 수가 있을까 의아해하며 대낮의 햇볕을 바라본다오.

우리에게 모든 사물의 표면으로 보이던 우리의 세상이 실상은 심해의 **바닥**이라는 말은 전적으로 옳은 말인 것 같소. 우리의 모든 나무는 바다 속에서 자라는 것이고 우리는 새우처럼 썩은 고기를 먹고 사는 비늘로 덮인 괴이한 해저 동물이오. 아주 가끔 영혼이 우리가 사는 깊이를 알 수 없는 심연에서 숨이 가빠 숨을 쉬려고 진짜 공기가 있는 창공의 표면까지 멀리 올라오는 것이오. 우리가 정상적으로 호흡하는 공기는 일종의 물이고 남자와 여자는 일종의 물고기라고 확신하는 바요.

그러나 영혼이 가끔 바다 속 깊은 곳에서 먹이를 먹은 후 황홀하게 위로 올라와 갈매기처럼 빛 속으로 날아가는 것이오. 인류라는 해저의 정글에서 우리들의 동료의 유령 같은 물속의 생명을 먹이로 삼는 것은 우리 인간의 운명이라 생각하오. 그러나 우리가 일단 바다 속에서 헤엄쳐 다니는 포착물을 삼키고 나면 이곳을 벗어나 위로 올라가 찬란한 창공으로 다시 들어가는 것이 우리의 불멸의 운명이라 생각하오. 대양의 표면에서 튀어나와 진정한 빛으로 들어가는 것이 말이오. 그때 인간은 인간의 영원한 본성을 실현하는 것이오.

볼턴 부인의 말을 듣고 있을 땐 인간의 비밀이란 물고기가 꿈틀거리며 헤엄쳐 다니는 심연까지 나 자신이 계속 밑으로 빠져 들어 간다는 느낌이오. 육체의 욕구가 인간으로 하여금 부리 가득히 먹이를 물게 하는 거요. 그런 다음에는 다시 깊은 물속에서 창공을 향해 위로 올라가는 것이오. 젖은 곳에서 마른 곳으로 올라가는 것이오. 당신에겐 이 모든 과정을 이야기해 줄 수 있소. 그러나 볼턴 부인과 함께 있으면 나는 해저의 해초와 창백한 괴물들 사이로 계속 밑으로, 밑으로 무섭게 끌려들어 간다는 느낌이오.

우리가 사냥터지기를 잃을 것 같소. 그의 난폭한 아내의 추문은 가라앉기는커녕 점점 더 소란스럽게 불어나고 있소. 그는 입에 담을 수 없는 갖은 추잡한 짓을 했다고 비난을 받고 있으며 참 이상하게도 그 여자가 불쾌한 고기떼라 할 수 있는 광부들의 아내를 자기편으로 끌어들인 것이오. 그래서 이 마을은 온통 그 추잡한 소문으로 썩어가고 있소.

내가 듣기로는 버사 쿠츠라는 여자가 오두막집을 살살이 뒤진 다음에는 그의 어머니의 집에서 멜러즈를 공격했다고 하오. 그리고 어느 날엔 그 여자가 학교에서 돌아오는 자기 딸을 붙잡았다고 하오. 그러나 그 어린 것이 사랑하는 엄마의 손에 키스하는 대신에 손을 꽉 물었다는 것이오. 그래서 그 여자애는 어미에게서 뺨을 세게 얻어맞고는 비틀거리다 도랑에 처박혔다고 들었소. 그런데 이 아이를, 화가 치밀고 속상해하던 할머니가 도랑에서 구출했다고 하오.

그 여자는 놀라울 정도의 많은 양의 유독가스를 뿜어대고 있소. 그녀는 부부 사이에서는 깊은 결혼의 침묵이라는 가장 깊은 무덤 속에 보통은 파묻혀 있는 부부 생활의 모든 일을 상세하게 파헤쳐서 퍼뜨리고 있소. 십 년 동안 파묻어 두었던 것을 죄다 파헤쳐서 기괴한 싸움을 일으킨 거요. 난 이런 자세한 이야기를 린리와 의사에게서 들었는데 의사가 아주 재미있어합디다. 물론 별 이렇다 할 것도 없어요. 인간은 예부터 흔치 않은 성교 자세에 대해 항상 이상한 호기심을 가져왔지요. 그리고 벤베누토 첼리니[20]가 말한 '이탈리아식으로' 아내를 이용하기를 좋아한다 해도 그건 단순한 취미의 문제지요. 그러나 우리의 사냥터지기가 그토록 여러 가지의 기교를 발휘할 줄은 상상조차 못 했소. 의심할 바 없이 버사 쿠츠 자신이 처음에 그런 기교를 그에게 가르쳤을 것이오. 여하튼 그것은 그들 나름대로의 추행이지 다른 사람들과는 아무 상관이 없는 것이오.

---

20 Benvenuto Cellini, 이탈리아의 조각가.-역주

하지만 이런 말엔 너도나도 귀를 기울이지요. 내가 그랬던 것처럼. 십여 년 전만 해도 일반적인 예의범절이 그런 추문을 잠재웠을 거요. 그렇지만 그런 일반적인 예의범절은 더 이상 존재하지 않기에 광부의 아낙네들이 반기를 들고 일어나 조금도 부끄러워하지 않고 큰 소리로 떠들어대고 있소. 지난 오십 년 동안에 태어난 테버셜 마을의 모든 어린아이는 흠 없는 깨끗한 임신의 결과이고 모든 비국교도의 여성들은 빛나는 잔 다르크라고 생각되어 왔소. 우리가 존경하던 사냥터지기가 다소 라블레[21]적인 면을 갖고 있었다는 사실은 크립펜[22]과 같은 살인자보다 더 괴물답고 충격적인 인물로 보이게 하오. 그렇지만 테버셜 마을 사람들이 이런 별별 이야기를 다 믿는다면 그들은 절제 없는 무리라 보겠소.

그렇지만 문제는 밉살스러운 버사 쿠츠가 자신의 경험과 고통만을 이야기하지 않는다는 것이오. 그 여자는 남편이 집에 여자들을 계속 '데리고' 있었다고 떠들어대면서 제멋대로 몇몇 여자의 이름을 입에 올린다는 거요. 이로 인해 몇몇 점잖은 여자들의 이름이 진흙탕에 끌려들어 가게 되었고, 그 결과 일이 걷잡을 수 없게 상당히 멀리까지 퍼져나간 거요. 그래서 그 여자에게 금족령이 내려졌소.

---

21 Francois Rabelais, c. 1483-1553. 프랑스의 풍자만화가. 야비하고 우스꽝스럽다는 의미.—역주

22 Dr. Hawley Harvey Crippen, 1962-1910. 1910년에 아내를 독살한 것이 발각되어 살인죄로 교수형에 처했음.—역주

숲에서 그 여자를 쫓아내는 것이 불가능했기 때문에 내가 멜러즈를 불러 이 일에 대해 면담을 해야 했소. 그자는 평상시처럼 '디의 방앗간 주인'[23] 같은 태도로 돌아다니고 있소. '나는 누구도 상관치 않아. 그 아무도. 그러니 아무도 나에게 이러쿵저러쿵하지 마라!' 하는 태도요. 그런데도 그 사람이 속으론 꽁지에 양철 깡통을 달아맨 개 같은 심정일 거로 생각하오. 비록 겉으론 아무것도 꽁지에 매달리지 않은 척하지만. 그러나 그가 마을을 지나가면 마치 그가 사드 후작[24]이나 되는 것처럼 부인들이 자기 아이들을 집으로 불러들인다고 들었소. 그자는 철면피로 돌아다니지만 내 생각에 양철 깡통이 그의 꼬리에 단단히 묶여있어서 그가 내심으론 스페인 가요에 나오는 돈 로드리고처럼 '아, 그것이 내가 죄를 크게 지은 곳을 물어뜯는구나!'라고 되뇌고 있을 거요.

내가 그자에게 사냥터지기의 일을 계속할 수 있겠냐고 물었더니 자기는 사냥터지기 일을 소홀히 한 적이 없다고 대답했소. 그래서 내가 그 여자가 숲을 침입하는 것은 골치 아픈 일이라고 했더니 그자가 자기에겐 그 여자를 체포할 권리가 없다고 대답했소. 그래서 내가 추문과 불쾌한 과정을 암시적으로 말했소. 그랬더니 그자가 이렇게 말하더군. '글쎄요. 사람들은 자기네 씹을 제

---

23 아이작 비커스태프(Isaac Bickerstaff, c. 1735-1812)가 작곡한 오페라 〈어느 마을의 사랑〉의 주인공.—역주

24 Donatien A. F. Comte de Sade, 1740-1814, 프랑스의 성적인 판타지의 작가. 그의 이름을 따서 Sadism이란 용어가 생김.—역주

대로 할 것이지, 그러면 다른 남자의 행위에 대한 뜬소문엔 별로 귀를 기울이지 않을 겁니다.'

그 사람은 좀 비통해하며 그 말을 했소. 물론 의심할 바 없이 그 말엔 진짜 진리의 씨앗이 담겨 있소. 그러나 그걸 표현하는 방식이 고상하지도 점잖지도 않았소. 그래서 내가 이 점을 넌지시 암시했더니 그의 양철 깡통이 덜컹거리는 소릴 다시 들었소. '클리퍼드 경, 내 두 다리 사이에 남근을 가졌다고 나를 힐난하는 것은 당신 같은 몸을 가진 사람이 할 소리가 아닙니다.'라고 합디다.

이런 말들을 아무에게나 분별없이 하는 것은 물론 그에게 전혀 도움이 되는 게 아니오. 그래서 목사와 린리와 버러스도 모두 사냥터지기가 이곳을 떠나는 게 상책이라고 생각했소.

그가 집에서 부인들을 접대한 것이 정말이냐고 물었더니 그자가 이렇게만 대답하더군. '아니, 클리퍼드 경. 그게 나리와 무슨 상관입니까?' 내가 내 토지 안에서는 예의범절이 지켜져야 한다고 했더니 그자가 대답하더군. '그러면 모든 여자의 입에다 단추를 채워놓아야 겟시유.' 내가 집에서의 그의 사생활에 대해서 계속 추궁을 했더니 그가 '분명히 나리께서는 나와 나의 암캐 플로시 사이에도 무슨 추문이 있다고 말씀하시겟시유. 그런데유, 그 말씀은 틀렸시유.'라고 대꾸했소. 사실이지, 그보다 더 무례한 사람은 그 어디에도 없을 것이오.

그에게 다른 직장을 쉽게 구할 수 있냐고 물었소. 그랬더니 그가 '나리께서 이 일터에서 저를 쫓아내고 싶다는 암시만 주시면

그건 쉽게 이루어질 것입니다.'라고 대답했소. 그래 그자가 내주
말경에 아무런 말썽도 없이 떠나게 되었소. 그리고 조 체임버스
라는 젊은이가 오기로 되어 있는데 그가 이 젊은이에게 될 수 있
는 대로 여러 가지 기술을 다 가르치는 중이오. 그가 떠날 때 한
달 치 급료를 더 준다고 했소. 그러나 그자는 내 돈은 내가 가지
고 있으라 했소. 내겐 양심을 달래야 할 일이 없다고 하면서. 그
게 무슨 말이냐고 물었더니 그자가 대답하더군. '클리퍼드 경, 저
에게 빚을 진 것이 없으니 나리께서 저에게 돈을 더 주실 필요는
없습니다. 혹시나 제 셔츠의 끝이 겉으로 삐져나와 있는 걸 보시
거든 알려 주시지요.'라고.

　이 일은 일단 이렇게 끝을 냈소. 그 여자는 이 고장에서 사라졌
소. 어디로 갔는지 우린 모르지만. 그렇지만 그 여자가 얼굴을 이
테버셜 마을에 다시 보이는 날엔 곧 체포될 거요. 그 여자는 감옥
을 몹시 싫어한다고 들었소. 그녀가 감옥에 갈만한 짓을 저질렀
기 때문이오. 멜러즈는 다음 주 토요일에 떠날 것이고 그러면 이
고장은 다시 정상을 되찾을 거요.

　그동안에 코니, 당신이 베네치아나 스위스에 팔월 초까지 머
무르며 즐기고 싶다면 이 모든 고약한 추문을 듣지 않아도 되니
내가 기쁠 뿐이오. 이 추문은 이달 말까진 완전히 사라질 것이오.

　그러니 당신도 알다시피 우린 심해에 사는 괴물이오. 왕새우
가 진흙밭을 걸어 다닐 때는 주위에 있는 누구에게나 흙탕을 튀
기기 마련이오. 우리는 이런 것을 철학적으로 받아들여야겠소."

클리퍼드의 편지가 담고 있는 자극적인 말과 어느 방향으로
나 동정심을 전혀 보이지 않는 어조가 코니의 심정에 심한 타격
을 안겨주었다. 그러나 다음과 같은 멜러즈의 편지를 읽고서야
상황을 더 잘 이해하게 되었다.

"고양이가 다양한 다른 새끼 고양이와 함께 자루에서 튀어나
갔소. 당신은 내 아내 버사 쿠츠가 사랑하지도 않는 나에게 돌아
와서 오두막집을 차지했다는 소식은 들었을 겁니다. 그래 막말
로 하자면 그 여자는 조그마한 코티 향수병에서 쥐의 냄새를 맡
았소. 적어도 며칠 동안 뒤져도 다른 증거를 찾지 못하자 이번에
는 타버린 사진에 대해 아우성을 치기 시작했소. 그녀가 침실에
서 액자의 유리와 뒤판을 보게 되었던 거요. 운이 나쁘게 누군가
가 뒤판에다 작은 스케치를 그리고 시 에스 알(C. S. R.)이란 머리
글자를 여러 번 끄적여 놓았소. 그렇지만 이것은 아무런 단서가
되지는 못했소. 그러다가 그 여자가 오두막을 뜯고 들어와서 당
신의 책 중의 한 권인 여배우 주디스의 자서전을 발견했소. 그런
데 그 책의 첫 장에 당신의 이름인 콘스턴스 스튜어트 리드가 적
혀 있었소. 이것을 발견한 후에 그 여자는 동네를 돌아다니며 나
의 정부는 다름 아닌 채털리 부인이라고 떠벌렸소. 이 소식이 마
침내 교구 목사인 버러스 씨와 클리퍼드 경에게까지 들어갔고,
그러자 그들이 나의 충실한 아내를 처벌할 법적 절차를 밟았던
거요. 그러나 그 여자는 경찰이라면 평생 질겁하여 감쪽같이 사
라졌소.

클리퍼드 경이 나를 보자고 하셔서 내가 그분에게 갔지요. 그분이 사건을 완곡하게 비쳤고 나 때문에 굉장히 언짢아 보였소. 그러더니 마님의 이름까지 언급된 것을 내가 아느냐고 물으셨소. 난 소문 같은 것은 절대로 듣지 않는다고 대답했고 이런 소식을 바로 클리퍼드 경의 입을 통해 듣게 되어 깜짝 놀랐소. 그분이 이것은 대단한 모욕이라고 말씀하더군요. 그래서 내가 그분에게 나의 부엌에 걸린 달력에 메리 여왕의 사진이 들어있으니 여왕 또한 나의 정부 중의 한 사람이라고 말할 수 있다고 대답했소. 하지만 그분은 그런 냉소적인 말을 별로 좋아하는 것 같지 않았소. 그분이 '자네는 바지 단추를 열어놓은 채 사방을 돌아다니는 파렴치한 인간이군!'이라고 말씀하시길래 내가 '나리께서는 단추를 채워 가릴 것도 없으시지요'라고 했더니 나리께서 나를 해고하셨소. 그래서 나는 다음 주 토요일에 이곳을 떠날 겁니다. 그 후론 이곳엔 얼씬도 하지 않을 거요.

나는 런던으로 갈 겁니다. 그러면 코버그 가 17번지, 나의 옛 하숙집 여주인인 잉거 부인이 나에게 방을 빌려주던가 아니면 방을 하나 구해줄 거요.

'너의 죄가 반드시 너를 찾아낼 것이니라.' 특히 네가 기혼이고 아내의 이름이 버사인 경우엔 ―"―

코니에 대해서나 또는 그녀에게 어찌하라는 말 한마디도 없었다. 코니는 이런 태도가 매우 원망스러웠다. 그가 몇 마디의 위로나 안심시키는 말을 할 수 있지 않은가. 그렇지만 그녀를 자유로운 상태에 있게 한다는 걸 깨달았다. 라그비 저택과 클리퍼드 경에게 얼마든지 자유롭게 갈 수 있도록 말이다. 그녀는 그의 이런 태도도 매우 원망스러웠다. 그가 기사인 척하는 태도가 필요하단 말인가. 그녀는 그가 클리퍼드에게 솔직히 털어놓았기를 바랐다. '그렇습니다. 마님은 나의 애인이고 정부입니다. 난 그 사실을 자랑스럽게 여깁니다!'라고. 그러나 그의 용기는 그 정도까지엔 미치지 못하는 것 같았다.

그렇게 그녀의 이름이 테버셜 마을에서 그의 이름과 같이 묶여 사람들의 입에 오르내린다고! 추문으로 난장판이 되었구나. 그렇지만 그것도 얼마 안 있어 잠잠해지리라.

그녀는 화가 났다. 정신이 착잡하고 혼란될 정도로 화가 나서 맥이 탁 풀렸다. 그녀는 어떻게 할지, 무슨 말을 할지 몰랐다. 그래서 그녀는 아무런 말도 않고 아무런 행동도 취하지 않았다. 그녀는 베네치아에서 전과 똑같이 지냈다. 덩컨 포브스와 함께 곤돌라를 타고 멀리 초호 건너편으로 가서 일광욕하며 나날을 보내고 있었다. 십 년 전에 그녀를 짝사랑하면서 매우 우울한 날을 보냈던 덩컨은 또다시 그녀를 사랑하고 있었다. 그러나 그녀는 그에게 이런 말을 했다. "난 남자들에게서 단 한 가지만 원해요. 그건요, 남자들이 나를 그냥 혼자 있게 해달라는 거예요."

그래서 덩컨은 그녀를 혼자 있게 해 주었다. 그는 그렇게 해 줄 수 있다는 것에 기쁨을 느꼈다. 그러면서도 그는 그녀에게 부드럽게 흐르는 야릇하고 도착적인 사랑을 바쳤다. 그저 그녀와 **함께** 있기를 원했다.

"이런 생각을 해본 적이 있어요?" 그가 어느 날 그녀에게 물었다. "사람들이 서로 간에 맺는 유대가 얼마나 희박한지를 말이에요. 다니엘레를 좀 보세요! 저이는 태양의 아들처럼 아주 잘 생겼어요. 그렇지만 그 잘생긴 가운데서 얼마나 홀로 외롭게 있는지를 보세요. 그러면서도 그에겐 아내와 가족이 있기에 도저히 그들에게서 멀리 떠날 수가 없다고 생각해요."

"그이에게 물어보시지요." 코니가 말했다.

덩컨이 진짜 물어보았다. 다니엘레는 자기가 결혼했고 일곱 살과 아홉 살짜리 아들이 있다고 대답했다. 그러나 그는 가족에 대한 감정을 전혀 드러내지 않았다.

"어쩌면 타인과 진정으로 결합할 수 있는 사람만이 이 우주에서 독자적으로 홀로 있다는 표정을 지을 수 있는 거예요." 코니가 말했다. "그렇지 못한 사람들은 어딘가 달라붙는 성질을 보여요. 지오반니처럼 대중에게 가서 달라붙지요."

'그리고,' 그녀가 속으로 생각했다. '당신처럼, 덩컨.'

제18장

코니는 어떻게 할지 결단을 내려야 했다. 그녀는 멜러즈가 라그비 저택을 떠나게 될 토요일에 자기도 베네치아를 떠나기로 했다. 앞으로 엿새 후에. 그러면 다음 주 월요일에 그녀가 런던에 도착해서 그를 만나게 될 것이다. 그녀는 그의 런던 주소로 편지를 썼다. 하틀랜드 호텔 주소로. 그녀에게 편지를 보내고, 월요일 저녁 일곱 시에 그곳으로 자기를 찾아와 주기를 요청했다.

그녀는 이상하고 복잡하게 뒤얽힌 감정으로 화가 나 있고, 그녀의 모든 반응은 둔해졌다. 그녀는 힐더 언니에게조차 속마음을 털어놓기를 거부했다. 그리고 힐더는 동생이 계속 입을 다무는 것에 기분이 나빠, 한 네덜란드 부인과 상당히 친해졌다. 코니는 여자끼리의 숨 막힐 정도의 친교를 싫어하지만 힐더는 이런 여자끼리의 친교에 항상 답답할 정도로 빠져들곤 했다.

맬컴 경은 코니와 함께 여행하기로 하고 덩컨은 힐더와 함께 따라올 수 있었다. 이 노인 예술가는 언제나 호사스럽게 여행했다. 이번에도 코니가 **특급 호화 열차**를 싫어하는데도 그는 '오리엔트 급행' 열차의 침대칸을 예약했다. 코니는 요사이 그런 기차에 가득 찬 저속한 타락의 분위기가 싫었다. 그러나 그 기차를 이용하면 파리로 가는 여행 시간을 줄여줄 것이었다.

맬컴 경은 언제나 여행 후에 아내에게 돌아가야 할 때면 불안해했다. 첫 번째 부인 때부터 있던 습성이 지금까지 이어온 것이다. 그러나 그는 불평하는 아내를 위해 파티를 열어 주기로 하고, 그 이후엔 모든 일이 잘 진행되길 바랐다. 코니는 햇볕에 곱게 타서 더욱 아름답지만, 경치를 감상하는 것은 잊고 침묵 속에 앉아 있었다.

"라그비 저택으로 돌아가려니 좀 우울한 거지." 딸의 침울한 표정을 보고 그가 말했다.

"라그비 저택으로 갈지 잘 모르겠어요." 그녀는 깜짝 놀라게 할 정도로 별안간 푸른 눈을 크게 뜨고 아버지의 눈을 들여다보며 말했다. 아버지의 커다랗고 푸른 눈은 사회적 양심이 깨끗하지 못한 사람처럼 겁먹은 표정을 담고 있었다.

"파리에 얼마 동안 남아있겠다는 말이냐?"

"아녜요! 아예 라그비 저택에 돌아가지 않겠다는 말이에요."

그는 좀 골치 아픈 자기 문제가 있어서 딸의 걱정거리까지 짊어질 마음은 진정 없었다.

"갑자기, 어찌 된 거냐?" 그가 물었다.

"아기를 가졌어요."

그녀가 그 누구에게도 이런 말을 한 것은 처음이었다. 이런 실토는 그녀가 인생에서 완전히 새로운 국면을 맞는다는 뜻이었다.

"그걸 어떻게 알았니?" 아버지가 물었다.

코니는 미소를 지었다.

"제가 어떻게 알다니요!"

"물론 클리퍼드의 애는 아니겠지?"

"그래요! 딴 남자의 애예요."

그녀는 아버지가 괴로운 표정을 짓자 재미있어했다.

"내가 아는 남자냐?" 맬컴 경이 물었다.

"아니요! 본 적이 없으셔요."

오랫동안 침묵이 흘렀다.

"그래, 어떻게 할 셈이냐?"

"모르겠어요. 그게 문제예요."

"클리퍼드와 타협하지 않으려니?"

"클리퍼드는 아이를 받아들일 거예요." 코니가 대답했다. "아버지가 지난번에 그이에게 이야길 하신 후에 그의 말이 내가 분별 있게 처신만 한다면 내게 애가 생긴다 해도 괜찮다고 했어요."

"이런 상황에서는 그런 말밖에 할 수 없겠지. 그렇다면 괜찮을 것 같구나."

"어떤 식으로 말이에요?" 코니가 아버지의 눈을 들여다보며 물었다. 아버지의 눈은 그녀의 눈처럼 크고 푸른색이었지만 어딘가 불안감을 담고 있었다. 그것은 어떤 때는 불안해하는 어린 남자애의 표정이기도 하고 또 어떤 때는 시무룩하고 이기적인 표정이지만 언제나 싹싹하고 조심성 있는 표정을 담고 있었다.

"그렇다면 넌 클리퍼드에게 채털리 가문의 후계자를 선물하는 것이고 라그비 저택에는 또 한 사람의 남작을 들여놓는 거구나."

맬컴 경은 반쯤은 육감적인 미소를 지었다.

"그렇지만 전 그러고 싶지가 않아요." 그녀가 대답했다.

"왜 그러냐? 그 남자에게 감정적으로 끌려서? 좋아! 네가 나의 솔직한 말을 듣고 싶다면, 인생살이는 이렇단다. 세상은 계속 돌아간단다. 라그비 저택은 엄연히 서 있고 앞으로도 계속 존재할 거다. 세상은 어느 정도는 고정된 거란다. 그러니 외적으로는 우리가 거기에 순응해야 한단다. 내 사적인 의견을 말하자면 우린 사적으로 쾌락을 추구할 수 있어. 그런데 감정은 변하기 마련이란다. 올해에 이 남자가 좋다가 내년엔 다른 남자를 좋아하게 된단다. 그러나 라그비 저택은 여전히 존재할 것이다. 그러니 라그비 저택이 너에게 충실한 한 너도 라그비 저택에 충실해야 해. 그러면서 넌 사적으로 즐기라는 말이다. 그렇지만 만약에 네가 헤어진다면 이득은 거의 없을 것이다. 네가 원한다면 헤어질 수는 있지. 넌 자립할 수 있는 수입이 있으니까. 그것만 있으면 곤경은 겪지 않을 테니까. 그렇지만 그것만으론 별로 얻는 것이 없을 거다. 라그비 저택에 어린 남작을 낳아주렴. 그건 참 즐거운 일이 될 거다."

그리고 나서 맬컴 경은 의자에 등을 붙이고 앉아 미소를 짓고 있었다. 코니는 아무런 대응도 하지 않았다.

"난 네가 마침내 남자다운 남자를 만났기를 바란다." 그가 잠시 후에 육감적으로 민활한 태도를 보이며 말했다.

"그랬어요. 그게 문제예요. 세상엔 그런 남자가 거의 없어요." 그녀가 말했다.

"없지. 정말이지!" 그가 생각에 잠겼다. "없단다! 애야, 널 보니 그 남잔 정말로 운이 좋구나! 그 남자가 너한테 말썽을 부리는 건 아니지?

"아녜요! 그는 나를 완전히 자유롭게 놔둬요."

"그렇구나! 그래! 진정한 사내라면 그렇겠지."

맬컴 경은 아주 기뻤다. 코니는 그가 총애하는 딸이었다. 그는 코니의 여성적인 면을 항상 좋아했다. 힐더처럼 어머니를 많이 닮은 게 아니었다. 거기에다 그는 클리퍼드를 늘 싫어했다. 그래서 그는 아주 기뻤고 딸에게 아주 부드럽게 굴었다. 마치 아직 태어나지 않은 애가 자기 애나 되는 것처럼 기뻐했다.

그는 딸과 함께 하틀랜드 호텔까지 차로 가서 딸이 자리를 잘 잡는 것을 본 후에 클럽으로 갔다. 코니는 그 날 저녁에 아버지와 지내는 걸 거절했다.

멜러즈의 편지가 와 있었다.

"난 당신 호텔로 가지 않을 겁니다. 대신 일곱 시에 아담 가에 있는 골든 코크 앞에서 기다리겠습니다."

그곳에 그가 서 있었다. 키 크고 호리호리한 그가. 얇은 검은색의 정장을 입은 그가 아주 달라 보였다. 그는 선천적으로 빼어난 면을 지니고 있었다. 그러나 그건 그녀의 계층 양식에 맞는 그런 외양은 아니었다. 그렇지만 그녀는 그가 어디에서든지 통할 수 있다는 것을 곧 알게 되었다. 그는 교양을 타고났는데, 그것은 어떤 양식에 맞춘 외양보다 훨씬 더 멋졌다.

"아, 왔군요! 아주 건강해 보입니다!"

"그래요! 그렇지만 당신은 그렇게 보이지가 않아요."

그녀가 그의 얼굴을 초조하게 들여다보았다. 그의 얼굴은 야위고 광대뼈가 튀어나와 있었다. 그러나 그는 눈으로 그녀를 보며 웃고 있었다. 그러자 그와 같이 있으니 그녀의 마음이 편안해졌다. 바로 그러했다. 갑자기 외양을 견지해야 한다는 긴장감이 그녀에게서 사라졌다. 무언가 그에게서 신체적인 것이 흘러나왔고 그것으로 인해 그녀는 내적으로 편안하면서 행복하다는 느낌이 들었다. 행복에 대한 여자만의 민첩한 본능으로 그녀는 곧 그것을 인정했다. "그가 있으니 난 행복해!" 베네치아의 그 모든 햇볕도 그녀에게 이러한 내적인 확장감과 따스함을 안겨주지 못했다.

"사람들이 못되게 굴었나요?" 그녀가 테이블 건너편에 앉으며 물었다. 그는 너무나도 말라 있었다. 이제야 그걸 알아보았다. 그녀가 아는 대로 그의 손이 테이블에 놓여있었다. 동물이 잠이 들어 이상하게 모든 것을 잊고 긴장을 푼 그런 손이었다. 그녀는 너무나 그 손을 잡고 키스를 하고 싶었다. 그러나 감히 그럴 수 없었다.

"사람들이란 언제나 못되게 굴지요." 그가 대답했다.

"그래 신경이 많이 쓰였지요?"

"내가 늘 신경을 쓰는 대로, 신경 썼어요. 신경을 쓰는 것이 어리석다는 것을 알지만요."

"개가 꽁지에 깡통을 달고 다닌다는 느낌이었나요? 클리퍼드 말이 당신이 그렇게 느낀다고 하더군요."

그가 그녀를 흘낏 쳐다보았다. 그 순간 그녀는 너무나도 잔인한 말을 지껄인 것이었다. 왜냐하면, 그의 자존심이 비통할 정도로 상처를 입었기 때문이다.

"그랬다는 생각이 드네요." 그가 대답했다.

그녀는 이 말로 그가 얼마나 가슴이 찢어지게 모욕을 당했는지를 절대로 알 수 없었다.

오랫동안 침묵이 흘렀다.

"그래 나를 보고 싶었어요?" 그녀가 물었다.

"당신이 그 현장에 없어서 다행이었소."

다시 침묵이 흘렀다.

"그렇지만 사람들이 당신과 내가 그런 관계란 걸 **정말로** 믿었나요?" 그녀가 물었다.

"아니요! 그렇다고 생각하지 않아요."

"클리퍼드는요?"

"그렇지 않다고 봐요. 그는 그것을 생각지 않고 그냥 뒤로 미루었어요. 그렇지만 그런 말이 떠도니 자연히 나를 보고 싶지 않았겠지요."

"내가 애를 가졌어요."

일체의 표정이 그의 얼굴에서, 그의 몸 전체에서 싹 사라졌다. 그는 어두워진 눈빛으로 그녀를 쳐다보고 그녀는 그의 이런 행동을 전혀 이해할 수가 없었다. 그건 마치 검은 불꽃의 정령이 그녀를 쳐다보는 것 같았다.

"기쁘다고 말해 줘요!" 그녀가 그의 손을 더듬으며 애원했다. 그리고 그녀는 어떤 환희감이 그에게서 용솟음치는 걸 알 수 있었다. 그렇지만 그 환희감은 그녀가 이해할 수 없는 어떤 것에 억눌리고 있었다.

"문제는 우리의 앞날이오." 그가 말했다.

"그렇지만 기쁘지 않아요?" 그녀가 추궁하듯 물었다.

"난 우리들의 앞날에 대해 굉장히 불신하고 있소."

"그렇지만 당신은 그 어떤 책임감으로 걱정할 필요가 없어요. 클리퍼드는 자기의 아들로 받아들일 거예요. 그는 기꺼이 그럴 거예요."

이 말에 그가 백지장처럼 창백해지고 몸이 움츠러들었다. 그는 아무런 대꾸도 하지 않았다.

"내가 클리퍼드에게 돌아가서 라그비 가에 어린 준남작을 낳아줄까요?"

그가 창백하고 매우 쌀쌀맞은 표정으로 그녀를 쳐다보았다. 흉측스런 쓴웃음이 그의 얼굴에 잠시 서렸다.

"그 애의 아버지가 누군지 그에게 말할 필요가 없겠지."

"아!" 그녀가 대꾸했다. "내가 원하면 그인 그 애를 받아들일 거예요."

그가 잠시 생각에 잠겼다.

"아아!" 그가 마침내 혼자 중얼거렸다. "그렇겠군요."

침묵이 흘렀다. 깊은 심연이 그들 사이에 놓여있었다.

"그렇지만 내가 클리퍼드에게 돌아가는 걸 원치 않으시지요?" 그녀가 그에게 물었다.

"당신은 스스로 무얼 원하는데요?" 그가 되물었다.

"난 당신과 함께 살고 싶어요." 그녀가 단순하게 대답했다.

그가 이 말을 듣자 자기도 모르게 작은 불꽃들이 그의 내장에 좍 퍼져나가고 그는 고개를 떨구었다. 그리곤 무엇에 쫓기는 듯한 눈빛으로 그녀를 쳐다보았다.

"그럴만한 가치가 있겠소?" 그가 말했다. "난 가진 것이 없는데."

"당신은 다른 남자들보다 더 많은 것을 갖고 있어요. 자, 당신도 알고 있지요." 그녀가 말했다.

"어떤 면에선 그렇지." 그가 잠시 이런 생각을 하며 입을 떼지 않았다. 그리고 말을 이어갔다. "사람들이 내게 여성적인 면이 너무 많다고 말들을 하곤 했소. 그렇지만 그런 게 아니오. 내가 새를 총으로 쏘길 싫어하고 돈을 벌지도 출세하지도 원치 않는다고 여성적인 것은 아니지요. 난 군대에서 쉽게 성공했을 테지만 군대생활이 마음에 들지 않았소. 내가 사병들을 잘 다루었고, 그들도 나를 따라서 내가 성을 낼 때는 나를 경외까지 했소. 군대를 저렇게 죽은 집단으로 만드는 건 저 어리석고 무생명적인 고관들 때문이오. 완전히 정신 나간 자들이지요. 난 부하

들을 좋아하고 그들도 나를 따랐소. 하지만 난 이 세상을 좌지
우지하며 뻔뻔스럽게 떠들어대는 자들의 그 무례함을 참을 수
가 없소. 그것이 내가 세상에서 출세를 못 하는 이유요. 나는 돈
의 그 뻔뻔스러움을 증오하고 상류계층의 뻔뻔스러움을 증오하
오. 그러니 이와 같은 세상에서 내가 여자에게 무얼 줄 수 있겠
소?"

"그렇지만 왜 여자에게 무얼 줘야 하나요? 이건 흥정이 아니
에요. 이건 단지 우리가 서로를 사랑하느냐의 문제예요." 그녀
가 말했다.

"아니, 아닙니다! 이건 그 이상의 것이지요. 산다는 건 계속
움직이며 앞으로 나아가는 것이죠. 내 삶은 여기에 맞는 도랑으
로 내려가지 않을 거요. 절대로 그러지 않을 거요. 나 자신은 쓸
모없게 된 기차표와 같은 신세요. 그러니 내 삶 속으로 한 여자
를 끌어들일 자격이 없소. 내가 적어도 내면적으로 우리 두 사
람을 신선하게 해줄 무언가를 행하고 어디로 가지 않으면 말이
오. 남자는 여자에게 자기 삶에서 어떤 의미를 제공해야 합니
다. 만약에 그 삶이 동떨어진 둘 만의 생활이고 여자가 진짜 여
자다운 여자인 경우엔 말입니다. 난 그저 당신의 성적인 대상만
이 될 수는 없소."

"왜 안 되지요?" 그녀가 물었다.

"왜냐구요? 그렇게 될 수 없기 때문이오. 그리고 당신은 그
런 상태를 곧 증오하게 될 거요."

"저를 못 믿겠다는 소리로 들려요." 그녀가 말했다.

그의 얼굴에 쓴 웃음이 잠시 스쳤다.

"당신은 돈도 지위도 갖고 있으니 앞으로 모든 결정이 당신에게 달려있을 것이오. 난 이런 귀부인에게 성적으로 만족을 주는 상대로 있지 않을 것이오."

"그러면 당신은 그 밖에 무엇이 될 수 있지요?"

"좋은 질문이오. 그건 물론 눈에 보이지 않아요. 적어도 난 자신에게 그 어떤 존재인 거요. 난 내 존재의 의미를 알고 있소. 비록 다른 사람들이 그걸 인정하지 않는다 해도."

"나와 같이 살면 당신 존재의 의미가 떨어지나요?"

그가 한참 후에 대답했다.

"그럴 수 있소."

그녀도 말을 멈추고 이 점을 곰곰이 생각했다.

"당신 존재의 의미가 무엇이죠?"

"말하건대 그건 눈에 보이는 게 아니요. 난 이 세상도, 돈이나 출세도, 우리 문명의 미래도 불신해요. 만약에 인간에게 진정한 미래가 생기려면 현재 상태에서 대단히 큰 변화가 일어나야 할 거요."

"진정한 미래는 어떤 것이어야 하나요?"

"누가 알겠소! 난 단지 내 속에서 부글부글 끓는 분노와 뒤섞인 무언가를 내 안에서 느낄 수 있소. 그렇지만 이것이 어떤 상태에 이를지는 모르겠소."

"그걸 말해 드릴까요?" 그녀가 그의 얼굴을 빤히 쳐다보며 말했다. "다른 남자들은 갖지 못하고 당신만 갖고 있으며 미래를 이룰 그것이 무언지 말할까요? 알려 드려요?"

"그럼 말해 봐요." 그가 대답했다.

"그건 당신의 부드러움에서 흘러나오는 용기예요. 당신이 나의 밑에 손을 대고 나의 그곳이 아름답다고 얘기할 때처럼 요."

히죽거리는 웃음이 잠시 그의 얼굴에 나타났다.

"바로 그거요!" 그가 말했다.

그리고 나서 그가 앉아서 생각에 잠겼다.

"그래요!" 그가 말했다. "당신 말이 맞아요. 바로 그거요. 항상 바로 그것이었소. 부하들과의 관계에서 그걸 알았소. 난 부하들과 육체적으로 접촉해야 했소. 그리고 그것을 저버리지 않아야 했소. 육체적으로 그들을 인식해야 하고 그들을 부드럽게 대했소. 내가 비록 부하들에게 지옥을 경험하게 했지만요. 그건 부처님이 말한바 인식의 문제요. 그렇지만 부처조차 육체적인 인식을 삼갔소. 남자들 사이에서조차 최고인 자연스러운 육체적인 애정 표시를 말이오. 제대로 된 남자 방식으로 말이오. 남자들을 원숭이 같은 자가 아니라 진정으로 남자답게 만드는 것 말이오. 그래요! 정말로 그건 부드러움이고 성적인 인식이지요. 섹스는 진정으로 유일한 접촉이고 모든 접촉 중에서 가장 친밀한 것이오. 그런데 우리가 이 접촉을 두려워하고 있소. 우린 단지 절반만 의식하고 절반만 살아 있소. 우리는 제대로 완전히 살아서 인식해야 하오. 특히나 영국인들은 서로를 육체적으로 접촉해야 해요. 좀 섬세하면서도 부드럽게 말이오. 그것이 우리에게 절실히 필요한 것이오."

그녀가 그를 쳐다보았다.

"그런데 왜 당신은 나를 두려워하지요?" 그녀가 물었다.

그가 그녀를 한참 동안 쳐다보더니 대답했다.

"그건 정말로 당신의 돈과 사회적 지위 때문이오. 당신 안에 든 세상 때문이란 말이오."

"그렇지만 내 안에 부드러움이 없나요?" 그녀가 슬픈 듯이 물었다.

그가 우울하고 멍한 눈으로 그녀를 내려다보았다.

"그래요! 그게 나타났다가 사라져 버려요. 나의 경우처럼요."

"그렇지만 당신과 나 사이의 그것을 믿을 수 없나요?" 그녀가 열망하는 눈빛으로 그를 응시하며 물었다.

그녀가 그의 얼굴에서 방어의 빛은 사라지고 온통 부드러워지는 걸 보았다.

"그럴 수도 있겠소!" 그가 대답했다.

두 사람은 잠잠했다.

"날 안아줘요." 그녀가 말했다. "우리가 아길 갖게 되었으니 참 기쁘다고 말해 줘요."

너무나 사랑스럽고 따스하고 갈망하는 빛이었다. 그의 온 내장이 그녀를 향해 꿈틀거렸다.

"내 방으로 갈까요." 그가 말했다. "또 추문거리가 되겠지만."

그녀는 그가 이 세상의 것은 죄다 잊어버리고 그의 얼굴이 부드럽고 순수한 애정의 빛을 띠는 걸 보았다.

그들은 멀찍한 뒷길을 따라 걸어서 코버그 광장에 이르렀다. 그곳의 한 셋집의 꼭대기 방을 그가 빌려 쓰고 있었다. 지붕 밑 방인데 그가 직접 가스 불로 요리를 할 수 있었다. 작지만 깨끗하고 아늑한 방이었다.

그녀가 옷을 벗으며 그도 그렇게 하도록 했다. 그녀는 임신 초기라 아주 부드러운 빛을 띠어 사랑스러웠다.

"당신에게 손을 대지 말아야 하는데." 그가 말했다.

"아니에요!" 그녀가 항의하듯 말했다. "날 사랑해줘요! 날 사랑해줘요. 그리고 나를 버리지 않겠다고 말해 줘요. 날 버리지 않겠다고 말해 줘요! 날 세상 사람 그 누구에게도 보내지 않겠다고 말해 줘요."

그녀가 그에게 바싹 다가갔다. 여태까지 그녀가 알고 있는 유일한 안식처에, 야위었지만 단단한 그의 알몸에 꼭 매달렸다.

"그러면 당신을 꼭 보호하겠소." 그가 말했다. "당신이 원한다믄 꼭 보호할 거유."

그가 그녀를 꼭 껴안았다.

"아기가 생겨서 기쁘다고 말해요." 그녀가 거듭 졸라댔다. "아기에게 키스해요! 내 배에 키스하고 아기가 그곳에 있어서 기쁘다고 말해 줘요."

그러나 그가 그런 말을 하기엔 너무나 힘들었다.

"난 이 세상에 아기를 내보내는 게 두려워유." 그가 말했다. "아기의 장래가 너무도 걱정이 되어유."

"그렇지만 당신이 내게 애길 생기게 했어요. 아기를 부드럽게 대해주세요. 그러면 이미 아기는 부드러운 세계를 갖는 거예요. 아기에게 키스해 줘요!"

그가 몸을 부르르 떨었다. 그게 맞는 말이었기 때문이다. '아기를 부드럽게 대해주세요. 그게 아기의 미래가 될 테니까요.' 그 순간 그는 그녀에게 참다운 사랑을 느꼈다. 그녀의 자궁과 자궁 속에 든 아기에게 가깝게 키스하기 위해 그녀의 배와 불두덩에 키스했다.

"아, 날 사랑하는군요! 날 사랑해요!" 그녀는 입속으로 마구 웅얼대며 흥분해서 속삭였다. 그리곤 그가 그녀의 몸속으로 부드럽게 들어갔고 그 순간 부드러움이 그의 내장에서부터 그녀에게 방출하듯이 흘러들어 가고 공감의 정이 그들 사이에 불붙었다.

그리고 그가 그녀의 몸속으로 들어가면서 이것이 바로 남자로서 자존심과 위엄과 정직성을 잃지 않고 그녀와 부드럽게 접촉하기 위해 해야만 하는 일임을 깨달았다. 결국, 그녀가 돈과 재산이 있고 그는 아무것도 없다고 해도, 그것 때문에 그의 부드러움을 걷어 들인다면 그는 너무나 교만하고 불명예스럽게 행동하는 것이다. '나는 인간 사이에서 육체적인 인식의 접촉을 지키리라'고 혼자 속으로 말했다. '부드러움의 접촉을 지키리라. 이 여자는 나의 반려자이다. 이것은 금전과 기계 그리고 원숭이와 같은 무생명의 관념의 세계에 맞서는 투쟁이다. 그리고 이 여자는 저기 내 등 뒤에서 나를 지켜줄 것이다. 내게 여자가 있다니 너무나 고마운 일이야! 왈패나 바보가 아니어서 너무나 감사해. 나와 함께 있어 주고 나를 부드럽게 대하며 나를 인식하는 여자가 있다니 너무나 감사해.' 그리고 그의 씨가 그녀에게 뛰어들자 그의 영혼 또한 그녀에게 뛰어들었다. 그건 번식을 위한 행위를 초월한 창조의 행위였다.

그녀는 단호히 지금 그들 사이의 결별은 절대 있어서는 안 된다고 했다. 그러나 어떻게 이를 지켜나갈 것인가 하는 방법과 수단은 앞으로 해결해야 할 과제였다.

"버사 쿠츠를 싫어했어요? 그녀가 그에게 물었다.

"제발 그 여자 얘기는 꺼내지 말아요."

"아니에요! 내가 말을 해야겠어요. 당신이 한때 그 여자를 좋아했으니까요. 그리고 지금 당신이 나와 있듯이 그녀와 한때는 친밀하게 지냈으니까요. 그래서 그 여자 얘기를 나에게 해줘야 해요. 한때 친밀하게 지내던 여자를 그토록 미워하는 건 참 끔찍한 일이 아닌가요? 왜 그렇게 되었지요?"

"나도 모르겠소. 그 여잔 항상, 언제나 자기의 의지를 내세워서 나와 대항했소. 그 소름 끼치도록 지긋지긋하게 여자의 의지, 그녀의 자유를 내세웠소! 한 여자의 소름 끼치는 자유, 그것은 나를 무지하게 휘두르곤 했소. 아, 그 여잔 언제나 자신의 자유를 내세워 나를 밀어붙이곤 했소. 내 얼굴에 황산을 뿌리는 것 같았소."

"그렇지만 그 여잔 지금까지도 당신을 따라다니고 있어요. 당신을 사랑한다는 얘기가 아닌가요?"

"아니요. 아니에요! 그녀가 나를 따라다니는 것은 그 미친 듯한 분노를 품고 나를 윽박지르고 싶어서요."

"그렇지만 한때는 그녀가 당신을 사랑한 것은 맞지요."

"아니요! 글쎄, 조금은 사랑했겠지요. 나에게 끌렸던 거지요. 그런데 그렇게 된 것 자체도 싫어했어요. 이따금 나를 사랑했지요. 그렇지만 항상 그걸 걷어치우곤 나를 못살게 굴기 시작했어요. 그 여자의 가장 깊은 욕망은 나를 괴롭히는 것이었고 이 점에선 변화가 없었소. 그 여자의 의지가 처음부터 틀렸던 거요."

"어쩌면 당신이 그녀를 진정으로 사랑하지 않는다고 생각해 어떻게든 자기를 사랑하게 하려고 했던 것 같네요."

"세상에, 그렇지만 그건 너무나 고약했소."

"그렇지만 당신이 그녀를 진정으로 사랑하지 않았지요? 그녀에게 당신이 잘못한 거네요."

"어떻게 사랑할 수 있었겠소? 처음엔 사랑하려고 했지요. 처음엔 사랑했지요. 그러나 그녀는 항상 나를 갈기갈기 찢어발기었소. 아니, 제발 이런 이야긴 하지 맙시다. 그건 악운이었소. 그렇소. 그녀는 악운의 여자였소. 지난번엔 정말 허락만 된다면 흰 담비를 쏘아죽이듯이 그 여편네를 쏘아죽이고 싶었소. 여자의 탈을 쓰고 미친 듯이 날뛰는 악령 같은 여편네였소! 그 여편네를 쏘아 죽이고 이 재앙을 끝내고 싶었소! 그런 총질은 마땅히 허락되어야 한다는 생각이 들었소. 여자가 자기의 의지에 완전히 사로잡히게 되면 그 여잔 모든 것에 대항하게 되고 그건 참 무서운 것이오. 그런 여자는 쏴 죽여야 마땅하지요."

"남자들도 자기네 의지에 사로잡히게 되면 응당 쏴 죽여나

하나요?"

"그렇지요! — 똑같지요! — 그렇지만 난 그 여자에게서 벗어나야 해요. 그렇지 않으면 그 여자가 또 나에게 달려들 테니까요. 당신에게 이 말을 하고 싶었소. 할 수만 있다면 이혼을 꼭 해야겠소. 그러니 우린 아주 신중하게 행동을 해야 하오. 당신과 내가 같이 있는 것이 남의 눈에 뜨이면 안 되오. 그 여자가 나와 당신에게 달려드는 날엔 난 절대로, **절대로** 참을 수 없을 거요."

코니는 이 말을 곰곰이 생각했다.

"그럼 우린 함께 있어선 안 되나요?" 코니가 물었다.

"육 개월 동안은 안 돼요. 나의 이혼소송이 구월에 받아들여질 테니, 삼월까지는 안 돼요."

"하지만 아기가 이월 말쯤에 태어날 텐데요." 그녀가 말했다.

그가 말이 없었다.

"클리퍼드나 버사 같은 인간들은 모조리 죽어버렸으면 좋겠소." 그가 말했다.

"그들에게 따스한 감정이 없다는 말이네요." 그녀가 말했다.

"따스한 감정? — 그래요. 그들에게 품을 수 있는 가장 따스한 감정은 그들에게 죽음을 선사하는 것이오. 그런 족속은 진정으로 살 줄 몰라요! 그자들은 생명을 가로막을 뿐이오. 그들 속에 든 영혼은 흉측해요. 죽음이 오히려 그들에게 달콤할 거요. 내게 그들을 쏘아죽일 권리를 마땅히 줘야 해요."

"하지만 죽이진 않으시겠죠." 그녀가 말했다.

"그렇지만 죽이고 싶소! 족제비를 죽이는 것보다 양심의 가

책을 덜 받을 거요. 왠지 족제비가 더 사랑스럽고 외로워 보이니까. 하지만 그런 자들은 떼를 이루고 있단 말이오. 아, 정말 죽여 버리고 싶소."

"그렇다면 감히 손을 대지 못하겠군요."

"글쎄."

코니는 지금 너무나 생각할 일이 많았다. 그가 버사 쿠츠와 완전히 갈라서려는 것은 분명했다. 그의 생각이 옳다고 그녀는 생각했다. 그러나 마지막 말은 너무나 심한 것이었다. 그 말은 그녀가 봄이 올 때까지 혼자서 지내야 함을 뜻했다. 그녀도 아마 클리퍼드와 이혼하려 들 것이다. 그러나 어떻게 해낼 것인가? 만약에 상대가 멜러즈란 것이 밝혀지면 그는 절대로 이혼을 안 해줄 것이다. 얼마나 지겨운 일인가! 땅끝 저 멀리 도망쳐 이 모든 것에서 해방될 수는 없을까?

그렇게 할 수는 없었다. 기껏 땅끝이란 데는 요사이는 채링 크로스[25]에서 5분 거리 정도 떨어진 곳이다. 무선 전선이 통하는 한, 이 세상에 끝이란 데는 없었다. 다호메이[26]의 추장이나 티베트의 라마승도 런던이나 뉴욕의 방송을 듣고 있으니.

참아야지! 참아야 해! 세계는 광대하고 무섭게 뒤얽혀 있는 메커니즘이니 이런 것에 난도질당하지 않기 위해선 처신에 아주 신중해야 한다.

---

25 런던 중심의 기차역.—역주
26 서아프리카에 있는 베냉(Benin)의 옛 이름. —역주

코니는 자신의 사정을 아버지에게 털어놓았다.

"그런데 아버지, 상대는 클리퍼드의 사냥터지기예요. 그렇지만 인도에서 군대에 있을 때는 장교였어요. 단지 그이는 다시 사병으로 돌아가는 것을 좋아한 C. E. 플로렌스 대령[27] 같아요."

그러나 맬컴 경은 그 유명한 C. E. 로렌스의 불가사의한 행동에 대해선 조금만치도 공감하지 않았다. 그는 널리 알려진 겸손한 행동의 배후에는 지나친 선전이 도사리고 있다는 걸 잘 알고 있었다. 그것은 훈작 작위를 가진 그가 가장 혐오하는 위선 즉 자기 비하의 위선으로 보였다.

"그래, 그 사냥터지기는 어디 태생이냐?" 맬컴 경이 노한 목소리로 물었다.

"테버셜 마을의 광부 아들이에요. 그렇지만 어디에 내놓아도 괜찮을 사람이에요."

그 예술가 훈작나리는 더욱 화를 냈다.

"나에겐 금광꾼 같아 보이는구나." 아버지가 말했다. "그리고 너는 확실히 캐기 쉬운 금광이고."

"아니에요. 아버지. 그렇지 않아요. 일단 그이를 만나시면 아시게 될 거예요. 그인 정말 남자다운 남자예요. 클리퍼드는 그가 겸손하지 않다고 늘 싫어했어요."

"클리퍼드가 그런 면에서 제대로 직감하고 있었구나."

맬컴 경이 도저히 견딜 수 없는 점은 자기 딸의 정사 상대가

---

27 '아라비아의 로렌스'로 알려진 T. E. 로렌스 대령(1888-1935). —역주

사냥터지기라는 추문이었다. 그는 딸애가 정사를 벌였다는 것엔 신경을 쓰지 않았다. 그러나 그 추문엔 신경이 쓰였다.

"그자에 대해선 신경 쓰지 않는다. 그자는 분명 감언이설로 너를 잘 꼬셨구나. 그러나 세상에, 저 떠도는 추문을 좀 생각해봐라. 너희 새엄마를 좀 생각해. 새엄마가 이 일을 어떻게 받아들이겠는지!"

"알아요." 코니가 대답했다. "풍문이란 건 흉측하지요. 특히 사교계에선 더 그렇지요. 그인 이혼을 꼭 하길 원해요. 어쩌면 우린 멜러즈란 이름을 언급하지 않고 대신 다른 남자의 아기라고 말할 수 있을 거예요."

"다른 남자라니! 어떤 다른 남자?"

"덩컨 포브스요. 그분은 평생 우리와 가까이 지냈으니까요. 더구나 잘 알려진 예술가이고요. 그분은 나를 아주 좋아해요."

"정말 어처구니가 없구나! 덩컨이 불쌍하다! 그래 그 사람이 거기서 무슨 이득을 볼 수 있지?"

"모르겠어요. 그러나 그렇게 말하는 걸 좋아할 거예요."

"그럴 거라고? 그래? 만약에 그런 걸 좋아한다면 그 사람은 참 우스운 사람이야. 그래, 그 사람과 정사를 가진 적이 있냐?"

"아니요! 그인 그런 걸 원치 않아요. 그인 내가 자기 곁에 있는 걸 좋아할 뿐이에요—그러나 그와의 육체적 접촉은 없어요

"세상에, 희한한 세대로구나!"

"그인 무엇보다 내가 자기 그림의 모델이 돼 주길 원해요. 하지만 내가 그림 모델 하길 한사코 원하지 않았어요."

"세상에 저런! 그가 지금까지 완전히 무시당한 것 같구나."

"그렇지만 그와 관련된 이야기를 꾸미면 그렇게 마음이 언짢지 않겠지요?"

"세상에, 코니야. 거 너무 잔인한 조작이 아니냐!"

"알아요! 넌더리가 나요! 그렇지만 난들 어떻게 하겠어요?"

"조작하고 묵인하고. 묵인하고 조작하다니! 내가 너무 오래 살았구나!"

"저. 아버지. 아버진 평생 무수히 많은 일을 꾸미고 조작하면서 살지 않았다면. 말해 보세요."

"하지만 그건 달랐다. 확실히."

"그런 건 **항상** 다르기 마련이지요."

힐더가 도착했다. 그녀는 일이 새롭게 진전된 것을 듣고는 화를 내며 펄펄 뛰었다. 그녀도 동생이 사냥터지기와 놀아났다는 추문을 도저히 견딜 수가 없었다. 너무나도, 엄청 치욕스러웠다!

"우리가 따로따로 브리티시 컬럼비아로 자취를 감추면 이런 추문은 더 이상 나돌지 않겠지요?" 코니가 물었다.

그러나 그건 아무 소용이 없을 것이다. 추문은 여전히 떠돌 것이다. 코니가 그 남자와 같이 살려면 아예 결혼하는 편이 나을 것이란 말이 나왔다. 이건 힐더 언니의 의견이었다. 맬컴 경은 확신이 서지 않았다. 이 사건은 그런대로 스러지리라는 생각이 들기도 했다.

"아버지, 그이를 한 번 만나실래요?"

맬컴 경은 참으로 난처했다! 그는 전혀 그럴 마음이 없었다. 더구나 멜러즈는 참으로 딱한 처지였다. 그는 한층 더 그럴 생각이 없었다. 그런데도 만남은 이루어졌다. 클럽의 밀실에서 점심 약속으로 이루어졌다. 단둘이 만난 두 남자는 상대를 위아래로 훑어보기만 했다. 맬컴 경은 위스키를 잔뜩 마셨고, 멜러즈도 마셨다. 그런 다음 인도에 관해 이야길 늘어놓았다. 인도에 대해선 멜러즈가 잘 알고 있었으니까.

이런 얘기는 식사하면서 오갔다. 그러나 커피가 나오고 급사가 자리를 떴을 때 맬컴 경이 담배에 불을 붙이며 속마음을 털어놓았다.

"그래, 젊음이. 내 딸을 어쩔 것인가?"

멜러즈의 얼굴엔 잠깐 웃음이 스쳤다.

"저, 따님이 어떻게 되었나요?"

"자네의 애를 가진 것 같은데."

"제겐 명예로운 일입니다—!" 멜러즈가 히죽 웃었다.

"세상에, 명예롭다고!" 맬컴 경은 갑자기 웃음을 터트리고는 스코틀랜드인 특유의 음탕한 표정을 지었다. "명예롭지!—그래 어땠나? 응? 좋았나? 안 그래?"

"좋았습니다!"

"그랬을 거다! 하, 하! 내 딸은 우리 집안의 전통을 이었으니까. 그렇지! 나 자신은 제대로 된 관계를 맺은 적이 없어. 비록 그 애 어미는, 아, 세상에, 이런!" 그가 천정을 보며 눈망울을 굴렸다. "하지만 자넨 딸애를 달아오르게 했어. 딸애의 몸을 달아오르게 했어. 눈으로 딱 알아보았네. 하-하! 그 애 안에 내 피가 흐르거든! 자넨 그 애의 몸을 화끈 달아오르게 했어. 하-하-하! 그래, 아주 기뻐. 그게 필요했거든. 아, 그 앤 참 얌전한 애야. 얌전하지. 그 애는 맛이 아주 좋을 줄 알았어. 단 어떤 사내가 그 애의 몸에 불을 제대로 지르기만 하면 말일세! 하-하-하! 자네가 사냥터지기라고! 굉장히 솜씨 좋은 밀렵꾼일세. 하-하! 그렇지만 자, 이것 보게. 진지하게 말을 해 봄세. 이 애를 어쩔 것인가? 진지하게 말해 보라고!"

진지하게 말을 나눴지만 별로 진전을 보지 못했다. 멜러즈는 술을 좀 마셨지만, 훨씬 더 정신이 말짱했다. 그는 가능한 한 대화를 지적으로 이끌어 나갔다. 그 말은 그가 별로 말을 하지 않았다는 소리다.

"그래, 자네가 사냥터지기라고! 아, 자넨 괜찮아! 그런 종류의 사냥은 남자의 일생을 걸 만하지 않나? 아닌가? 쓸 만한 여자인지는 엉덩이를 한번 꼬집어보면 단박에 알지. 그녀가 제대로 맛이 좋을지는 엉덩이를 만져만 봐도 알지. 하, 하! 자네가 부럽네. 그래 나이는 어떻게 되나?"

"서른아홉입니다."

그 훈작나리는 이에 이마를 약간 치켜들었다.

"그렇게나 나이가 들었나! 자넬 보니 앞으로 이십 년은 잘 지내겠네. 사냥터지기이건 아니건 자넨 멋진 사내야. 한눈으로 알아보겠네. 그 저주받은 클리퍼드와는 딴판인데! 그자는 한 번도 제대로 해본 적이 없는 약골이지. 자네가 맘에 드네. 내가 장담하건대 자넨 훌륭한 물건을 가지고 있을 거야. 아, 자넨 암팡진 사내야. 난 그걸 알겠어. 자넨 투사야. 사냥터지기라! 하-하. 정말, 이것 참. 내 사냥감은 자네에게 맡기지 않겠어! 그렇지만 이봐, 우리 심각하게 고민해 보세, 이 일을 어떻게 할 건가? 세상엔 고약한 여편네들이 득실거린단 말이야."

심각하게 말하면 이 일에 대해서 그들이 한 일이라곤 없었다. 단지 그들 사이의 남성적인 관능을 바탕으로 한 본능적인 유대감을 이루었을 따름이었다.

"이봐, 젊은이. 내가 자네를 위해서 할 일이 있으면 나에게 맡기게나. 사냥터지기라! 정말, 그거 괜찮은데! 내 마음에 들어! 정말, 마음에 든단 말이야! 딸애도 용기가 있다고. 뭐라고? 결국, 자네도 알겠지만 그앤 나름대로 수입이 있어. 뭐 대단한 것은 아니지만 굶어 죽을 정도는 아니야. 그리고 내 재산을 그애에게 남겨줄 생각이네. 저런, 정말이라니까. 그 앤 그럴 자격이 있지. 구식 여자들이 득실대는 이 세상에서 이런 용기를 보여주었으니. 난 70년 동안 구식 여자들의 치마폭에서 벗어나려고 안간힘을 써왔다네. 그런데 아직 제대로 성공을 못 했어. 그런데 자넨 해냈단 말이야. 자네가 사내다운 남자란 걸 난 알겠어."

"그렇게 생각해 주시니 기쁩니다. 사람들은 보통 제가 원숭이 같다고 슬쩍 돌려 말하는데요."

"아, 그럴 테지! 이봐! 구식 여편네들한테 자네가 원숭이로밖에 더 보이겠어?"

그들은 아주 화기애애한 분위기 속에서 헤어졌다. 멜러즈는 그 날 내내 속으로 웃어댔다. 그 다음 날 그가 코니와 힐더와 함께 눈에 뜨이지 않는 조용한 곳에서 점심을 먹었다.

"어느 모로 봐도 참 흉측스런 상황이니 너무나도 유감이에요." 힐더가 말했다.

"전 이 상황을 아주 즐기고 있소." 멜러즈가 말했다.

"당신네가 자유로운 몸으로 결혼해 애를 갖는 것은 좋아요. 그렇지만 이 세상에다 애를 태어나게 하는 건 삼갔어야 해요."

"하나님께서 좀 빨리 불꽃을 날렸던 거요." 그가 대꾸했다.

"이 일과 하나님은 아무 상관이 없어요. 물론 코니는 두 사람이 생활할 만한 수입은 갖고 있지만, 주변 사정은 참기 힘들 거예요."

"그렇지만 처형은 그 곤경의 아주 작은 일부만 감당하면 되는 것 아니겠소?" 그가 말했다.

"만약에 당신이 동생의 계층에 속한다면 —"

"아니면 내가 동물원의 우리 안에 있다면 —"

침묵이 흘렀다.

"내 생각에," 힐더가 입을 열었다. "코니가 공동 피고로서 아주 다른 남자의 이름을 대고 당신은 이 사건에서 완전히 빠지는 게 좋겠어요."

"그러나 내가 이 일에 깊숙이 관여했다고 보고 있소."

"내 말은, 이혼소송에서 말이에요."

멜러즈는 의아해서 그녀를 쳐다보았다. 코니는 덩컨을 내세우는 계획을 감히 그에게 꺼낼 수가 없었다.

"난 무슨 말인지 모르겠소." 그가 말했다.

"우리에겐 공동피고인으로 자기 이름을 대도 좋다는 친구가 있어요. 그러니 당신 이름은 거론하지 않아도 돼요." 힐더가 말했다.

"남자인가요?"

"물론이지요!"

"그렇지만 코니에게 다른 남자가 있는 건 —?"

그가 이상한 눈초리로 코니를 쳐다보았다.

"아니, 아니에요!" 그녀가 황급히 말했다. "그 오래된 우정은 —아주 단순한 거예요—사랑이 아니에요."

"그렇다면 왜 그 남자가 그런 비난을 받아야 하나요? 만일 당신에게서 얻는 것이 없다면?"

"어떤 남자들은 기사도 정신을 발휘할 뿐 뭘 바라지 않아요." 힐더가 말했다.

"저를 대신해 줄 사람이라고요? 대체 그 사람이 누굽니까?"

"우리가 스코틀랜드에서 어릴 때부터 사귀어온 친구인데 미술가예요."

"덩컨 포브스 말이군요!" 그가 곧 이름을 댔다. 코니가 전에 그의 이야길 해준 적이 있었기 때문이다. "그런데 어떻게 그에게 누명을 씌울 참입니까?"

"그들이 어떤 호텔에 같이 있었다거나 아니면 동생이 그의 아파트에서 지냈다고 하면 되지요."

"내겐 쓸데없이 헛소동을 부리는 것 같소." 그가 말했다.

"그래, 무슨 다른 제안이 있어요?" 힐더가 물었다. "만약에 당신 이름이 드러나면 당신은 아내에게서 이혼 승낙을 얻지 못할 거예요. 그 여잔 도저히 상대할 사람이 못 돼 보이는데요."

"아, 그렇군요!" 그가 침울하게 말했다.

오랫동안 침묵이 흘렀다.

"우리 둘은 곧장 어디로 사라질 수도 있소." 그가 말했다.

"코니는 그럴 수가 없어요." 힐더가 대꾸했다. "클리퍼드의 이름이 너무도 알려져 있어요."

다시 좌절감으로 막막한 침묵이 흘렀다.

"세상은 엄연히 존재하고 있어요. 만약에 당신들이 핍박을 받지 않고 살려면 결혼을 해야 해요. 결혼하기 위해선 두 사람이 각기 이혼을 해야 하고요. 그러면 당신네는 이 문제를 어떻게 해결하려고요?"

그가 오랫동안 침묵했다.

"그래 당신은 우리를 위해서 어떻게 할 겁니까?" 그가 물었다.

"우선, 덩컨이 공동 피고로 나서는 데 동의할지를 알아봐야겠어요. 그다음엔 클리퍼드가 코니와 이혼하도록 종용하는 거지요. 그러는 동안 당신은 이혼소송을 진행해야 하고요. 두 사람은 자유로운 몸이 될 때까지 서로 떨어져 지내야 해요."

"마치 정신병원 이야기 같소."

"그럴 수 있지요! 세상 사람들은 당신네를 정신병자로 볼 거예요. 아니면 그보다 더 나쁜 부류로 볼 것이고."

"그보다 더 나쁜 부류라니요?"

"범죄자들이겠지요. 아마도."

"하지만 앞으로 몇 번 더 위험한 처지에 뛰어들 생각이오." 그가 히죽 웃으며 말했다. 그리고 조용히 있더니 화를 터트렸다.

"좋아요!" 그가 마침내 입을 열었다. "무엇에든 동의하겠소. 세상은 미쳐 날뛰는 백치지요, 내가 최선은 다하겠지만, 누구도 세상을 말살시킬 순 없는 거요. 당신 말이 옳습니다. 우린 최선을 다해 우리 몸을 소중히 간직해야지요."

그는 굴욕과 분노, 피로, 비통에 찬 눈으로 코니를 쳐다보았다.

"나의 아가씨!" 그가 불렀다. "세상이 당신 꽁지에다 소금을 뿌리려고 하오."

"우리가 막으면 그렇게 못해요." 그녀가 대답했다.

그녀는 세상에 대항해서 계략을 꾸미는 일에 그보다는 덜 신경을 썼다.

덩컨이 이 문제에 관해 이야기를 들었을 때 피고의 자리를 회피하는 사냥터지기를 만나야겠다고 주장했다. 그래서 정찬 자리가 마련되었는데 이번엔 그의 아파트에서였다. 덩컨은 키가 작은 편이고 어깨가 떡 벌어지고 피부는 검고 과묵한 햄릿형으로 곧게 뻗은 머리칼은 검고 야릇한 켈트인의 자부심을 지닌 자였다. 그의 그림은 온통 튜브와 밸브와 나사형을 이상한 색깔로 그린 것으로 초현대적이었다. 어느 정도 힘을 담고 있으며 순수한 형식과 색조를 보였다. 멜러즈만 그의 그림이 잔인하고 혐오스럽다고 생각했다. 그러나 감히 그런 생각을 입 밖에 꺼내지 못했다. 왜냐하면, 덩컨은 그의 그림에 대해 광적일 정도여서 그건 개인적인 신앙이며 사적인 종교였기 때문이다.

그들은 화실에서 그의 그림을 감상하고 덩컨은 작은 갈색 눈으로 멜러즈를 눈여겨보았다. 그는 자기 그림에 대한 사냥터지기의 평을 듣고 싶었다. 코니와 힐더의 평은 이미 알고 있었다.

"이건 순전히 살인행위 같은데요." 멜러즈가 이윽고 입을 뗐다. 그건 덩컨이 사냥터지기와 같은 인물에게서 전혀 기대하지 못했던 평이었다.

"누가 살해되었다는 거예요?" 힐더가 냉랭한 어조로 빈정거리며 물었다.

"내가요! 이건 한 남자의 모든 연민의 정을 말살하는 거요."

순수한 증오의 열기가 예술가에서 흘러나왔다. 그는 이 남자의 어조에서 혐오감과 멸시감을 읽어냈다. 그 자신이 연민의 정이란 말 자체를 혐오하는 터였다. 병적인 감상이야! 큰 키에 마른 멜러즈는 지친 표정이었고 부나방이 날갯짓하듯 초연한 태도로 그림을 응시하고 있었다.

"어리석음이 살해되는 것이지요. 감상적인 어리석음이." 화가가 빈정거렸다.

"그렇다고 생각하세요? 내 생각엔 이 모든 관과 물결 모양의 진동이 그 무엇보다 어리석고 상당히 감상적인데요. 내가 보기엔 이 그림들이 엄청난 자기 연민과 신경질적인 자기주장을 드러내고 있소."

다시 증오의 열기가 흘러나오면서 화가의 얼굴이 샛노래졌다. 그러나 화가는 말없이 도도한 태도로 그림들을 벽 쪽으로 돌려놓았다.

"식당으로 가시지요." 그가 말했다.

그들은 음울하게 줄지어 따라갔다.

커피를 마신 후 덩컨이 말했다.

"난 코니가 낳을 아기 아버지로 나서는 것에 전혀 개의치 않소. 그러나 한 가지 조건이 있소. 그건 코니가 내 화실에 와서 모델을 서주는 것이오. 수년 동안 그러길 원했는데 그럴 때마다 코니가 거절을 했소." 덩컨은 마치 이교도의 **화형판결(auto dafe)**을 선고하는 심문관 같은 어두운 어조로 단호하게 잘라 말했다.

"아!" 멜러즈가 반응을 했다. "그렇다면 조건을 붙여서 하겠다는 말씀이오?"

"그렇소! 그런 조건으로만 할 수 있소." 화가는 자기 말 속에 상대방에 대한 최대한의 멸시감을 담으려고 애썼다. 좀 지나치다 할 정도였다.

"동시에 나를 모델로 쓰면 더 좋겠군요." 멜러즈가 말했다. "예술의 그물에 걸린 불카누스[28]와 비너스로 같이 그리면 더 좋겠네요. 내가 사냥터지기가 되기 전엔 대장장이였으니까요."

"그 제안은 고맙소." 화가가 대응했다. "하지만 불카누스는 나의 관심을 끌 만한 외모를 지니지 못했소."

---

28 로마의 불과 대장간의 신. 그는 아내 비너스와 연인 마즈(Mars)를 그물을 던져 붙잡았다.—역주

"튜브 모양으로 멋지게 치장을 해도 그렇단 말이오?"

화가는 이 말에 대꾸하지 않았다. 화가는 너무도 오만해서 더 이상의 말은 하지 않았다.

그건 침울한 모임이었다. 화가는 그 다음부터 계속해서 상대방 남자의 존재를 무시하고 여자들에겐 자신의 음울한 흥조의 말을 밑바닥에서 쥐어짜 내듯이 짤막하게만 말했다.

"당신은 그이를 좋아하지 않았지만, 사실은 그인 좋은 사람이에요. 그인 정말로 친절한 분이에요." 그들이 집을 나설 때 코니가 멜러즈에게 설명을 했다.

"그 사람은 고약한 디스템퍼[29]병에 걸린 검정 강아지 같아요." 멜러즈가 말했다.

"그렇지 않아요. 오늘은 기분이 좋지 않았던 거예요."

"그래, 그에게 모델을 서주겠소?"

"아, 모델 한다고 별로 마음에 걸릴 것 없어요. 그인 나한테 손대지 않을 테니까요. 그리고 앞으로 우리 둘의 삶을 위한 것이라면 무어라도 괜찮아요."

"그렇지만 그자는 캔버스 위 당신 그림에다 똥칠을 할 텐데."

"아무래도 상관치 않아요. 그인 나에 대한 그의 느낌을 그릴 따름이니까요. 그런다 해도 신경 쓸 것 없어요. 무슨 일이 있어도 내 몸에 절대 손대지 못하게 할 테니까요. 그러나 그의 올빼미 같은 예술적인 응시로 나에게서 무엇을 찾아낼 수 있다면 그

---

29 강아지의 전염병.—역주

냥 응시하라고 해요. 그가 원하는 대로 나를 속이 텅 빈 여러 개의 튜브와 물결 모양으로 그려내겠지요. 그건 그가 해야 할 일이에요. 당신이 한 말 때문에 그가 당신을 미워한 거예요. 그의 튜브로 나타낸 그림이 감상적이고 건방지다고 해서요. 그렇지만 그건 물론 맞는 말이에요 —"

제19장

"친애하는 클리퍼드에게, 당신이 예견했던 일이 실제로 일어났
어요. 내가 정말로 다른 남자를 사랑하게 되었어요. 그러니 저와
이혼해 주길 바랍니다. 현재 나는 덩컨의 아파트에서 그와 함께
지내고 있어요. 말씀드렸지요. 그가 베네치아에서도 우리와 같
이 있었다고요. 당신 생각을 하면 난 너무 마음이 아파요. 그렇지
만 조용히 이 현실을 받아들이세요. 사실 당신에게 나는 더는 필
요하지 않아요. 그리고 난 도저히 라그비 저택으로 돌아갈 수가
없어요. 너무나 죄송해요. 그렇지만 제발 날 용서해 주세요. 나와
이혼을 하고 나서 더 나은 사람을 찾으세요. 사실 난 당신에게 맞
지 않는 사람이에요. 난 너무나 성급한 데다 이기적이라 생각해
요. 그렇다고 내가 다시 라그비 저택으로 돌아가 당신과 함께 살
수는 없어요. 당신 생각을 하면 이 모든 사태에 대해 너무나, 너
무나 죄송할 따름이에요. 그렇지만 이 일에 너무 화를 내지 않고
열 받지 않으면 당신 마음이 그렇게 상하진 않을 거예요. 솔직히
말해서 당신은 개인적으로 나에게 별 관심을 두지 않으셨어요.
그러니 날 용서하시고 쫓아내세요 ―"

솔직히 말해 클리퍼드가 이 편지를 받았을 때 **내면적으론** 별로 놀라지 않았다. 마음속으로는 그녀가 자기를 떠나고 있다는 걸 오래전에 알고 있었다. 그러나 그는 내적으로 이것을 인정하는 것을 완강히 거부했다. 그러므로 외적으로 이 일은 가장 끔찍스런 타격이며 충격으로 다가왔다. 그는 아내에 대한 신뢰를 겉으로는 아주 차분하게 지켜왔다.

그게 바로 우리 인간이 사는 법이니까. 의지의 힘으로 우리는 받아들인 의식이 내적이고 직관적인 앎이 되는 것을 차단해 버린다. 이 때문에 공포나 우려의 상태가 야기되고 그래서 타격이 발생할 땐 훨씬 더 크게 손상을 입는다.

클리퍼드는 신경질적인 어린애처럼 행동했다. 그가 파랗게 질리고 멍한 상태로 침대에 앉아 있는 모습은 볼턴 부인에게 크나큰 충격을 주었다.

"어머나! 클리퍼드 경. 무슨 일이 있었어요?"

아무런 대답이 없었다! 그가 발작을 일으켰나 싶어 그녀는 더럭 겁을 먹었다. 그녀는 급히 다가가 그의 얼굴을 만져보고 맥박을 짚어보았다.

"어디가 편찮으십니까? 편찮으신 곳을 제발 저에게 말씀해 주세요. 제발 말 좀 해주세요!"

아무런 대답이 없었다!

"아이고머니나! 이를 어쩌나! 그러면 세필드의 캐링턴 박사에게 전화를 걸겠어요. 레키 박사도 곧 달려오실 거예요."

그녀가 막 문 쪽으로 가고 있는데 그가 공허한 어조로 말했다.

"그만둬!"

그녀는 발걸음을 멈추고 그를 응시했다. 그의 얼굴은 샛노랗고 멍한 표정이어서 꼭 백치 같았다.

"그러면 의사를 부르지 말라는 말씀인가요?"

"그래! 의사는 필요 없어." 무덤에서 나오는 듯한 섬뜩한 목소리였다.

"아, 그렇지만 클리퍼드 경, 어디가 편찮으신 것 같은데요. 제가 책임을 떠맡을 수 없으니 의사를 꼭 불러야겠어요. 아니면 제가 추궁을 받을 테니까요."

잠잠했다. 그러다가 공허한 목소리가 들렸다.

"난 아픈 게 아니야. 아내가 돌아오지 않겠대." 그건 마치 허깨비가 말하는 것 같았다.

"돌아오지 않으신다고요? 마님께서요?" 볼턴 부인이 침대 쪽으로 좀 가까이 다가갔다. "아니, 그런 말 믿지 마십시오. 마님께서는 반드시 돌아오실 거예요."

침대 위에 앉은 허깨비는 조금도 변하지 않았다. 그러나 침대 덮개 위로 한 장의 편지를 내밀었다.

"이걸 읽어봐!" 유령 같은 목소리가 들렸다.

"아니, 이것은 마님의 편지인데요. 마님은 분명히 제가 이 편지를 읽는 걸 원치 않으실 거예요. 그냥 내용만 말씀해 주세요."

하지만 푸른 눈이 앞으로 좀 튀어나온 그 얼굴은 움쩍도 하지 않았다.

"읽으라니까!" 그 목소리가 되풀이했다.

"만약에 제가 읽어야 한다면 이건 순전히 클리퍼드 경의 명령에 따라서입니다." 그녀가 말했다.

그리고 그녀가 편지를 읽어 내려갔다.

"어머나, 전 마님 말씀에 정말로 놀랐어요." 그녀가 말했다. "마님께서는 꼭 돌아오신다고 아주 굳게 약속을 하셨는데."

침대 위에 앉아 있는 그의 얼굴은 거칠지만, 착란의 표정이, 미동도 없이, 점점 더 짙어가는 듯했다. 볼턴 부인은 그 얼굴을 쳐다보고는 걱정이 앞섰다. 그녀는 자기가 직면하고 있는 것이 무엇인지를 알고 있었다. 남자의 히스테리였다. 그녀는 군인들을 간호한 적이 있어서 이렇게 매우 불쾌한 병에 대해 좀 알고 있었다.

그녀는 클리퍼드 경을 좀 짜증스럽게 여겼다. 분별력이 있는 남자라면 자기의 아내가 다른 남자와 바람이 나서 자기를 떠날 것이란 것쯤은 **짐작**하고 있었을 것이다. 그리고 클리퍼드 경도 내심으로는 그것을 분명히 알고 있지만, 자신에게 그것을 인정하지 않으려는 것을 그녀는 분명 확신했다. 만약에 그 사실을 인정하고 그에 대비했더라면, 아니면 그가 그 사실을 인정하고 그것을 막으려고 아내와 적극적으로 투쟁했다면 그가 사나이답게 행동을 한 것이 될 것이었다. 그렇지만 그러질 않았다! 그는 그 사실을 알고 있으면서도 내내 그렇지 않다고 자신을 기만했다. 그는 악마가 그의 꼬리를 비틀고 있는데도 천사가 그에게 미소를 던지는 척 행동했다. 이 허위의 상태로 인해 이제 허위와 착란, 히스테리의 위기를 가져왔고 그것은 정신이상의 한 형태였다. '이런 게 닥친 건,' 그녀가 그를 좀 증오하며 속으로 생각했다. '저분이 밤낮으로 자기 생각만 했기 때문이야. 자신의 불멸의 자아 생각에만 잠겨 있었기 때문에 충격을 받을 때는 붕대에 둘둘 말린 미라처럼 된 거야. 저이를 좀 보라고요!'

그러나 히스테리는 위험한 것이고 그녀는 간호사니까 그런 상태에서 그를 끌어내는 것이 그녀의 의무였다. 그의 남자다움이나 자존심을 불러일으키는 것은 상태를 악화시킬 따름이다. 왜냐하면, 그의 남자다움은 지금 결정적은 아니지만, 잠정적으로는 죽어버렸기 때문이다. 그는 단지 벌레처럼 점점 더 연약하게 움츠러들고 착란의 상태는 더 악화하였기 때문이다.

단 한 가지 방법은 그의 자기연민의 정을 쏟아내게 하는 것이었다. 테니슨[30]의 시에 나오는 귀부인처럼 그가 슬피 울던가 아니면 죽는 수밖에 없었다.

그래서 볼턴 부인이 우선 울기 시작했다. 그녀는 손으로 얼굴을 가리고 나지막하게 마구 흐느끼기 시작했다. "마님께서 그러실 거라고는 절대로 믿어지지 않아요. 도저히 믿을 수가 없어요!" 그녀가 자신의 오래된 슬픔과 비애의 감정을 불러일으키며 갑자기 울기 시작하자, 정말 원통하고 서러운 눈물이 흘러내렸다. 일단 시작하자 그녀는 울어야 할 건더기가 있기에 진짜로 눈물을 흘리며 울었다.

---

30 영국의 19세기 시인.—역주

클리퍼드는 코니라는 여자에 의해 배반당한 방식을 생각하고 있는데, 비통함에 전염되어, 눈물이 글썽글썽해지더니 눈물이 그의 뺨을 타고 흘러내리기 시작했다. 그는 자신의 신세를 생각하고 울었다. 볼턴 부인은 그의 멍청한 얼굴에 눈물이 흘러내리는 것을 보자마자 작은 손수건으로 자기의 눈물을 닦고 그에게로 몸을 구부렸다.

"자, 클리퍼드 경, 상심하지 마십시오!" 그녀가 감정이 북받치며 말했다. "자, 상심하지 마셔요. 공연히 몸만 상하셔요!"

그가 소리 없이 흐느끼며 숨을 들이쉬자 몸이 갑자기 부르르 떨리고 눈물이 주르르 뺨을 흘러내렸다. 그가 경련을 일으키듯 몸을 다시 떨자 그녀는 팔을 그의 어깨 위에 올려놓았다. "자, 자! 그만, 그만하셔요! 상심하지 마셔요. 제발! 너무 신경 쓰지 마셔요!" 그녀는 눈물을 흘리며 그에게 슬피 말했다. 그녀는 그를 자기에게로 당기고 두 팔로 그의 넓은 어깨를 감싸고, 그는 자신의 얼굴을 그녀의 가슴팍에 대고 큰 어깨를 들먹이며 흐느꼈다. 그러는 동안 그녀는 그의 짙은 금발을 부드럽게 쓰다듬으며 말했다. "자! 자! 자! 인제 그만하셔요! 그만하시라고요! 상심하지 마셔요! 자, 그리 신경 쓰지 마셔요!"

그가 두 팔로 그녀를 껴안고 어린애처럼 매달려서 그녀의 빳빳하게 풀 먹인 흰 앞치마의 가슴 부분과 연하늘색 드레스의 가슴팍을 눈물로 적시었다. 마침내 그가 긴장을 풀고 눈물을 쏟아냈다.

그래서 한참 있다가 그녀가 그에게 키스를 해주고 그를 가슴에 안고 달래주면서 마음속으로 혼자 중얼거렸다. '아, 클리퍼드 경! 아, 고귀하고 막강한 채털리 가의 클리퍼드 경! 당신이 이 지경에 이르다니!' 그러다가 그가 어린애처럼 잠이 들었다. 그녀는 기진맥진해서 자기의 방으로 건너갔다. 그리곤 자신이 발작을 일으켜 웃다가 울다가 했다. 그건 참으로 우스꽝스러웠다! 너무나 무시무시했다! 그렇게 추락하시다니! 너무나도 수치스러웠다. 이건 또 너무나 당혹스러웠다.

이 일 이후로 클리퍼드는 볼턴 부인과 있으면 어린애처럼 굴었다. 그는 그녀의 손을 잡고 머리를 그녀의 가슴팍에 기대고 그녀가 살짝 키스를 해주면 이렇게 말했다! "그래! 키스해 줘! 제발 키스해 줘!" 그리곤 그녀가 그의 덩치 큰 하얀 몸을 스펀지로 닦아줄 때 그는 똑같은 말을 하곤 했다! "키스해 줘!" 그러면 그녀는 놀리듯 그의 몸 어디든 살짝 키스를 해주곤 했다.

그러면 그는 어린아이의 경탄하는 표정을 띠고 어린애처럼 야릇하면서도 멍한 얼굴로 누워있었다. 그리곤 성모를 숭배하는 듯한 평온한 자세로 어린애같이 눈을 크게 뜨고 그녀를 응시하곤 했다. 그것은 그가 모든 남성다움을 다 내려놓고 정말로 도착적인 어린애의 위치로 되돌아가 순수한 평온 속에 잠긴 것 같았다. 그러고 나서 그녀의 가슴 속으로 손을 넣어 젖가슴을 만지며 황홀해 하고 거기에 키스했는데, 그건 어른이면서도 애가 된 것의 도착적인 황홀감이었다.

볼턴 부인은 감격의 전율을 느끼면서도 부끄러웠고, 그걸 좋아하면서도 동시에 싫어했다. 그런데도 그녀는 절대로 그를 퇴짜 놓거나 비난하지 않았다. 그리하여 그들은 더욱더 가까운 육체적인 친밀함에 들어섰고 그것은 도착적인 친밀함이었다. 그는 분명 겉보기에 솔직함과 경이로움에 사로잡혀서 그건 거의 종교적인 황홀감과 같아서 '너희가 다시 어린아이와 같이 되지 아니하면'이라는 글자 그대로 도착적인 상태였다. 그녀는 권력과 능력에 넘치는 '위대한 어머니(Magna Mater)'가 되어 커다란 금발의 애어른을 의지와 수완으로 완전히 장악하고 있었다.

신기한 것은 클리퍼드가 몇 년 전부터 점점 어린애가 되어 가다가, 이제는 완전히 애어른이 되어 버렸다. 그러나 그가 일단 사업에 들어서면 그전보다 훨씬 더 날카롭고 영민해지는 것이었다. 이 변태의 애어른은 이제 **진짜** 사업가다운 사업가가 되었다. 사업의 문제에서는 그는 송곳처럼 예리하고, 강철판처럼 스며들 수 없을 정도로 완전한 남자였다. 그가 다른 남자들 사이에서 그의 목적을 추구하고 탄광 작업을 '개선하려' 할 때 무시무시할 정도로 빈틈이 없고 냉혹하고 단도직입적으로 일격을 가했다. 그건 마치 '위대한 어머니'에 대한 수동적이고 매춘적인 행위가 그에게 물질적인 사무에 대한 통찰력과 놀라운 비인간적인 힘을 부여한 듯했다. 사적인 감정에 탐닉하고 사나이다운 자아를 완전히 내려놓은 것이 그에게 냉담하고 예시적이며 예리하게 사업적인 제2의 본성을 부여한 듯했다. 사업적인 면에서 그는 아주 비인간적이었다.

이렇게 된 것에 볼턴 부인은 의기양양했다. "저분이 사업에서 놀랍게 성공을 거두고 계셔!" 그녀는 자랑스럽게 자신에게 말하곤 했다. "그건 내가 해낸 일이야! 정말이지. 채털리 부인이라면 절대로 저분을 저렇게 성공시킬 수가 없지. 그녀는 남자를 출세시킬 여자가 못돼. 너무나 자기 생각만을 하니 —"

그러면서도 그녀의 괴이한 영혼의 한구석에서는 얼마나 그를 멸시하고 증오했는가! 그녀에게 그는 쓰러진 짐승이요, 허우적대는 괴물이었다. 그녀가 할 수 있는 한 최대한 그를 돕고 부추기지만, 예전부터 그녀가 지녀온 건전한 여성으로서의 저 깊고 깊은 마음 한구석에서는 그를 그지없이 경멸하며 멸시했다. 그 어떤 부랑아도 그보다는 낫다는 생각이 들었다.

코니에 대한 그의 태도는 기묘했다. 여하간에 그녀를 다시 보겠다고 고집부렸다. 더 나아가 그녀가 라그비 저택으로 돌아와야 한다고 고집부렸다. 이 점에 있어서 그는 절대적이고 막무가내로 단호했다. 코니는 라그비 저택으로 반드시 돌아오겠다고 성심껏 약속하지 않았나.

"그렇지만 그게 무슨 소용이 있을까요?" 볼턴 부인이 말했다. "그냥 마님을 떠나게 하실 수는 없으신가요?"

"안 돼! 돌아온다고 약속했으니까 꼭 돌아와야 돼."

볼턴 부인은 그 이상 반대하지 않았다. 상대가 어떤지를 잘 알고 있었으니까.

클리퍼드가 런던에 있는 코니에게 편지를 썼다.

"당신의 편지가 나에게 어떤 영향을 끼쳤는지는 말할 필요가 없겠소. 상상을 해보면 짐작이 갈 거요. 물론 당신은 내 일로 상상력을 동원하고픈 마음이 없겠소만.

난 단 한 마디로밖에 달리 대답할 수가 없소. 내가 어떤 행동을 취하기 전에 난 당신을 이곳 라그비 저택에서 직접 만나 보아야겠소. 당신은 라그비 저택으로 돌아오겠다고 단단히 약속했소. 그러니 당신은 약속을 지켜야 하오. 당신을 이곳 정상적인 상황에서 직접 만나기 전엔 난 아무것도 믿을 수 없고 그 어떤 것도 이해할 수 없소. 이곳에선 그 누구도 당신을 의심하지 않소. 그러니 당신이 돌아오는 건 아주 자연스러운 일이오. 우리가 여러 가지로 이야기를 나눈 후에도 당신의 마음이 바뀌지 않는다면 틀림없이 어떤 타협에 이를 것이오."

코니가 이 편지를 멜러즈에게 보여주었다.

"그가 당신에게 복수하려는군." 그가 편지를 되돌려주며 말했다.

코니는 말이 없었다. 그녀는 자신이 클리퍼드를 무서워한다는 걸 깨닫고 다소 놀랐다. 그에게 가까이 가기가 무서웠다. 마치 그가 사악하고 위험한 존재 같아 무서웠다.

"어떻게 하면 좋을까요?" 그녀가 물었다.

"아무것도 하고 싶지 않으면 그냥 내버려 둬요."

그녀가 클리퍼드와의 만남을 연기하기 위해 답장을 보냈다. 그랬더니 클리퍼드가 다음 편지를 보내왔다.

"만약에 당신이 지금 라그비 저택으로 오지 않으면 언제라도 당신이 꼭 돌아오리라 생각하고 이에 따라 행동을 취하겠소. 난 이곳에서 전과 같이 지낼 터이고 앞으로 오십 년이 되건 그냥 기다리겠소."

코니는 왈칵 겁이 났다. 이건 음흉하게 그녀를 위협하는 것이었다. 그녀는 물론 그가 말하는 대로 행동하리란 걸 의심하지 않았다. 만약에 그가 이혼을 해주지 않는다면 아기는 그의 아기가 될 것이다. 코니가 그것이 불법이란 것을 확고하게 증명하지 못한다면 말이다.

얼마 동안 근심과 마음고생을 한 후에 코니는 라그비 저택으로 가기로 작정했다. 힐더가 같이 갈 것이었다. 코니가 클리퍼드에게 이런 사실을 알렸더니 클리퍼드가 답장을 보냈다.

"난 당신 언니는 환영하지 않소. 그렇지만 집 안에는 들어오게 하겠소. 언니는 틀림없이 당신이 의무와 책임을 포기하는 일에 공모했을 것이오. 그러니 내가 그녀를 반갑게 대하리라고 기대는 하지 말아요."

그래서 두 자매는 라그비 저택으로 갔다. 그들이 도착했을 때 클리퍼드는 집에 없었다. 볼턴 부인이 그들을 맞이했다.

"아, 마님, 우리가 고대하던 행복한 귀가는 아니지요?" 그녀가 말했다.

"그러네요!" 코니가 대꾸했다.

그래, 이 여자는 알고 있었구나! 다른 하인들은 어느 정도 알고 있거나 의심하고 있을까?

그녀가 집에 들어섰다. 이젠 그 집이 그녀 몸 전체에서 정나미가 떨어졌다. 그 거대하고 무질서한 저택은 그녀에게 사악하게 보이고 그녀를 위협하는 곳 같았다. 그녀는 더 이상 이 저택의 안주인이 아니고 희생자라는 느낌이 절절했다.

"난 여기 오래 못 있겠어." 그녀가 겁을 잔뜩 먹고 힐더 언니에게 속삭였다.

그리고 아무 일도 없다는 듯 자기 침실로 다시 들어가는 것이 매우 괴로웠다. 라그비 저택 안에 있는 일분일초가 고통스러웠다.

그들은 저녁 식사 때 아래층으로 내려가 클리퍼드를 만났다. 그는 정장하고 검은 넥타이를 매고 있었다. 아주 말수가 적은 빼어난 신사였다. 그는 식사하는 동안 완전히 예의 바르게 처신했고 아주 공손하게 대화를 이어갔다. 그러나 이런 모든 것이 광기 어려 보였다.

"하인들은 어느 정도까지 알고 있나요?" 하녀가 방을 나갔을 때 코니가 물었다.

"당신의 의도를요? 전혀 모르고 있소."

"볼턴 부인은 알고 있던데요."

그의 낯빛이 변했다.

"볼턴 부인은 엄밀히 말해서 하인이 아니오." 그가 말했다.

"아, 상관 안 해요."

커피를 마실 때까지 긴장감이 감돌았다. 그때 힐더가 자기 방에 올라가겠다고 말했다.

힐더가 떠난 다음에 클리퍼드와 코니는 침묵 속에 앉아 있었다. 어느 쪽도 입을 떼려고 하지 않았다. 코니는 클리퍼드가 감상적으로 굴지 않아서 속으로 기뻤다. 그녀는 되도록 그가 고자세의 자존심을 유지하도록 행동했다. 그녀는 그저 말없이 자기 손만 내려다보고 있었다.

"당신은 약속을 지키지 않고도 전혀 거리끼는 마음이 없소?" 그가 마침내 입을 열었다.

"어쩔 도리가 없어요." 그녀가 중얼거렸다.

"당신이 어쩔 도리가 없다면 누구에게 있단 말이오?"

"아무에게도 없다고 봐요."

그가 묘하게 차가운 분노의 빛으로 그녀를 쳐다보았다. 그는 그녀에게 익숙해져 있었다. 그녀는 마치 그의 의지에 파묻혀 있는 듯했다. 그런데 어찌 감히 이 여자가 그를 배반하고 그의 일상적인 생활의 조직을 파괴하려 드는가? 어찌 감히 그의 인품을 교란하려 드는가?

"그래 **무엇** 때문에 모든 것을 저버리려고 하는 거요?" 그가 집요하게 물었다.

"사랑 때문에요!" 그녀가 대답했다. 진부하게 구는 것이 상책이었다.

"덩컨 포브스에 대한 사랑 때문이오? 그렇지만 당신이 날 만났을 땐 그를 대단하게 생각하지 않았소. 그런데 지금에 와서 인생의 그 무엇보다 그를 더 사랑한단 말이오?"

"사람은 변하는 법이니까요." 그녀가 말했다.

"그럴 수도 있겠지! 당신이 변덕을 부릴 수도 있지. 그렇지만 정말로 그렇게 변했다는 것을 나에게 확신시켜 주어야겠소. 난 당신이 덩컨 포브스를 사랑한다고 절대로 믿질 못하겠소."

"그렇지만 왜 당신이 그걸 꼭 믿어야만 하지요? 그냥 이혼만 해주시면 돼요, 내 감정을 믿건 말건 상관없어요."

"왜 내가 당신과 이혼을 해야 하는 거요?"

"내가 더 이상 여기서 살고 싶지 않으니까요. 그리고 사실 당신은 날 원하지 않으세요."

"잠깐만! 난 변하지 않았소. 내 생각을 말하면 당신은 내 아내니까 위엄을 갖추고 조용히 이 집에서 살기를 원하오. 사적인 감정을 제쳐놓고 내가 확실히 말하건대 나로서도 엄청난 것을 희생하는 것이오. 순전히 당신의 변덕 때문에 이곳 라그비 저택에서의 삶의 질서가 깨어지고 품위 있는 일상생활이 산산조각이 나는 것은 나에겐 죽음과 같이 고통스러운 것이오."

잠시 침묵이 흐른 뒤에 그녀가 입을 열었다.

"저로서는 어쩔 도리가 없어요. 전 떠나야 해요. 전 아기를 가졌으니까요."

그도 얼마 동안 말이 없었다.

"애 때문에 가야만 하는 거요?" 그가 마침내 물었다.

그녀가 고개를 끄덕였다.

"어째서 그런 거요? 덩컨 포브스가 자기 자식에 그렇게 애착을 갖소?"

"확실히 당신보다는 훨씬 더 그래요." 그녀가 말했다.

"정말이오? 난 내 아내가 필요하니 아내를 보낼 아무런 이유가 없소. 이 저택에서 애를 낳을 의향이 있다면 대환영이오. 아기도 환영이오. 단 생활의 품위와 질서는 지켜야겠소. 그래, 덩컨 포브스가 나보다 더 당신의 마음을 잡고 있단 말이오? 도저히 그걸 믿을 수가 없소."

잠시 침묵이 흘렀다.

"그래, 모르시겠어요?" 코니가 말을 시작했다. "난 당신 곁을 떠나야만 해요. 내가 사랑하는 사람과 살아야 한단 말이에요."

"아니, 통 이해가 가지 않소! 난 당신의 사랑이나 당신이 사랑한다는 남자에 대해 전혀 값어치를 인정할 수가 없소. 이런 위선적인 말은 통 믿을 수가 없소."

"그렇지만 전 믿어요."

"당신이 믿는다고? 나의 사랑하는 부인이여. 내가 확신하건대 덩컨 포브스를 사랑한다고 믿기엔 당신은 너무나도 총명해요. 내 말을 믿어요. 지금 당장에도 당신은 그보다는 나에게 더 관심을 두고 있어요. 그러니 그런 어처구니없는 말에 내가 어찌 넘어가겠소!"

바로 그런 점에선 그의 말이 옳다고 그녀가 느꼈다. 그리고 더 이상 비밀을 지킬 수 없다는 생각이 들었다.

"내가 정말로 사랑하는 이는 덩컨 포브스가 아니기 때문이에요." 그녀가 그를 올려다보며 말했다. "우리는 당신의 감정을 상하지 않게 하려고 그냥 덩컨의 이름을 내세우기로 한 거예요."

"내 감정을 상하지 않게 하려고?"

"그래요! 내가 진정으로 사랑하는 사람은, 그것 때문에 당신이 나를 미워하겠지만, 우리의 사냥터지기인 멜러즈이기 때문이에요."

만약에 그가 의자에서 벌떡 일어날 수 있다면 그랬을 것이다. 그의 얼굴이 샛노래지고 눈은 그녀를 노려보며 괴로워서 앞으로 튀어나와 보였다.

그다음엔 그가 의자에 털썩 기대앉아 숨을 가쁘게 헐떡이며 천정을 올려다보았다.

마침내 그가 똑바로 자세를 고쳐 앉았다.

"그래 지금 한 말이 사실이란 말이지?" 그가 무서운 표정을 지으며 물었다.

"그래요! 아시면서."

"그래 언제부터 그놈과 놀아났단 말이오?"

"봄부터요."

그는 덫에 걸린 짐승처럼 아무 소리도 내지 못했다.

"그래, 그 집 침실에 있었다는 여자가 당신이었소?"

그는 그동안 마음속으로는 그걸 내내 잘 알고 있었다.

"그래요!"

그는 궁지에 몰린 짐승처럼 의자에서 몸을 앞으로 굽힌 채 그녀를 응시하였다.

"세상에! 당신 같은 인간은 지구에서 싹 쓸어 없애야 해!"

"왜요?" 그녀가 작은 소리로 외쳤다.

그러나 그는 이 말을 못 들은 것 같았다.

"인간쓰레기 같은 놈! 건방지고 버릇없는 녀석! 파렴치하고 비열한 놈! 그래 당신은 이 저택에 머물면서 내 하인 놈과 그동안 놀아났다고! 세상에, 하나님 맙소사. 여자들의 비열한 타락엔 끝이 없단 말이야!"

그녀가 예상했던 대로 그는 격분해서 자제력을 잃었다.

"그래, 그런 야비한 놈의 아기를 낳겠다 이거지?"

"그래요! 낳을 거예요."

"그러겠다! 그게 확실하다는 의미군! 그래, 확실히 안 것은 언제지?"

"유월이오."

그는 말문이 막혔다. 어린애같이 야릇하게 멍한 표정이 그의 얼굴에 다시 나타났다.

"기가 막히는군." 그가 마침내 입을 열었다. "그런 쓰레기 같은 인간들이 세상에 버젓이 태어났다니."

"무슨 인간들이라고요?" 그녀가 물었다.

그는 대답은 않고 무시무시한 눈초리로 그녀를 노려보았다. 멜러즈란 존재가 그의 인생과 어떤 연관을 맺는다는 사실을 그는 도저히 받아들일 수가 없었다. 그건 말로 다할 수 없는, 도저히 어쩔 수 없는 증오감만 일으켰다.

"그래, 그자와 결혼을 해서, 그 더러운 성을 따르겠다, 이거요?" 그가 드디어 물었다.

"네, 그게 바로 제가 원하는 거예요."

그는 아연실색해서 또다시 말문이 막혔다.

"그렇다고!" 그가 마침내 입을 떼었다. "그러고 보니 내가 당신은 정상이 아니고 제정신이 아니라고 늘 생각해왔는데 결국 그게 정확하다고 판명이 난 거야. 당신은 타락을 따르지 않고는 못 배기는, **타락을 동경하는(nostalgie de la boue)** 변태적인 여자야."

갑자기 그가 열렬한 도덕적인 인간이 되어 자신을 선의 화신으로, 멜러즈와 코니 같은 인간들을 오욕과 악의 화신으로 보았다. 그는 후광 같은 것에 싸여 점점 희미해지는 듯했다.

"그러니 저와 이혼하고 아주 관계를 끝내는 것이 낫다고 생각지 않으세요?" 그녀가 물었다.

"아니! 당신은 어디든 가고픈 데로 가요. 하지만 난 당신과 이혼하지 않겠어." 그가 백치처럼 말했다.

"왜 이혼이 안 되지요?"

그는 어리석은 고집에 사로잡혀 잠자코 있었다.

"아이도 법적으로 당신의 애가 되고 후계자가 되게 할 거예요?" 그녀가 말했다.

"아이는 어찌 되든 상관없소."

"그렇지만 애가 사내애라면 아이는 법적으로 당신의 아들이 될 것이고 당신의 작위와 라그비 저택의 후계자가 될 거예요."

"그런 것엔 신경 안 써." 그가 말했다.

"그렇지만 신경을 써**야만 할 걸요**! 난 애가 법적으로 당신의 애가 되는 걸 막을 거예요. 만약에 멜러즈의 애로 할 수 없다면 차라니 사생아로 내 아이가 되도록 할 거예요."

"좋을 대로 해보지."

그는 꼼짝도 하지 않았다.

"그러면 이혼해 주지 않을 거예요?" 그녀가 물었다. "덩컨을 당사자로 내세울 수 있어요! 진짜 이름을 끄집어낼 필요가 없어요. 덩컨이 상관치 않으니까요."

"난 이혼을 절대로 안 해 줄 거야." 그가 완전히 못을 박듯 잘라 말했다.

"왜 못하지요? 내가 원하기 때문에요?"

"내 의향을 따를 뿐이야. 그럴 마음이 없어."

아무리 설득해도 소용이 없었다. 그녀는 이 층으로 올라가 힐더에게 자초지종을 죄다 얘기했다.

"내일 떠나는 게 상책이다." 힐더가 말했다. "클리퍼드가 제정신을 차리게 그냥 둬."

그래서 코니는 밤을 새우다시피 하며 자기의 개인적인 물품들을 죄다 꾸렸다. 아침엔 클리퍼드에게 말도 않고 기차역으로 트렁크를 보냈다. 점심시간 전에 그와 작별인사를 하기로 작정했다.

그녀는 볼턴 부인에게 말했다.

"볼턴 부인, 이제 떠나야겠어요. 왜 그런지 이유는 알죠? 그렇지만 이런 말은 입 밖에 내지 말아 주세요."

"아, 마님. 절 믿어 주세요. 이곳에 남아있는 우리 모두에겐 정말로 슬픈 일이에요. 그렇지만 그 다른 분과 행복하시길 바랍니다."

"다른 분이라니! 그는 멜러즈 씨예요. 난 그이를 사랑해요. 클리퍼드 경도 알고 있어요. 그렇지만 이런 이야긴 아무에게도 하지 말아 주세요. 그리고 언젠가 클리퍼드 경이 이혼할 의사가 생기면 나에게 알려줘요. 그럴 거지요? 난 내가 사랑하는 사람과 정식으로 결혼하고 싶어요."

"그러시겠지요. 마님. 아, 절 믿어 주세요. 전 클리퍼드 경과 마님에게 충실할 거예요. 두 분 다 나름대로 옳으시니까요."

"고마워요! 그리고 이것 보세요! 이걸 댁에 드릴 건데 받으실 거지요?" 그렇게 코니는 다시 한 번 라그비 저택을 떠났고 그녀는 힐더 언니와 함께 스코틀랜드로 갔다.

멜러즈는 어떤 시골로 가서 농장에서 일자리를 얻었다. 그의 생각은 코니가 순조롭게 이혼절차를 밟든 어떻든 간에 자기는 자기가 할 수 있는 한 이혼절차를 밟으려 했다. 그러면 여섯 달 동안 그는 농사일하며 지낼 터이고 그다음엔 그와 코니가 작은 농장을 사서 거기에다 그가 정력을 쏟을 참이었다. 왜냐하면, 그는 무슨 일이든 해야 했기 때문이다. 힘든 노동일이라도 해서 코니의 돈으로 시작은 하지만 자신의 생계를 유지할 참이었다.

그렇게 그들은 봄이 오고 아기가 태어날 때까지 이런 식으로 기다릴 참이었다. 그러면 또 초여름이 다시 다가올 테니까.

"올드 히너의 그레인지 농장에서, 9월 29일

어떻게 손을 좀 써서 이곳에 왔습니다. 이 농장을 소유한 회사에서 기술자로 있는 리처드를 내가 전에 군대에서 알았기 때문에 그를 통해서 왔어요. 이곳은 개인 소유의 농장이 아니고 '버틀러와 스미덤' 탄광 회사에 속한 곳으로 탄광에서 사용하는 조랑말들을 먹일 건초와 귀리를 재배하는 곳이오. 하지만 소와 돼지, 다른 가축도 기르고 있소. 난 일꾼으로서 일주일에 삼십 실링을 받고 있어요. 농장장인 롤리가 될 수 있는 대로 여러 가지 일을 나에게 시켜서 내가 다음 부활절까지 가능한 한 많은 것을 배울 수 있도록 해 줍니다. 버사에 대해서는 지금까지 들은 바가 없소. 그녀가 왜 이혼 재판 때에 출두하지 않았는지, 또 지금 어디에 있는지, 무엇을 하고 있는지 통 알지 못하오. 그러나 삼월까지 내가 조용히 있으면 나는 자유로운 몸이 되리라 생각하오. 당신도 클리퍼드 경에 대해선 너무 골머리를 앓지 마시오. 얼마 안 있어 당신과의 이혼을 원할 겁니다. 당신을 그냥 내버려 두는 것만 해도 참으로 다행인 것이오.

난 엔진 로(路)에 있는 좀 낡은 집 한 곳에서 아주 괜찮은 방을 얻었소. 집주인은 하이 파크의 기관차 운전사로 턱수염을 기르고 키가 큰 매우 독실한 비국교도 교인이오. 부인은 고급스러운 것은 뭐든 좋아하고 표준 영어를 쓰며 항상 '실례합니다!'란 말을 입에 달고 사는 좀 별난 여자요. 그러나 이 부부는 외아들을 전쟁에서 잃어서 가슴에 못이 박힌 채 살고 있어요. 이들에겐 좀 멍청한 딸이 있는데 학교 교사가 될 공부를 하고 있소. 그래 내가 가끔 그 딸애의 공부를 도와주기 때문에 한 가족처럼 지내고 있소. 이들은 아주 점잖은 사람들로 나를 아주 잘 대해주어요. 그러니 내가 당신보다 더 편안히 지낸다는 생각이 드오.

농장일은 그런대로 마음에 들어요. 뭐 신바람 나는 일은 아니지만 그렇다고 신바람을 바라지도 않소. 난 말과 소엔 이미 익숙해져 있는데다 소들은 아주 여성적이어서 나에게 큰 위로가 되오. 암소 옆구리에 머리를 대고 앉아서 젖을 짜고 있노라면 마음이 큰 위로를 받소. 이 농장엔 아주 좋은 헤리포드 종 암소가 여섯 마리가 있소. 귀리 추수가 막 끝났어요. 손이 아프고 비가 많이 내렸지만, 그 일이 즐거웠소. 다른 사람들에겐 별로 신경을 쓰지 않지만, 그들과 잘 지내고 있소. 대부분 일은 그저 모른 척하고 지내고 있어요.

탄광 경기가 좋지 않아요. 여기는 테버셜과 같은 탄광지대이지만 경관은 좀 더 좋소. 난 가끔 웰링턴이란 술집에 가서 그곳 사람들과 이야길 나눕니다. 사람들이 불평은 많이 해대지만 정작 무엇을 바꾸려 들지는 않소. 모두가 말하듯이 노팅엄셔와 더비셔의 광부들은 심장은 제 자리에 달고 있소. 하지만 나머지 다른 신체 기관은 제 위치에 붙어 있는 것 같지 않소. 그런 것이 다 쓸모없는 세상이긴 하지만 말이오. 광부들이 마음에 들지만 그렇다고 내가 즐겁지는 않아요. 이들에겐 그 예전의 싸움닭 같은 투쟁 정신이 별로 남아있질 않아요. 그들은 국영화에 대해 말을 많이 해요. 광산 채굴권을 국영화해야 하느니, 산업체 전체를 국영화해야 하느니 하며 떠들어

대고 있소. 하지만 탄광은 국영화하고 나머지 산업을 그대로 둘 수는 없을 거요. 그들은 또 석탄의 새로운 용도에 대해 말을 해요. 클리퍼드 경이 시도하고 있는 것처럼. 몇 군데에선 이것이 가능할지 모르지만, 전반적으론 그렇게 되지 못할 것이란 게 내 생각이오. 어쨌든 무엇을 만들어내면 그걸 팔아야 하니까요. 광부들은 이런 문제에 아주 냉담해요. 그들은 탄광 산업 전체가 곧 파멸되리라 느끼는데 나도 그렇게 믿소. 그러면 광부들은 이런 탄광과 함께 파멸되는 거지요. 젊은이 중 일부는 소비에트 체제에 대해 열을 내며 떠들지만 대단한 신념이 있어서 그런 건 아니요. 도대체 그 어디에도 신념이 있어 보이지 않아요. 모든 것이 혼란이고 어딘가 구멍이 뻥 뚫렸다는 느낌뿐이오. 공산주의 치하에서도 석탄을 팔아야 하지요. 그게 바로 어려운 문제이지요. 이렇게 엄청난 산업 인구가 존재하고 이들을 먹여 살려야 하니까 이 빌어먹을 조직은 계속 돌아가지요. 요사이는 여자들이 남자들보다 한술 더 떠서 떠들어대고 있어요. 그런데 이 여자들이 더 자신감이 있어 보입니다. 남자들은 축 처지고 어딘가에 마지막 날이 도사리고 있다고 느끼며 할 일이 전혀 없는 양 어슬렁거리며 나다니고 있소. 하여간에 떠들어대긴 하지만 어떻게 해야 할지를 아무도 모르오. 젊은이들은 쓸 돈이 없고 보니 정신이 미쳐가고 있소. 그들의 삶 전체는 돈 쓰는 데에 달려있는데 쓸 돈이 지금 없는 거예요. 그것이 바로 우리의 문명과 교육의 현실이오. 대중들에게 전적으로 돈을 쓰는 데에만 의존케 교육했으니 돈이 동난 겁니다. 탄광은 일주일에 이틀이나 이틀 반밖에 돌아가지 않소. 곧 겨울이 다가올 텐데 더 나아질 기미는 보이지 않소. 이건 광부 한 사람이 25실링이나 30실링으로 가족을 부양해야 한다는 말이오. 여자들이 제일 미치광이처럼 날뛰고 있어요. 요사인 여자들이 돈을 쓰는 데 제일 미친 듯이 달려들어요.

이들에게 산다는 것과 돈 쓰는 것이 별개의 것이란 것을 알려준다면 얼마나 좋겠소! 하지만 이건 아무 소용이 없소. 만약에 이들이 돈을 벌고 쓰는 것 대신에 **제대로 사는** 법을 배웠다면 이들은 25실링을 가지고도 아주 행복하게 지낼 수 있는 겁니다. 내가 이미 말한 대로 만약에 남자들이 주홍색 바지를 입는다면 이들이 돈에 그토록 신경을 쓰지 않을 거요. 만약에 남자들이 춤추고 깡충깡충 뛰며 노래하고 가슴을 쭉 펴고 으스대며 걷고 멋지게 자신을 가꾼다면 돈이 별로 없어도 아주 행복할 거요. 여자들을 즐겁게 해주고 여자들에게서 즐거움을 받을 겁니다. 나체의 몸을 멋지게 단장하고 무리를 지어 노래 부르며 그 예전처럼 무리 지어 춤을 추고 자기네가 앉을 의자를 깎아 만들고 자신들의 문장을 수놓을 줄 알아야 하오. 그러면 돈이 필요 없게 되지요. 이것이 산업사회의 문제를 해결할 유일한 방법이오. 사람들에게 돈 없이도 아름답게 사는 방법을 가르치는 거지요. 그렇지만 그렇게 가르칠 수가 없소. 사람들은 죄다 한 가지 길로 쏠려있기 때문이오. 군중들은 생각이란 것 자체를 **할 수 없으므로** 군중들이 생각하게끔 가르칠 필요가 없게 된 거요. 사람들은 생기가 넘치고 활달해야 하며 저 위대한 목양신 판(Pan)[31]의 존재를 인정해야 하오. 판신만이 대중을 위한 영원한 신이기 때문이오. 소수의 사람은 그들이 좋아하는 보다 고차원적인 숭배물을 지닐 수 있소. 하지만 대중들이야말로 영원히 이교도가 되어야 합니다.

그러나 광부들은 이교도가 아니고 그와는 거리가 멀어요. 그들은 불쌍한 군상들이며 죽은 인간들이오. 여자들에게도 생활에도 생기를 잃은 죽은 자들이지요. 젊은이들은 아가씨를 오토바이에 태우고 사방으로 돌아다니는가 하면 기회가 나면 재즈 춤을 추러 갑니다. 그러나 이들 또한 생기를 잃고 죽은 것과 같소. 그들에겐 돈이 필요한데, 돈이란 생기면 독이 되고 없으면 배를 곯게 되지요.

당신은 이런 소리에 아주 싫증을 느낄 거요. 하지만 내 말을 길게 늘어놓고 싶지도 않소. 또 나에게 일어나는 일도 별로 없소. 당신을 머리에 담고 당신에 대해서 많이 생각하고 싶지 않소. 그러면 우리의 생각에 혼란만 가져다주니까요. 물론 내가 지금 이렇게 살아가는 이유는 오로지 앞으로 당신과 함께 살기 위해서지요. 난 정말로 두렵소. 내 느낌에 공중엔 악마가 도사리고 있어 우릴 사로잡으려 하는 것 같소. 어쩌면 악마가 아니라 마몬[32]인 듯하오. 그건 결국 돈만을 바라고 진

---

31 뿌리와 다리가 양을 닮고 음악을 좋아하는 목양신.—역주
32 재화, 물욕의 신.—역주

정한 삶을 증오하는 사람들의 집단 의지라는 생각이 들어요. 하여간에 공중엔 커다랗고 새하얀 손이 있어 금전을 초월해서 참삶을 살려는 사람의 목덜미를 움켜쥐고 생명을 앗아가려 한다는 느낌을 받소. 참으로 좋지 않은 때가 다가오고 있소. 불행한 때가 닥쳐오고 있소. 불행한 때가! 지금처럼 세상이 돌아간다면 이러한 산업 군중들에겐 죽음과 파괴 외엔 미래가 없소. 난 가끔 나의 내장이 온통 물로 변한다고 느껴요. 그런데 당신은 나의 아기를 앞으로 세상에 낳다니. 그러나 너무 걱정일랑 하지 말아요. 지금껏 닥쳤던 모든 불행한 시기는 수선화를 완전히 시들게 할 수 없었고 여자의 사랑도 사멸시킬 수 없었소. 그러니 불행한 시기는 내가 당신을 원하는 마음을 사그라뜨릴 수 없거니와 당신과 나 사이에서 타오르는 작은 불길도 끌 수 없소. 우리가 내년에는 반드시 함께 지낼 것이오. 비록 내가 겁을 먹고 있지만, 당신이 나와 함께 있음을 굳게 믿고 있소. 사람은 가장 좋은 것을 위해 울타리를 치고 원기를 유지하며, 자신을 초월하는 그 무언가에 대한 믿음을 가져야 하오. 자신의 내부에 있는 최고로 좋은 부분과 그것을 초월하는 힘을 진정으로 믿는 것 외엔 미래를 보장할 다른 방도가 없소. 그런 고로 나는 우리 사이에 존재하는 작은 불길을 믿고 있소. 그것이 지금 나에게는 이 세상에서 유일한 것이오. 나에겐 친구가, 진정한 내면적인 친구가 없소. 당신밖에 없소. 지금 그 작은 불길이 내가 인생에서 소중히 여기는 전부요. 아기의 문제가 있지만 그건 부차적인 문제요. 나와 당신 사이에서 갈래 모양으로 타오르는 불길이 바로 나의 성령강림절[33]의 불꽃이오. 그 옛날식의 성령강림절의 불꽃은 제대로의 것이 아닙니다. 나와 하나님 사이에 불꽃으로 연결된다는 것은 어딘가 좀 건방진 면이 있소. 그러나 당신과 나 사이에는 갈라진 불꽃이 엄연히 존재하오. 바로 그거요! 난 그 불꽃을 지키고 있고 앞으로도 계속 지킬 것이오. 클리퍼드와 버사, 탄광 회사와 정부기관들과 온통 돈에만 정신이 팔린 대중들이 존재하더라도 말입니다.

바로 그래서 내가 당신에 대해 절절히 생각을 않으려는 거요. 그건 나를 고문하는 짓이고 당신에게도 아무런 보탬이 되지 못하오. 당신이 나에게서 멀리 떨어져 있는 걸 원치 않소. 그렇다고 내가 안달을 부리기 시작하면 무언가를 낭비하는 거요. 참아야지요. 언제나 참아야지요. 이번이 내가 마흔 살이 되는 겨울이오. 이미 지나가 버린 겨울들은 내가 어쩔 수 없소. 그렇지만 이번 겨울만은 내가 작은 성령강림절의 불길에 찰싹 붙어 있으면서 마음의 평화를 누릴 거요. 사람들이 내쉬는 숨결로 그 불길을 절대로 끄지 못하게 할 겁니다. 크로커스 꽃도 시들지 못하게 하는 더욱 높은 신비를 믿소. 당신은 스코틀랜드에, 난 중부지방에, 서로 떨어져 있어 내가 당신을 껴안지 못하고 내 다리로 당신을 감싸지 못하지만 난 당신의 일부분을 지니고 있소. 내 영혼은 당신과의 작은 성령

---

33 유월절을 지나 50일째에 행하는 유대인의 축제.—역주

강림절의 불길 속에서 진정한 성관계의 평화를 느끼며 나부낍니다. 우리는 진정한 육체적 관계로 불꽃을 만들어냅니다. 꽃들도 태양과 대지 사이에서 관계를 맺음으로써 피어납니다. 그러나 그건 가냘픈 것이어서 인내로 오랫동안 기다려야 합니다.

그러므로 난 지금 정절을 사랑하오. 왜냐하면, 그것은 육체적 관계에서 생겨나는 평화이기 때문이오. 나 자신이 정숙하게 있기를 원합니다. 아네모네가 눈을 사랑하듯 난 정숙을 사랑합니다. 나는 지금 우리 사이에 갈래 난 흰 불길의 아네모네처럼 우리의 평화로운 관계를, 잠시 쉬는 이 정숙을 사랑하오. 진짜 봄이 다가와 우리가 함께할 땐 우리가 찬란하고 샛노란 작은 불길을 자아내는 관계를 맺을 수 있을 거요. 찬란한 불길을 말이오. 그러나 지금은 아닙니다. 아직은 안 됩니다! 지금은 정숙할 때요. 정숙을 지키니 나의 영혼에 시원한 강물이 흐르듯 너무도 좋소. 우리 사이에서 흐르는 정숙을 지금 사랑하오. 그건 마치 신선한 물과 비와 같소. 어떻게 남자들이 여자들의 꽁무니를 지겨울 정도로 졸졸 따라다니는 건지. 돈 환[34] 처럼 되는 것이 얼마나 비참합니까. 육체적인 관계를 맺어 평화를 맛볼 수도 없으며 작은 불길 속에서 마치 강가에 있듯이 시원한 휴식의 기간 중 순결을 지킬 수가 없으니 얼마나 비참합니까.

---

34 방탕 생활을 한 스페인의 전설적인 귀족.—역주

당신을 만질 수가 없으니 이렇게 장황하게 말을 늘어놓았소. 당신을 껴안고 잘 수만 있다면 이렇게 잉크를 낭비할 리가 없소. 우리가 함께 있어 관계를 맺듯이 우린 서로 순결을 지킬 수 있소. 우린 얼마 동안 떨어져 있어야 하오. 그것이 더 슬기로운 길이라 생각하오. 다만 서로가 신뢰할 수 있어야 합니다.

걱정일랑 마시오. 절대로 염려하지 마시오. 우리는 서서히 안정을 찾을 것이오. 우린 정말로 그 작은 불길을 믿고 그 불길을 꺼지지 않게 막아주는 이름 모를 신을 믿고 있소. 당신의 너무나 많은 부분이 나와 함께 이곳에 있소. 그러나 당신 전부가 이곳에 없다니 참 안타깝소.

클리퍼드 경에 대해선 신경을 쓰지 마시오. 그에게서 아무런 소식이 없다고 걱정을 하지 마시오. 그가 당신에게 어떻게 할 수 없소. 기다리면 그가 마침내 당신을 제거하고 내쫓을 거요. 만약에 이혼을 안 해 준다면 우린 그에게서 멀리 떨어져 있을 거요. 그렇지만 종국에는 당신과 이혼을 할 거요. 끝에 가서는 당신을 혐오스러운 물체마냥 뱉어내길 원할 거요.

지금 당신에게 편지 쓰는 것을 멈출 수가 없군요.

그러나 우리들의 커다란 부분이 서로 함께 있소. 우리는 이제 그것을 지켜가며 곧 만나도록 방향을 틀어 노를 저어 갑시다. 존 토머스가 축 늘어져서 그러나 희망찬 가슴으로 제인 부인에게 밤의 작별인사를 하고 있소.

《채털리 부인의 연인》에 대한 비평적 서설

로렌스는 발전의 이데올로기를 근거로 삼는 근대화가 가져다준 이기를 인정했으나 그보다는 그것의 무시무시하고 부정적 결과에 경악하고 이를 끊임없이 작품 속에서 생생하게 경고했다. 이 주제를 그의 마지막 장편소설인 《채털리 부인의 연인》에서 가장 준열하게 구현했으나, 이 소설은 "끊임없는 폭풍에 위협받는 봉헌의 촛불" 같은 신세를 겪어야 했다.

출판 당시부터 이 소설은 심각한 사상을 다룬 예술적인 텍스트가 아니라 외설에 집중한 위험한 텍스트로 낙인찍혀 수십 년 동안 고난을 겪었다. 숱한 수난은 1928년 이탈리아에서 인쇄부터 시작하여 1960년에 와서야 사라지게 되었다. 초판이 인쇄되자마자 영국과 미국에서 판금 도서로 규정되어 온전한 텍스트의 형태로 햇빛을 볼 수 없게 되었다. 파리 등지에서는 수십 종류의 원본 해적판이 날개 돋친 듯 팔려나갔지만 정작 작가 로렌스에게는 물질적인 이득은 고사하고 궁핍과 비난의 악명만을 가져다주었다.

첫 출판 이후 32년이 지난 1960년에 영국의 펭귄 출판사가 진지한 논의 끝에 이 소설을 삭제판이 아닌 원작 텍스트대로 출판하기로 하고 실천에 돌입했을 때 영국의 외설물 검열관은 펭귄사를 고소했고 그 결과 외설물 시비를 가리는 재판이 6일간에 걸쳐 열렸다.

헬렌 가드너(Helen Gardner), 그레이엄 허프(Graham Hough), 리처드 호가트(Richard Hoggart), 포스터(E. M. Forster), 레이먼드 윌리엄스(Raymond Williams) 등 무려 35명의 저술가와 문학 비평가 그리고 종교계와 사회의 지도자들이 증인으로 법정에 출두하여 로렌스와 텍스트에 관한 검사의 집요하고도 세세한 질문에 자신들의 신념에 따라 증언했다. 배심원들은 독방에서 따로따로 이 텍스트를 읽고 이들의 증언을 들은 후에 유·무죄의 여부를 판결했다. 그 결과 《채털리 부인의 연인》이 드디어 외설물이 아닌 예술적 통일성을 지닌 작품으로 판결을 받아 원작대로의 텍스트가 세상에 모습을 드러내게 되었다.

근래에 국내에서는 남해와 서해 해안에 독성이 강한 적조현상으로 인해 가두리양식장의 물고기 수백만 마리가 죽어 나가는 현상, 육지에서 하천의 오염과 썩어감, 대도시의 공기 오염, 잦은 오존 경보, 최근에는 미세먼지 등을 접하면서 우리가 초래한 자연훼손과 파괴가 곧 인간을 파멸의 길로 이끌 거라는 절박감을 느낀다. 이러한 때에 문학연구를 하는 문학도로서 과연 인문학이 환경위기의 시대에 기여할 수 있는 틈새가 있는가? 실제로 문학이 어느 정도까지 생태학적 측면에서 존재할 의의가 있는가? 등의 심각한 물음을 갖게 된다.

전 세계적으로는 원시림을 인위적으로 불사르고 벌목하여, 이로 인하여 엄청난 숲이 사라지는 것에 더해, 오존층의 파괴, 지구의 온난화와 사막화를 당면하고 있는 차제에 자주 거론되는 인문학의 위기와 생태계의 위기는 무관하지 않다고 생각한다. 적어도 문학작품이 근본적으로 환경친화적인 성격을 지녔음을 밝힐 때 독자에게 생태학적인 경각심을 일깨우는 힘이 될 수 있다고 본다.

이 소설은 대칭적인 구조를 지닌다. 환경 파괴적인 산업사회와 유기적인 자연적 삶의 대칭이다. 구체적으로 라그비 저택이 라그비 숲과 대칭을 이루고, 라그비 저택과 테버셜 탄광의 소유주인 클리퍼드 경은 반생태적인 인물이지만 라그비 숲을 지키는 사냥터지기 올리버 멜러즈는 친환경적인 인물이다. 이러한 배경을 토대로 한 이 소설은 르네상스 이후 서구사회를 주도해 온 인간 중심의 사유가 배태한 문명이 얼마나 반자연적이며 반생태적인가를 구체적으로 보여준다.

이 소설 서두에서 화자는 현대사회가 직면한 반생태적인 파국을 다급한 목소리로 알린다. 화자에 따르면 현대가 비극적인 이유는 두 가지다. 인류사회에 대재앙이 덮쳤을 뿐 아니라 이를 비극적으로 받아들이길 거부한다는 데 있다. 바로 클리퍼드와 같은 "프로메테우스적인 진보"만을 신봉하는 인물들 때문이다. 그러나 화자는 이를 경고하면서도 긍정적인 어조를 잃지 않고 있어 궁극적으로는 로렌스가 비관론자인 토머스 하디(Thomas

Hardy)와 다름을 역력히 보인다. 여기서 말하는 대재앙은 기계적 산업주의의 폭력이 초래한 반생명적이며 반생태적인 영국 중부의 산업지대의 상황이다. 구체적으로 일차세계대전이 초래한 인간사회의 파국을 가리키기도 한다.

로렌스는 1919년 영국을 영영 등지고 유럽과 아메리카 대륙을 "순례(pilgrimage)"하다가 1926년 마지막으로 고향인 중부지방 미들랜즈(Midlands)를 방문했다. 그가 당시에 두 눈으로 봤던 탄광촌 이스트우드(Eastwood)는 인간 말세의 형국으로 보였다. 유럽을 휩쓸던 산업주도의 물질주의로 인해 인간의 의식과 삶의 환경은 무서울 정도로 피폐해졌다. 그는 폐병 말기에 접어들어 각혈을 하면서도 필생의 신념이던 생명주의의 절대적 필요성을 이 소설에서 구현했다.

많은 독자는 로렌스가 주인공 클리퍼드를 하반신 불구자로 설정한 것은 잔인하고 부당한 설정이라고 보기도 한다. 그러나 로렌스는 이 소설 집필 후에 쓴 에세이 《《채털리 부인의 연인》에 대하여(A Propos of Lady Chatterley's Lover)》에서 클리퍼드의 하반신 마비는 "그와 같은 계층의 인간 대부분의 아주 깊은 정서적인 혹은 열정적인 마비를 상징"한다고 말해 클리퍼드의 상태가 단순히 한 개인의 불행에 그치지 않음을 시사했다. 그러므로 그의 하반신 마비는 남성의 성 기능을 상실한 생물학적인 사실 외에 정신적인, 심리적인 피폐성을 상징한다.

클리퍼드는 명문 케임브리지 대학을 다녔고 독일에 가서 탄광기술을 연마하던 중에 전쟁이 터지자 귀국하여 군대에 입대했다. 그는 부친에게서 준남작이란 작위를 물려받은 귀족 출신이며 상류층 인물이다. 그가 하반신 마비라는 충격적인 고통을 이겨내나 엄청난 상처를 입는 과정에서 "그 안의 무언가가 사멸되고 감정적인 부분이 사라져 무감각의 공허가 생겼다." 진보의 이름으로 산업 문명을 추진시키는 원동력을 제공하는 과학과 기술이 육체가 배제된 인성의 산물임을 상기할 때 클리퍼드의 하반신 마비는 산업 문명의 특성을 단적으로 상징한다.

라그비 저택으로 돌아온 채털리 부부는 외부와 단절된 채 바다에 "가라앉고 있는 배" 위에 단둘이 있는 듯한 생활을 하여 이들의 생활이 종말적임을 시사한다. 둘만의 생활이 달콤하고 아늑한 것이 아니고, 성(sex)은 우발적인 행위이며 "부가물"이라고 클리퍼드는 치부한다.

라그비 저택과 바로 맞닿아 있는 탄광 마을이 "절망적으로 흉측스러워" 대조적인 모습을 보이며 병치 되어있을 뿐 이들 사이에 오가는 인간적인 정감의 흐름이 전혀 없다. 이는 생태학적인 세계의 근본 원리가 상호관련성임을 상기할 때 반생태적인 상태임을 자명하게 드러낸다. 그러나 탄광 주인 클리퍼드는 이러한 간격을 메우려는 의도가 없고 광부들도 하나의 현상으로 받아들인다.

문제는 클리퍼드가 이들을 생명체로 보지 않고 단지 탄광의 일부로 본다는 점이다. 이는 상대방을 물화된 시각으로 취급하는 반생명적인 관점이다. 처음엔 남편을 따르며 남편의 창작을 열의를 다해 돕던 아내 코니가 이러한 고립된 반생명적인 생활에 자신의 피폐함을 절감하여 라그비 숲을 찾는다. 클리퍼드의 지성적인 이성 위주의 삶에 자신도 모르게 숨이 막혀, 자연적으로 라그비 숲을 찾는다.

그녀가 숲으로 "피신"하는 횟수가 늘면서 수 세기 동안 내려온 숲 속의 "태고의 우수"가 그녀의 공허한 마음에 위안을 준다. 이에 반하여 남편 클리퍼드가 문단에서 일급 작가로 부상했지만, 그녀에게 남편의 저서는 "존재하지 않고", "공허"로 느껴진다. 이러한 공허감은 로렌스가 당시의 주요 작가군인 모더니스트들에 대해 가졌던 느낌이기도 하다.

이는 천둥·번개가 내리치는 날 코니가 멜러즈와 숲 속 오두막에서 단둘이 있으며 느낀 감정과 무관하지 않다. 그녀는 오두막이 세상의 재앙에서 유일하게 살아남을 "노아의 방주"라는 느낌을 갖는다. 즉 그녀가 사냥터지기인 멜러즈와 갖는 육체적 관계의 부드러움과 아름다움만이 인간을 반생태적인 지배의 폭력에서 구원해줄 힘이라고 느끼는데 이는 그녀가 클리퍼드가 대표하는 유럽의 산업 문명이 생명체를 파괴하는 말기적 현상으로 인식함을 시사한다.

로렌스는 이러한 급박한 메시지를 일차대전 와중에 집필한 《연애하는 여인들》로부터 시작하여 마지막 에세이 《묵시록 (Apocalypse)》에 이르도록 더욱 다급하고 일관되게 역설했다. 그렇다면 이러한 문명의 멸절에 대한 대안은 무엇인가? 정치가도 과학자도 아닌 작가로서의 그의 제안은 인간 사이에 진정으로 살아있는 관계를 맺는 것이다. 그가 《채털리 부인의 연인》에 관하여〉에서 선언한 대로 인간은 본디 우주와의 유대를 가지고 태어난 존재다. 로렌스에 따르면 유대에는 세 가지가 있는데 첫째는 인간과 우주와의 관계, 둘째는 남자와 여자 사이의 관계, 셋째는 남자와 남자 사이의 관계로 이러한 관계가 인간을 인간답게 하는 근본 존재 양식이다. 로렌스가 말하는 이러한 관계는 생태학의 원리인 "관계"와 동질의 것으로《채털리 부인의 연인》에서 로렌스가 구현한 코니와 클리퍼드, 코니와 멜러즈의 관계를 통해서 어느 것이 생명 중심적이며 자연 친화적인 관계인가를 생생하게 제시한다.

로렌스는 인류사회가 재생할 수 있는 유일한 길은 기존의 산업 문명을 전면적으로 와해하는 것이라고 믿었다. 그는 영국을 떠나 인간 본연의 순수한 삶의 양식을 찾아 유럽과 아메리카 대륙을 "순례"했으며 그 결과 더욱 이러한 주장을 확고히 했다. 이러한 주장이 배태된 논리적 기반은 산업사회가 본질적으로 지니는 환경 파괴성에 있다. 그는 인간 파괴성의 근원이 자연, 신체, 동료, 하층계급, 적대국과 그 밖에 사적이고 집단적인 의지에 반항하는 모든 것을 지배하려는 욕망에 있다고 본다.

로렌스에 의하면 이 지배욕의 추구는 "분리의 망상(illusion of separation)" 즉 마음이 육체와 분리되고 자아가 다른 객체와 분리되고 인간이 자연과 분리될 수 있다는 망상에 근거한 것이다. 이러한 지배를 추구하는 태도는 주인과 그의 지배를 받을 대상을 전제로 한다. 인간은 이러한 대상을 배태하기 위해 먼저 장애물과 간격을 설정한다. 우리는 우리에게 아주 낯선 것을 황폐

시킬 충동을 받는다. 이러한 지배욕을 충족시키기 위해서 우리
는 우리와 다른 인종, 계층, 인간, 국가, 심지어는 낯선 자연환경
을 "물체"의 상태로 환원하고 우리의 폭력적인 의지에 종속게
한다. 로렌스의 의하면 인간은 자신과 다른 이질적인 대상을 처
음에는 생각 속에서 파멸시키고 다음에는 실제 행동에서 파멸
시킨다.

이러한 사회관은 로렌스가 근본에 있어 사회생태학적 비
전을 갖고 있음을 나타낸다. 그에 의하면 인간은 애초에 한 덩
어리, 하나의 조화를 이룬 전체에 속하였으나 우리의 지배욕
과 이성과 기계주의가 이들을 갈라놓았다. 로렌스가 《묵시록
(Apocalypse)》에서

우리는 부자연스럽게 우주와 세계, 세상, 인간, 나라, 가
족과 연계되는 것을 저항한다……. 우리는 연계를 참아내
지 못한다. 이것이 우리의 질병이다. 우리는 관계를 끊고
고립되어 있어야 한다. 우린 그 상태를, 개체로 있는 것을
자유롭다고 한다. 어떤 시점을 지나면 그것은 자살행위이
다. 어쩌면 우리가 자살 쪽을 선택한 것 같다.

라고 설파했다. 이러한 병폐의 가장 기초적인 형태가 자연계
에서 분리되어 자족하고 다른 자아들과 경쟁한다는 자아에 대
한 망상이다. 이러한 독립된 자아의 망상이 전 국가와 인종에게
전염되는 경우 그들은 집단적 자아를 형성하고 그 결과 대대적

인 규모의 전쟁을 촉발한다. 이러한 병폐와 자살적인 행위를 막는 길은 우리가 설정한 장애물을 폐기하는 것이다. 그러나 이러한 폐기는 해당하는 인물이나 집단의 파멸을 의미하므로 쉽사리 이루어지지 않는다. 로렌스는 장애물의 폐기를 극화시키지는 못했지만, 폭력적 지배욕에 대처하는 대안을 제시한다.

클리퍼드 경이 자신의 육체적, 정서적 마비를 주변에까지 펼치는 것은 그의 강한 성취욕에 있다. 그는 새 간호사 볼턴 부인을 고용한 이후로는 그녀의 부추김을 받아 탄광을 현대식으로 기계화하는 데 정력을 쏟는다. 이러한 남편이 코니에게는 부자연스러운 기계적 지배욕에 치닫는 인물로 보인다. 그녀는 기계적으로 정확한 스케줄에 의해 돌아가는 대저택을 벗어나 숲을 찾을 때 어떤 소생감을 맛본다. 그녀는 전보다 더 자주 숲을 찾으면서 자신이 수천수만 개의 작은 뿌리와 올실로 남편과 뒤얽혀 있어 다시는 성장하지 못하고 그 나무가 죽어간다고 절감한다. 이에 반해 그녀가 숲에서 휴식을 취하며 기댄 소나무는 살아있는 생명체로 다가온다. 더 나아가 그녀가 무의식중에 자연계에서 성적인 차원에서의 교제를 음미하고 있음을 비친다.

그녀는 숲 같았다. 수없이 많이 피어나는 새싹들과 조용히 흥얼거리는 참나무의 검은 잎새 같았다. 한편 욕정의 새들은 그녀의 광활하고 뒤얽힌 몸뚱이 안에서 잠자고 있었다.

이는 모이나한(Moynahan)이 지적한 대로 "코니의 의식이 숲 자체와 더불어 하나의 메타포"를 이루며 우주적 신비를 체험하는 순간이기도 하다. 그녀는 이렇게 자연에서 교류할 뿐 아니라 자연계의 숲을 지키는 멜러즈와 연계함으로써 "자연적인" 힘을 얻게 된다. 아니 자신 속에 깊이 내재했던 자연적인 힘을 느끼게 된다.

멜러즈가 숲을 지키며 비록 클리퍼드와 그 일당들의 사냥감으로 꿩을 키우긴 하지만 꿩의 알을 부화시키고 돌봄은 큰 의미를 갖는다. 그는 실망한 인간사회를 등지고 홀로 숲을 지키며 생태적인 환경과 조화를 이루며 살아가는 인물이다. 그러므로 그녀의 애처로운 여성성에 동정심을 갖는 그와 맺는 관계는 단순한 남녀 간의 성적 쾌락의 차원을 넘어서는 우주적 교감의 의미를 갖는다. 그들의 성적 관계가 충만할 때 우주적 의식의 차원으로 확장된다. 자연계와 같은 차원에 머무른다. 그러므로 그들이 나체로 빗속에서 춤을 추는 장면이나 알몸의 곳곳에 꽃과 잎사귀로 장식함은 희한한 유희에 그치지 않고 자연계와 일체감을 느끼는 순간이기도 하다.

더욱이 그들의 성적 관계에서 코니가 파도와 융합하는 의식의 차원으로 들어가게 함으로써 로렌스는 자신이 주장하는 인간 육체가 우주적 조화의 원천임을 십분 전달하고 있다.

이러한 관계가 의미 있는 것은 그가 사냥터지기일 뿐 아니라 무식한 하층 노동자 출신에 그치지 않고 일차대전 때는 군의 장교로 상류층과 중산층의 의식을 꿰뚫어 보고 그 병폐를 고발하는 의식의 소유자이기 때문이다. 이러한 그가 코니와 성관계를 맺을 때 고향 사투리를 쓰는 것은 그의 자연발로적인 본능과 인위적인 의식을 배제한 순수한 상태로 들어감을 직설적으로 드러낸다고 보겠다.

그는 또한 현대 교육의 근본적인 병폐를 지적한다. 광부들이 돈에 매달려 일을 하며 타고난 몸이 일그러진 모습을 보며 그들이 물질에 전적으로 의존하지 않고도 행복하게 사는 방법을 거듭 말하고 있다. 이는 현대의 소비문화에 찌들어 있는 우리에게도 분명히 일깨우는 점이 있다.

이러한 맥락에서 인간이면 가난하거나 부자거나 똑같이 소유한 몸뚱이를 통해 인간다운 삶을 사는 길을 멜러즈가 피력하고 있다. 소비적인 물질에 덜 의존하고 자연 속에서 인간 본연의 춤과 노동을 즐기며 사는 비전을 그가 제시하고 있다.

로렌스는 그 한 방편으로 당시에 타부로 되어있던 남녀의 육체적 관계의 적나라한 묘사와 이와 결부된 네 글자 단어들을 과감히 사용하였다. 이러한 파격적인 방법으로서만이 로렌스는 당대에 팽배해 있던 인간의 위선적이고 지배적인 진보의 에토스에 대항하는 글쓰기를 할 수 있었다. 그야말로 그는 당대의 '점잖은' 사회의식에 성의 폭탄을 던진 셈이 되었다. 그러나 아이러니하게도 당대의 지체 있는 지도층의 인물들은 너나 할 것 없이 저마다 베개 밑에 《채털리 부인의 연인》의 해적판을 숨겨놓고 애독했다는 사실이다.

D. H. 로렌스 연보

1885년
광부 아서 로렌스와 전직 교사 리디어 비어졸 사이에 넷째 아이로 노팅엄셔의 이스트우드 탄광촌에서 태어남.

1891년-1898년
탄광촌 이스트우드의 보베일 초등학교에 다님.

1898년-1901년
노팅엄 군 의회의 장학금을 받고 노팅엄 고등학교에 다님.

1901년
노팅엄의 외과용 의족 등을 제조, 판매하는 회사에서 사무원으로 근무. 12월 폐렴으로 그만둠.

1902년
언더우드에 있는 해그즈 농장을 어머니와 방문, 제시 체임버즈와 사귀기 시작.

1902년-1905년
이스트우드의 브리티시 초등학교에서 교생으로 가르침.

1905년-1906년
브리티시 초등학교의 임시교사. 시를 창작하고 첫 소설 《흰 공작》을 쓰기 시작.

1906년-1908년

노팅엄 대학의 2년제 사범과 과정을 이수하고 1908년에 교사자격증을 땀. 1907년 단편 〈전주곡〉을 제시 체임버즈의 이름으로 응모하여 《노팅엄셔 가디엄》이 주최한 성탄절 단편소설대회에서 상을 받음.

1908년-1911년

당시 런던 교외지역이었던 크로이던의 데이비드 로드 초등학교에서 가르침.

1909년

포드 매독스 후퍼(후에 포드로 개명)가 그의 시와 단편을 《잉글리시 리뷰》에 싣고 소설 《흰 공작》을 하이네만 출판사에 추천함. 희곡 《광부의 금요일 밤》과 《국화 향기》의 첫 본을 씀.

1910년

크로이던의 동료교사였던 헬렌 코크의 비련의 경험을 토대로 한 소설 《침입자》를 집필. 《아들과 연인》을 쓰기 시작. 12월에 어머니 사망. 10여 년간 사귀던 제시와 단교하고 학교의 후배였던 루이 버러즈와 약혼함.

1911년

심한 폐렴에 걸려 교사직을 사직. 《침입자》가 덕워스 출판사에서 출판됨.

1912년

루이와의 약혼 파혼. 이스트우드로 돌아와 노팅엄 대학시절의 스승인 어네스트 위클리 교수의 아내인 프리다를 만남. 프리다와 독일로 건너가 이탈리아를 여행. 프리다가 남편과 자식들을 떠나 로렌스와 동거 시작. 이탈리아에서 《아들과 연인》의 마지막 본을 완성.

1913년

《사랑의 시》 출판됨. 《자매들》(후에 《무지개》와 《연애하는 여인들》로 나뉨)

의 집필 시작. 《아들과 연인》이 5월에 출판되어 문학적인 명성을 얻음. 로렌스와 프리다가 잉글랜드에서 여름을 보내며 캐서린 맨스필드와 비평가 존 미들턴 머리와 사귐. 9월에 이탈리아로 돌아감.

1914년
《자매들》을 다시 쓰고, 출판사에 출판을 의뢰. 잉글랜드로 돌아가 7월에 프리다와 법적인 결혼절차를 밟음. 2차 대전이 터져 영국에 갇힘. 《토마스 하디 연구》를 쓰고 《무지개》 집필 시작.

1915년
《무지개》 완성. 철학자 버트런드 러셀과 다툼. 《무지개》가 9월에 출판되었으나 10월에 압류되고 재판에 부쳐진 결과 11월에 음란물이란 판결이 나와 판매가 금지됨. 콘월의 외딴 해안가 집으로 이사함.

1916년
《연애하는 여인들》 집필. 《이탈리아의 황혼》과 시집 《아모레즈》 출판.

1917년
출판사들이 《연애하는 여인들》의 출판을 거부. 《미국의 고전문학 연구》를 집필하기 시작. 《보라! 우리는 이겨냈도다》(시집)를 출판. 스파이 혐의를 받고 거처하던 콘월 해안지대에서 축출됨. 《아론의 지팡이》 집필 시작.

1918년
《새로운 시들》 출판. 중편 《여우》의 첫 본을 집필.

1919년
독감으로 심히 앓음. 프리다와 이탈리아를 여행하다가 카프리에 거주.

1920년

《정신분석과 무의식》집필. 시실리의 타오르미나에 거처 정함.《잃어버린 소녀》와《미스터 눈》집필.《새, 짐승 그리고 꽃들》의 여러 편의 시를 창작. 드디어《연애하는 여인들》출판됨.

1921년
사디니아를 방문하고 여행기《바다와 사디니아》를 집필.《아론의 지팡이》를 완성하고《무의식의 환상곡》집필.

1922년
실론(현재의 스리랑카)에 머물다가 호주로 여행.《캥거루》집필. 뉴멕시코의 타우스에 정착. 12월에 델몬테 목장으로 옮김.《미국 고전문학 연구》재집필.

1923년
멕시코의 차팔라에서 여름을 지냄.《깃털 달린 뱀》의 첫 본을 집필. 프리다와 다투고 혼자 유럽으로 건너감. 미국과 멕시코를 여행. 몰리 스키너의《엘리스의 집》을《숲 속의 소년》이란 제목으로 개작. 12월에 잉글랜드로 돌아감.

1924년
3월에 로렌스 부부가 화가 도로시 브렛을 대동하고 뉴멕시코로 돌아감. 여름을 키오와 목장에서 보내며《슨트 모어》,《말 타고 가버린 여자》,《공주》등 중편소설을 집필. 8월에 각혈. 9월 부친 사망. 10월에 멕시코의 와하카로 감.《깃털 달린 뱀》의 재집필을 시작하고《멕시코의 아침》을 거의 끝냄.

1925년
《깃털 달린 뱀》완성. 2월 장티푸스와 폐렴에 걸려 사경을 헤맴. 3월 폐병으로 진단 받음. 9월 유럽으로 건너감. 잉글랜드에서 한 달을 지낸 후 이탈리아로 건너가 거주.

1926년
《처녀와 집시》를 집필. 늦여름에 잉글랜드를 마지막으로 방문. 이탈리아로
돌아와 《채털리 부인의 연인》의 첫 원고를 집필. 올더스 헉슬리와 그의 아
내 머리어와 사귐. 그림을 그리기 시작.

1927년
《채털리 부인의 연인》의 두 번째 본 집필 완성. 《에트루스카의 유적지》와
《죽었던 사나이》의 제 1부를 집필. 《채털리 부인의 연인》의 최종본을 집
필 시작.

1928년
《채털리 부인의 연인》을 완성하고 피렌체에서 출판을 주선. 《죽었던 사나
이》의 2부를 집필. 프리다와 스위스를 여행한 후 프랑스의 남부 지방에 정
착. 《팬지》에 실린 여러 편의 시를 집필.

1929년
《팬지》(시집)의 타자 원본이 경찰에 압수됨. 런던의 그림전시장에 경찰이
들이닥쳐 그의 그림을 압수해감. 《쐐기풀》, 《묵시록》, 《마지막 시들》을 집필.

1930년
2월 초에 방스(Vence)에 있는 아드 아스트라 요양원에 입원. 3월 1일 자원
해서 퇴원. 3월 2일 방스에서 사망.